新典社選書118

『源氏物語』の薫りを読む

吉海 直人 著

新典社

目　次

第二部　嗅覚編

第三部　用語編

第四部　事典編

総論　『源氏物語』と「練香」

一、『源氏物語』の「薫り」

古典文学、中でも『源氏物語』を深く読むためには、単に古典文法を会得《えとく》するだけでなく、古典の教養を幅広く身に付けることが求められる。さらには視覚以外の聴覚・嗅覚を磨くことも大事である。この場合の聴覚や嗅覚は、必ずしも現実の感覚ではなく、物語の本文を読む上でのことである。物語を読みながら、そこに描かれている聴覚情報や嗅覚情報を見逃さずに読み取ることができれば、それだけで物語の読みが深まるはずである。

本書では、特に嗅覚にウエイトを置いて考えてみたい。ただし一口に嗅覚といっても、いい匂い（プラス）もあればいやな匂い（マイナス）もある。たとえば『源氏物語』最初の匂いは、帚木巻の「雨夜の品定め」に描かれている博士の娘が服用した「極熱《ごくねつ》の草薬」（にんにく）であった。桐壺巻に「香」の例はないので、『源氏物語』はマイナスの嗅覚から始められていることになる。

プラスの嗅覚情報としては、自然と人工という二つの要素があげられる。自然の匂いとしての梅や藤・橘・藤袴などの植物（花・実）が物語の中に鏤《ちりば》められている（食べ物の香りはない）。もちろん平安朝貴族文学では、自然の匂い以上に人工の薫りとしての香木・薫物《たきもの》（練香）の方がずっと重要である。そのため「移り香」・「追風」・「空薫物《そらだきもの》」・「薫物合せ」・「火取り」など、『源氏物語』の中にはいろいろな「薫物」関係用語が鏤められており、その各々の薫りが読者の鼻をくすぐり続けている。これは間違いなくキーワードであるから、当然その知識が必要となるはずだ。

というより『源氏物語』の高貴な主要人物たちは、各自秘伝の「練香」（煉香）を調合し、自分だけの個性的な匂いを創作し、それを身に纏《まと》っている（衣服や小道具に染みこませている）と思ってはどうだろうか。少なくとも光源氏は、光源氏だけの固有の匂いを発し続けている。だからそれを聞き分ける（嗅ぎ分ける）能力があれば、嗅覚情報だけで人物の特定が容易にできる。

たとえば空蟬巻で、光源氏は空蟬の寝所に忍び込むが、まんまと逃げられてしまう。というのも、空蟬は闇の中で光源氏の匂いを察知したからである。逆に空蟬の寝ていた床には、空蟬の体臭（人香《ひとか》）が染みこんだ袿《うちき》が残されていた。それが「うつせみ」（空っぽ）の正体である。

空蟬に逃げられた源氏は、その衣装を持ち帰り、密かに匂いを嗅いで空蟬を想起する。空蟬の匂い（汗も）が染みこんだ衣装は、空蟬の分身として機能しているのである（田山花袋《かたい》の『蒲団《ふとん》』が想起される）。それはいわば匂いの記憶であった。

若紫巻の光源氏など、着ている衣装から「薫物」の匂いがあたりに漂っていた。というより源氏は匂いを纏《まと》っているのである。その源氏が歩くと空気が攪拌《かくはん》され、衣装の薫りがあたりに拡散される。それが「追風」である。だから源氏が幼い紫の上を抱きしめると、今度は紫の上の衣装に光源氏の匂いが感染する。それが「移り香」である。多くの場合、「移り香」は男性の薫物が女性の衣装に移ることを指す。そのいい匂いを紫の上の父である兵部卿宮は嗅ぎ取るが、源氏の匂いだということまではわからなかった。どうも兵部卿宮は嗅覚能力が劣るようだ。仮にすぐれていたら、妹の藤壺と源氏の密通も匂いから察知できたはずである。

宇治十帖の主人公である薫と匂宮は、その名前からして嗅覚を象徴している。薫は出生の秘密（原罪）が背景にあってか、そもそも体臭に特異な薫りが含まれていた（「香」を食べていたのかもしれない）。だから薫の姿が見えなくても、匂いによって近くに薫がいるかどうかすぐわかった(1)。そんな薫でも、大事な時には体臭だけに頼らず、さらに衣装に「薫物」を焚き染めている。その相乗効果は半端ではなかったようだ。

その薫が、匂宮の妻となった身重《みおも》の中の君を抱きしめる。すると薫の強烈な匂いが中の君に移る。もちろん中の君は、後で衣装（下着まで）を取り替えるが、それでも過剰な薫の匂いを消し去ることはできなかった。(2)だから帰宅した匂宮は、中の君から薫の匂いがするのを敏感に嗅ぎ取り、薫に抱かれたことを察する。このことが匂宮を浮舟に接近させる一因ともなっているのである。

それだけではない。薫をライバル視する匂宮は、鍛錬《たんれん》によって調合の名手になった。自らに薫のような体臭が備わっていないことにコンプレックスを抱いていたからである。そしてついに匂宮は、薫の匂いまで調合して出せるようになる。そもそも嗅覚というのは、視覚が使えない闇夜（月夜）に力を発揮する。その場合、声（聴覚）や匂い（嗅覚）によって相手が誰だか判断するしかない。その際、相手の匂いを作り出せたら、いとも簡単に相手になりすますことができるのである。

夜中に、匂宮が薫の匂いを身に纏って浮舟に接近したらどうなるだろうか。匂宮は薫の物真似までできるので、たいして鼻の利かない女房たちなど簡単に騙《だま》されてしまう。ということで、匂宮はまんまと浮舟の寝所に侵入することができた。(3)宇治十帖には、物語展開に巧妙に嗅覚が取り入れられているのである。要するに続編は、いわば「嗅覚の物語」だったのである。このことに気づくだけで、物語の面白さはたちまち倍増する。そのためにも是非嗅覚を磨いてほしい。

二、「練香《ねりこう》」の成立 —— 平安時代の「香」——

現在「香道」という芸道が確立しているが、それは室町時代後期から始まったものなので、平安時代に「香道」という言葉はなかったし、「組香・聞香」なども存在していなかった。要するに『源氏物語』の読みに、「香道」の知識は通用しないのである。有名な「源氏香」にしても、「源氏」と冠されてはいても室町時代後期以降の産物でしかなかった。[4]

平安時代の薫物の主流は「練香」（煉香）であるから、まずその歴史を簡単にたどってみたい。もちろん「香」は、平安時代よりずっと前に日本に伝来していた。飛鳥時代（六世紀）には、仏に供える供香として、仏教とともに伝来したとされている。資料的には『日本書紀』推古三年（五九五年）四月条に、

沈水《ぢむ》、淡路島に漂着《よ》れり。其の大きさ一囲《ひとうだき》なり。島人、沈水ということを知らずして、薪に交《か》てて竈に焼く。その烟気《けぶり》、遠く薫る。則ち異《け》なりとして献《たてまつ》る。（533頁）

と出ている。淡路島に漂着したというのは、沈香（伽羅《きゃら》）がベトナムあたりから流れてきたとは考えにくい。外国の船が瀬戸内海で難破し、そこから積み荷が漂着したのではないだろうか。いずれにしてもその流木を燃やしたところ、煙がとても芳《かんば》しかったので、朝廷に献上したということである。[5]「沈」というのは水に沈む木（比重が大きい）という意味で、香木の名称にも

なっている。

はじめて日本で「香」が焚かれたのは、同じく『日本書紀』皇極元年（六四二年）六月条の、

時に、蘇我大臣、手づから香鑪《こうろ》を執り、焼香《こりた》きて発願す。（65頁）

である。これはやはり仏教の供香だった（葬儀における「焼香」もその一種）。

「香」の原料である沈香・白檀・丁子《ちょうじ》などの天然香木は、外国産で非常に高価だったので、裕福な貴族だけの嗜《たしな》みだった（麝香《じゃこう》は香木ではない）。平安時代は「練香」が一般的だが、それは奈良時代（七五四年）に日本にやってきた鑑真一行によって、薫物の製法や配合技術がもたらされてからだとされている。要するに日本の「練香」（煉香）は、鑑真から伝えられたものだったのだ。そのことからも仏教と「香」の深いかかわりは納得されるであろう。

また平安時代には、外国との貿易によって、高価な香木の輸入が盛んに行われた。平安前中期頃、藤原冬嗣や源公忠《きんただ》らによって、梅花（春）・荷葉（夏）・菊香（秋）・落葉（冬）・侍従（秋冬）・黒方（冬もしくは無季）という季節ごとの「香」が考案されたことで、いわゆる六種香が成立している。そのため冬嗣を「練香」の創始者とする説もあるが、すべては後付けされたことである。

これを基本として、それぞれ数十種類の香木から独自に調合することにより、自分だけの特別の配合（レシピ）を作り出した。具体的には、香木を鉄臼《かなうす》で粉末にし（抹香）、それらを微妙

な割合で配合し、蜂蜜や梅肉・甘葛《あまづら》などによって練り固めて作る。配合には当然のように家の秘伝も生じた。その配合は、藤原範兼編纂とされる『薫集類抄《くんじゅうるいしょう》』（十二世紀中頃成立）の中に記されている。ただし『源氏物語』の成立からすでに百五十年以上経過しているので、果たしてどこまで遡れるのかは疑問である。なにしろ『源氏物語』はフィクションなのだから、『源氏物語』に書いてあるからといって、それを歴史的な「練香」の証拠資料とすることには危うさを感じる。

幸い『うつほ物語』蔵開上巻には、

　女御、麝香ども多くくじり集めさせたまひて、裛衣《えひ》、丁子、鉄臼《かなうす》に入れて搗《つ》かせたまふ。（349頁）

とあって、複数の「香」が調合されている。『源氏物語』梅枝巻には、

　内にも外にも事しげく営みたまふに添へて、方々に選りととのへて、鉄臼の音耳かしがましきころなり。（404頁）

としかないので、『うつほ物語』の方が資料的価値は断然高い。

こうして作られた「練香」を、炭火でくゆらせることで「香」を焚いた。その焚き方は、線香のように直接火を付けるのではなく、香炉に灰を入れ、その灰に埋めた炭火の熱で間接的に焚いた。だから焦げたり白煙がもくもく出たりすることはない。水蒸気のようなものが出て、

そこからあたりにいい薫りが漂う。「香」の効用としては、最初は邪気を払ったり浄めたりする宗教の小道具として用いられた。その後、仏教とは別に、心を寛《くつろ》がせる薬用効果（アロマセラピー）、あるいは西洋の香水と同じく体臭などの生活臭を隠す役割も担った（西洋との違いは湿度の違いといわれている）。それ以上に、貴族たちは積極的に「香」を部屋や衣装や髪に焚き染めることで、嗅覚的な美を追求していった。これは貴族ならではの文化である。

衣装に「香」を焚き染めるやり方は、「伏籠《ふせご》」の中に「火取り」（香炉）を入れ、その上に衣装をかぶせて「香」を焚き染めた。それを「薫衣香《くのえかう》」と称している。髪に「香」を付ける場合は、「香枕」という枕の中に香炉を入れ、それに頭を乗せることで髪の毛に芳香を焚きこめた（用例はほとんど見られない）。また「空薫物《そらだきもの》」とは、誰もいない部屋の中で「香」を焚き、どこからともなくいい薫りが漂ってくるようにして、来客をもてなすことである。『枕草子』一九〇段「心にくきもの」にも、「薫物の香、いと心にくし」（332頁）とある。これも非常に贅沢《ぜいたく》な遊び心であろう。

当初、仏教と一緒に日本に伝来した「香」は、いつしか仏教から離れ、平安貴族の生活に浸透する間に、「練香」として独自の進化を遂げていった。ちょうど仁明天皇の御代に左近の梅が桜に植え代えられたように、「香」に関しても仁明朝が大きな転換期となっているようだ。資料不足できちんと論証できないものの、薫物の起点は仁明朝にあるといっても過言ではあるまい。

平安中期になると、薫物は貴族の間でファッションとなった。それに伴い『枕草子』や『源氏物語』などにおいて、生活描写の中に自然に取り入れられている。それが鎌倉時代以降、武家の世の中になると「練香」は徐々に廃《すた》れ、香木そのもののストレートな「香」が好まれるようになる。(6)その変容が新たに「香道」へと発展していった。当然、平安時代の「練香」は、「練香」が廃れた後で考証されているのである。しかも「練香」という用語自体、平安時代の文学作品には一切用いられておらず、あくまで後世における学術用語でしかなかった。そのことにも十分留意していただきたい。

ついでながら室町期以降に確立した香道は、「練香」ではなく直接香木の破片を焚くので、平安時代の薫物を考える際には役に立ちそうもない。それどころかかえって誤解を招きかねないので、その点にも注意が必要である。「麝香《じゃこう》」などの原料が入手しにくくなったことと関係しているのかもしれない。

追　記

現在では、四月十八日が「お香の日」に制定されている。これは『日本書紀』の最初の記事が四月だったこと、それに「香」という漢字を分解すると「十＋八＋日」(最初の「ノ」は無視?)

となることから決まったそうである。もう一つ、十一月五日は「お香文化の日」だそうだ。これは「いいおこう」からの語呂合わせだが、制定されたのは令和二年と非常に新しい記念日である。

私が嗅覚というか薫りに目を止めたのは、歌人で随筆家の尾崎左永子氏が求龍堂から『源氏の恋文』（昭和59年）に続いて『源氏の薫り』（昭和61年）を出された時からである。これは非常に息の長い本で、平成4年には朝日選書としても出版されている。ただし研究者ならぬ人の著作ということで、そのまま長く放置してしまった。

それから随分経《た》った源氏物語千年紀の折に、

・三田村雅子氏・河添房江氏編『薫りの源氏物語』（翰林書房）平成20年4月

・藤原克巳氏他『源氏物語　におう、よそおう、いのる』（ウェッジ）平成20年5月

というすぐれた研究者の本が登場し、遅ればせながら「薫り」が『源氏物語』研究の対象となることに思い至った。もちろん、だからといってすぐに薫りの論文が書けるはずはない。私が最初に薫りで論文を書いたのは「移り香」についてであった。その後しばらく間があいて、『源氏物語』千年紀の折に複数の論文を書いたが、それでも集中して書き続けたわけではない。

定年が間近に迫って、大学院紀要に『源氏物語』の薫り」を二回連続で掲載したことで、ようやく選書になるだけの分量になった。ここまで来るのに二十二年もかかった計算になる。

一つのテーマでこんなに手間取ったのははじめてである。それだけ難しいテーマだということである。これでようやく視覚・聴覚・嗅覚からの『源氏物語』研究をまとめることができた。なお引用本文は、新編日本古典文学全集（以下、新編全集）にあるものは新編全集から引いて頁数をあげた。和歌の場合は歌番号をあげた。その他のものは引用したものを明記するように心がけた。

注

（1）薫のパロディとして、『堤中納言物語』の『このついで』に登場する宰相中将も、
宰相中将こそ、参りたまふなれ。例の御にほひ、いとしるく、（397頁）
とあって、視覚より先に嗅覚で人物が特定されている。

（2）同僚の大津直子氏は、薫の移り香は中の君の腹帯に残っていたという斬新な説を述べておられる（「『源氏物語』中の君の〈しるしの帯〉」國學院雑誌106―8・平成17年8月）。もちろん腹帯以外に髪でも可能かもしれない。

（3）宇治市源氏物語ミュージアムのビデオでは、側近の女房が「薫りが違います」と口にするが、もはや手遅れであった。

（4）それは「香」（芸道）だけでなく、衣装や建築物・調度品・言語にも及んでいる。私たちは江戸時代に時代考証されたものから平安時代を見ているので、その多くは到底平安時代まで遡れ

ない。茶道にしても、『源氏物語』にお茶の用例はない。源氏はお茶など飲んでいないのである。

（5）香木が流れ着いたことを記念して、枯木神社が建てられている。また献上された朝廷では、聖徳太子がその香木で観音像と手箱を作ったという話も伝えられている（聖徳太子伝暦）。その頃はすでに香木が取引されていたのであろう。

（6）名高い香木としては、正倉院（東大寺）所蔵の「蘭奢待《らんじゃたい》」や細川家伝来の「白菊」などがある（伊達家では「柴舟」と命名されている）。

第一部　薫物編

第一章　夕顔巻の「移り香」

はじめに

嗅覚に注目するずっと以前、夕顔の物語の面白さを追求していた際、扇の移り香がキーワードではないかと思い、用例を調べてみた。その時から嗅覚表現に注目するようになったのだが、まさか嗅覚で一冊の研究書をまとめることになろうとは、夢にも思わなかった。換言すれば、本章こそは私の嗅覚論の嚆矢であり、記念すべきものといえる。

一、問題提起 ――「移り香」の初出――

次にあげる『古今集』八七六番歌は、『源氏物語』の空蟬物語とのかかわりが非常に深い歌であると思われる。

方たがへに人の家にまかれりける時に、主の衣をきせたりけるを、朝にかへすとてよ

みける　　　　　　　　　　　　　　　　　　　　　　　紀友則

蟬の羽に夜の衣はうすけれど移り香こくもにほひぬるかな

この歌の分析から始めることにしよう。まず詞書を見ると、いかにも恋物語的なものとなっており、ついその「主」を女性と考えたくなる。(1) しかしこの場合は本当の「移り香」ではなく、夜着に焚き染めてある香であった。むしろ友則は、それを「主」の「移り香」に見立てて面白がっているのであろう。もともとこれは雑部に配されている歌であるから恋歌ではなく、夏の夜着の薄さと香の濃さを対照させた点こそが主眼と考えられる。そうなると「主」は女性ではなく、むしろ友則の友人、つまり男性同士の社交辞令（疑似恋愛遊戯）と見る方が妥当ということになりそうだ。

これを『源氏物語』の例と比較すると、源氏が紀伊守邸へ行ったのは、「今宵、中神、内裏よりは塞がりてはべりけり」（帚木巻92頁）と、方塞《かたふた》がりのためであった。空蟬物語が方違えによって展開している点、『古今集』の詞書から構想された可能性が非常に高い。それのみならず、

蟬の羽もたちかへてける夏衣かへすを見ても音《ね》はなかれけり　（夕顔巻195頁）

歌は、疑いなく『古今集』歌を本歌として詠まれたものである（「蟬の羽」は夏の風物）。(2) また「主の衣」にしても、空蟬に逃げられた際、「かの脱ぎすべしたると見ゆる薄衣をとりて」（空

蟬巻127頁）とある。それは「かの薄衣は小袿のいとなつかしき人香に染める」（同130頁）ものだった。その後、空蟬が伊予介に伴われて任国に下向する際、源氏は「かの小袿も遣《つか》はす」（夕顔巻194頁）と小袿を返すが、その返歌として詠まれたのがこの「蟬の羽も」歌であった。こうなると空蟬物語は、友則歌を出発点として創作されたと考えてもよさそうである。

さてここで問題にしたいのは、第一に友則歌が「移り香」の初出例であるということである。換言すれば、「移り香」は『万葉集』などの上代の文献には見出しえない語ということになる。『古今集』においても、この一例以外に用例は見当たらず、歌語としては未だに熟していない表現といえる。その上で、初出例が梅の「移り香」などではなく、見立て（虚構）であり人工の薫物である点を重視したい。これが俳諧的用法であるとすれば、少なくともこの時点で、薫りは美的表現ではなかったことになる。

同様の例は、『為頼集』（藤原為頼の家集）にも見ることができる。

正月十三日、ひとひまいりたまへりしのち、左兵衛督の宮にまいらせたまふ

あかざりし君が匂ひの恋しさに梅の花をぞけさは折りつる

みや

今もとる袖にうつせる移り香は君が折ける匂ひなりけり

これは長徳二年（九九六年）正月十三日に、宮（具平《ともひら》親王）邸で催された梅花の宴に参集した

人々の一人たる藤原公任が、翌日に宮と交わした贈答である（『公任集』にも収められているが、「移り香」が「花の香」となっている）。この場合の「移り香」は梅の「移り香」であるが、ここでも男同士の社交辞令として用いられていることに留意しておきたい。

ところで現代の読者は、「移り香」に対して何かしら官能的なイメージを抱いてはいないだろうか。そのため「移り香」という表現から、即座に女性を連想している人は少なくあるまい。もちろん古語辞典などでは、性別に関しては一切コメントされていないのだが、そのことがかえって女性の「移り香」であるという幻想（誤解）を強化・常識化しているようにも思われる。もしそうなら、夕顔巻の「扇の移り香」についても、発想の転換が必要なのではないだろうか。本章では「移り香」の性別をポイントにして、夕顔巻の謎の解明に迫ってみたい。

二、黒須論の再検討

問題の夕顔巻は、『源氏物語』中でも特に人気の高い巻の一つであり、古来多くの読者を魅了し続けてきた。反面、解釈において不可解な部分を多く含んでいることも事実であろう。かつて私は、「夕顔物語の構造」（『源氏物語研究而立篇』影月堂文庫・昭和58年12月）という論文の中で、

夕顔巻の謎は必ずしも解答を求めていないのではないだろうか。むしろ宮仕え人から夕顔

へのすり替え等、謎が謎として夕顔巻の怪異的背景を形成し、夕顔の性格の不統一等、説明のつかない矛盾によって、夕顔物語自体が支えられているように思われる。（4頁）

と述べたことがある。これは一面では正鵠《せいこく》を射ていると考えているが、反面、謎の究明を放棄しているとも受け取られかねない発言であった。ここではその反省を含めて、次の本文に関して再度分析を試みてみたい。

惟光に紙燭《しそく》召して、ありつる扇御覧ずれば、もて馴らしたる移り香いとしみ深うなつかしくて、をかしうすさび書きたり。

心あてにそれかとぞ見る白露の光そへたる夕顔の花

そこはかとなく書きまぎらはしたるもあてはかにゆゑづきたれば、いと思ひのほかにをかしうおぼえたまふ。（夕顔巻139—140頁）

従来の研究では、「心あてに」歌の検討（誰が誰に贈ったのか、あるいは夕顔の花は誰をたとえているのかなど）に主眼が置かれており、(3) そのため白い扇に深く染みた「移り香」（嗅覚）に関しては、ほとんど注意が払われてこなかったようである。この「移り香」に言及されているのは、管見では黒須重彦氏ただお一人であろう。黒須氏は夕顔に関する御論の中で、夕顔が扇を贈った相手を頭中将と仮定された上で、

何故〈中略〉「もて馴らしたる移香、いと染み深うなつかしき」扇を贈ったのであるか。

ここにも大変興味ある、作者紫式部の計算があると思われる。これはポジの世界では、源氏が「いと思ひのほかに」夕顔を「をかしうおぼえ」る一つの条件になっていると同時に、ネガの世界では、この扇の持主がこれを受けとる相手によっては（もし頭中将であったら）、直ちに分明するとの暗示になっている、ということになる。

と述べておられる（「白き扇のいたうこがしたる」平安文学研究46・昭和46年6月）。確かに本文中に「そこはかとなく書きまぎらはしたる」とあるように、もともと歌の内容も筆跡も、意図的に朧化されているのであるから、そこから歌の贈り主を判別するのは困難であろう。(4) ところが「移り香」であれば、その香を嗅ぐことによって、目に見えぬ贈り主を特定（判別）できる可能性が存するのである。

ただし香であれば、先に惟光から受け取った時に香に気づいてもよさそうである。その点やや便宜的かとも思われる。加えて源氏は夕顔の花に興味を抱いていたはずであるが、ここでは夕顔の花には一切触れられておらず、添えられた扇の方に興味が移っている。それは夕顔に香がないからかもしれない。どうやらここで白い夕顔の花は、白い扇にすり替えられているようである（この後、もはや夕顔の花は話題にものぼらない。そうなると和歌の「露」も不在となる）。

ところで黒須氏は、前述の御論中で「いたうこがしたる」について、『河海抄』の「しろき扇の香のかにしみたる也。俊成卿女説こがすとは薫物にしみたる心也。一説しろき扇のつまの香色なる歟」という説を引用された上で、「「しろき扇のつまの香色なる歟」が妥当ではないか。視覚的特徴をいったものではないのか。つまり、この扇を見る人が一目見ればそれと分かる特徴を作者はいったのかもしれない」（傍線吉海）と注しておられる。なるほど鈴虫巻にも「香染なる御扇に書きつけたまへり」（376頁）と、「丁子染」の扇に歌を書き付けている場面があるので、『河海抄』の説もそれなりの説得力は認められる。(5) 黒須氏は、嗅覚（移り香）だけでは根拠として弱いと考えられたのであろうが、しかしこれでは視覚優先となってしまい、せっかくの「移り香」（嗅覚）の重要性が薄れてしまいかねない。結局、黒須氏も「移り香」ではなく、扇そのものを問題視されているのである。

本稿の意図は、必ずしも黒須氏の説を支持することでも補強することでもない。ただ黒須氏の提示された視点が、従来看過されていた部分をえぐり出していることに注目しただけである。あくまで黒須氏の説を出発点として、むしろ黒須氏さえも重視されなかった「移り香」（嗅覚）にこだわり、他の用例の検討などを通して新たな私見を提示してみたい。(6)

三、方法としての嗅覚

もちろん嗅覚の判別能力は、個人の資質・教養度・生活環境などによってかなり相違する。そのことに関しては、浮舟の乳母子右近について論じた際、少しばかり言及したことがある。

それは薫の留守を狙って、匂宮が宇治の浮舟を訪れるところであるが、

いとらうらうじき御心にて、もとよりもほのかに似たる御声を、ただかの御けはひにまねびて入りたまふ。ゆゆしきことのさまとのたまひつる、いかなる御姿ならんといとほしくて、我も隠ろへて見たてまつる。いと細やかになよなよと装束きて、香のかうばしきことも劣らず。
（浮舟巻124―125頁）

という本文に対して、私は次のようにコメントした。

右近も一応は用心するが、何しろ寝入りばなでボーッとしているし、まさかという気のゆるみで完全に騙されてしまう。右近の鼻がもっと良ければ、薫と匂宮の匂いの違いもかぎ分けるだろうが、いかんせん田舎育ちの右近には、いい匂いとしか判断できなかった。
（『源氏物語の乳母学　乳母のいる風景を読む』世界思想社・平成7年9月・248頁）

右近は匂宮の演技にまんまと騙されてしまうわけだが、ここでは「香のかうばしきことも劣らず」としか判別できなかった嗅覚能力の欠如が、重要な要素となっているのである。(7) 実はこれには伏線があって、浮舟一行が宇治を訪れた際、薫がいることに気づかず、

若き人、「あなかうばしや。いみじき香の香こそすれ。尼君のたきたまふにやあらむ」。老人、「まことにあなめでたの物の香や。京人はなほいとこそみやびかにいまめかしけれ。天下にいみじきことと思したりしかど、東国にてかかる薫物の香は、え合はせ出でたまは

ざりきかし。（宿木巻490―491頁）

と、「いみじき香」を尼君の焚く香と勝手に決めつけていた。ここに登場する「若き人」が右近であれば、判断能力の欠如も納得される。

この例以外にも、嗅覚が重要なポイントになっている場面がいくつか見られる。たとえば帚木巻における空蟬の女房中将の例をあげてみたい。源氏は空蟬を抱いて自分の寝所へ連れていこうとするが、その際、女房の中将に見つかっている。

かき抱きて障子のもとに出でたまふにぞ、求めつる中将だつ人来あひたる。「やや」とのたまふにあやしくて、探り寄りたるにぞ、いみじく匂ひ満ちて、顔にもくゆりかかる心地するに思ひよりぬ。（100頁）

この場面、中将は源氏の香を嗅ぎわけているともとれなくはないが、しかしそれ以前に源氏の香を嗅いだことがあるとは考えられない。むしろ中将は、源氏が驚いて発した「やや」という声（聴覚）に反応しているのであり、匂いの方はかなり接近してからようやく気づいている。しかも中将は、それをただ強烈ないい匂いとしてしか受けとめておらず、必ずしも源氏固有の香として判別できているわけではなかったようだ。たまたま方違えで源氏がその邸にいることから、その強烈な薫りの持ち主を高貴な源氏と推定しただけなのである。空蟬側近の女房たる中将の嗅覚ですら、その程度のものだったのではないだろうか。

その意味では、源氏の「御移り香のいみじう艶に染み」（若紫巻248頁）た紫の上の御衣の匂いを嗅いでも、ただ「をかしの御匂ひ」（同頁）としか判別できなかった父兵部卿宮の鼻（嗅覚）は、貴族としては失格のようである。もしここで兵部卿宮が不可解な「移り香」の原因を究明していれば、源氏に娘を盗み出されるような事態は未然に防げたはずだからである。(8) 同様に雲居の雁付きの女房にしても、

ささめき言の人々は、「いとかうばしき香のうちそよめき出でつるは、冠者の君のおはしましつるとこそ思ひつれ。あなむくつけや」（少女巻39頁）

とあるように、「いとかうばしき香」が内大臣（頭中将）の香なのか冠者の君（夕霧）の香なのかの区別もできていないのである。そのために内大臣に雲居の雁と夕霧の仲を知られてしまうという失態が生じてしまった。これが女房の限界であろうか。

もう一つ例をあげてみよう。橋姫巻の「垣間見」場面の後に、

あやしく、かうばしく匂ふ風の吹きつるを、思ひがけぬほどなれば、おどろかざりける心おそさよと、心もまどひて恥おはさうず。（141頁）

とあり、さすがに宇治の大君と中の君は薫の芳香に気づいているのだが、そのまま見過ごしてしまった迂闊《うかつ》さをしきりに後悔している。この反省が描かれることによって、姫君たちの教養度もなんとか保たれているのではないだろうか。

その反対の例として、匂宮のすぐれた嗅覚をあげておきたい。薫が宇治の中の君に亡き大君の面影を見てしまい、そのためにやむにやまれず行動をおこしてしまうところは、

えつつみあへで、よりゐたまへる柱のもとの簾の下より、やをらおよびて御袖をとらへつ。女、さりや、あな心憂と思ふに、何ごとかは言はれん、ものも言はで、いとど引き入りたまへば、それにつきていと馴れ顔に、半らは内に入りて添ひ臥したまへり。（宿木巻427頁）

と記されている。もっとも薫はそれ以上の行動には出なかったのだが、しかし帰ってきた匂宮は、中の君に付着した異質な匂いを見事に嗅ぎ当ててしまう。

宮は、いとど限りなくあはれと思ほしたるに、かの人の御移り香のいと深くしみたまへるが、世の常の香の香に入れたきしめたるにも似ずしるき匂ひなるを、その道の人にしおはすれば、あやしと咎め出でたまひて、いかなりしことぞと気色とりたまふに、事の外にもて離れぬことにしあれば、言はん方なくわりなくていと苦しと思したるを、さればよ。かならずさることはありなん、よもただには思はじと思ひわたることぞかしと御心騒ぎけり。さるは、単衣の御衣なども脱ぎかへたまひてけれど、あやしく心より外にぞ身にしみにける。（同434―435頁）

中の君にしても、用心のためにとわざわざ下着まで取り替えていたのであるが、それでも薫の「移り香」を完全に消し去ることはできなかった(9)。それほどまでに薫の体臭は強烈なわけだ

が、それのみならず匂宮の嗅覚能力が人一倍すぐれていることにも留意しておきたい。

その匂宮の兄である東宮も、確かな嗅覚を有していたようである。匂宮が按察大納言の子の大夫の君と共寝したため、大夫の君に匂宮の「移り香」が付いてしまう。そのことが母真木柱の口から、

若君の、一夜宿直して、まかり出でたりし匂ひのいとをかしかりしを、人はなほと思ひしを、宮のいと思ほし寄りて、兵部卿宮に近づききこえにけり、むべ我をばすさめたりと、気色とり、怨じたまへりしこそをかしかりしか。（紅梅巻53頁）

と語られている。一般の人には区別できないかもしれないが、東宮は大夫の君に付いた香がすぐに弟の匂宮のものであることを見抜き、だからこそ「我をばすさめたり」と怨むのである。[10]実の弟（肉親）の香だからわかるのかもしれないが、少なくとも東宮の嗅覚が劣っていないことは納得されるであろう。

さて肝心の光源氏の場合、その時はじめて扇の「移り香」を嗅いだとすれば、その時点で香の善し悪し（ある程度の身分や教養度）くらいは判定できるにせよ、相手の特定などは到底不可能であろう（源氏自身はその行為を宮仕え女房の仕業かと疑っている）。しかしもし仮に、源氏がこの「移り香」を以前に嗅いだことがあったとすればどうであろうか。[11]いや源氏でなくても、この「移り香」を身近に嗅いだ経験がある人ならば、それが誰の香であるのかわかるのではない

だろうか。つまり、黒須氏のいわれるように視覚的でなくとも、もしこの「移り香」を頭中将が嗅いだとしたら、それがかつての恋人（常夏の女）の香であることくらいは容易に認識されるはずである（それくらい即座に判別できなければ一流貴族としては失格であろう）。ただしその場合は、夕顔に香の調合能力があり、夕顔独自の香を有しているという前提条件が必須となる。それが夕顔以外の女性（女房など）のものであったり、たとえ夕顔のものであっても、その後新たに調合し直した香では話にならないからである。

それにしても、歌のみならず自分の「移り香」のついた扇を、意図的に相手に示すというのは、やはり一般的な貴族女性の行為としてはやや異常ではないだろうか。この点に関しては今井久代氏も、

やはりわざわざ持ち主を偲ばせる愛用の扇を寄こしたと見るほかないが、これは嗜みある女の贈る品ではない。〈中略〉持ち主の香りの染みた品は、男には官能的な「なつかしき」品であるが、女には気恥ずかしいものであり、ふつうならば心許さぬ男には贈らない品なのである。

（「夕顔巻の「あやし」の迷路―頭中将誤認説を手がかりとして―」国語と国文学73―3・平成8年3月）

と述べておられる。しかし今井論でも、肝心の「移り香」そのものに関しては、ほとんど注目

されていない。

四、「移り香」の用例

ここで参考までに、「移り香」の用例を上代文学・平安朝文学にわたって調べてみたところ、次のような結果が得られた（私家集にも前述の『為頼集』をはじめとしてそこそこ用例は見られるが、ここでは省略する）[12]。

1『古今集』　一例　　2『後拾遺集』　四例
3『三奏本金葉集』　一例　　4『千載集』　二例
5『源氏物語』　十五例　　6『栄花物語』　一例
7『狭衣物語』　六例　　8『夜の寝覚』　一例
9『浜松中納言物語』　三例　　10『有明の別れ』　二例
11『松浦宮物語』　一例

『万葉集』を含めて、上代文学には用例が一例も見出せなかった。上代の文献に「移り香」が見当たらないことを重視すれば、「移り香」は平安朝の貴族文化が創り出したものということになる[13]。もっとも日常生活で実際に香を使用している割に、平安朝文学における用例数は意外に少ない。あるいは「移り香」には、プラスの香のみならず、体臭などのマイナス要素も含まれるので、やはり美意識として認められていなかったのかもしれない。
「移り香」の初出は、前述のように『古今集』の紀友則歌であった。続く『後撰集』・『拾遺集』に用例がないので、歌語として定着していたとはいいがたい。『後拾遺集』に至って四例に増加しているのは、逆に『源氏物語』からの影響なのかもしれない。『金葉集』にも一例あるが、続く『詞花集』には見られない。『千載集』に至って再び二例登場するが、何故か『新古今集』にはそれが継承されておらず、八代集において歌語として流行した形跡は認められない。『後拾遺集』・『千載集』に登場している点、『源氏物語』の流行と軌を一にしているように思われるものの、肝心の『新古今集』に用例がないので、いわゆる「源氏詞」とも認定しがたいようである。

それでは勅撰集の用例をひとわたり概観しておこう。『後拾遺集』の源兼澄歌では、

わぎもこが袖ふりかけし移り香のけさは身にしむ物をこそ思へ　(六二一番)

と、はっきり「わぎもこ」(女)の「移り香」が詠まれている(この歌は『三奏本金葉集』に重出)。また清原元輔歌、

移り香の薄くなりゆくたき物のくゆる思ひに消えぬべきかな　(七五六番)

は、詞書に「ある女に」とあるので、やはり女の「移り香」を詠じたものと考えざるをえない。『千載集』の中納言経房《つねふさ》歌、

移り香に何しみにけんさ夜衣忘れぬつまとなりけるものを　（八八三番）

は題詠（移香増恋）であるから、女の立場で夜着に残った男の「移り香」を詠じたものということになる。その意味では『古今集』の詠み方を踏襲しているわけであるが、すでに恋歌となっている点には留意しておきたい。

その他、『後拾遺集』の読人不知歌、

わが宿の垣根の梅の移り香にひとり寝もせぬ心地こそすれ　（五五番）

及び素意法師歌、

梅が枝を折ればつづれる衣手に思ひもかけぬ移り香ぞする　（六〇番）

や、『千載集』の崇徳院歌、

春の夜は吹きまふ風の移り香を木ごとに梅と思ひけるかな　（二五番）

などは、春の部における梅花の「移り香」の用例である。こういった自然の「移り香」の用例が意外に少ないことも、特徴の一つであろう。また『後拾遺集』以降において、幻想的な恋の雰囲気を有する歌語として、女性的美的な「移り香」を詠じる傾向が見られることにも留意しておきたい（私家集にも若干見られるが傾向はほぼ同じ）。これも『源氏物語』の影響であろうか。

それに対して散文はどうかというと、管見では『源氏物語』以前の用例が一切見当たらなかった。参考までに『源氏物語』以降を見渡しても、『栄花物語』に一例、『狭衣物語』に六例、

『夜の寝覚』に一例、『浜松中納言物語』に三例、『有明の別れ』に二例、『松浦宮物語』に一例と、やはり用例は少ないようである。こうなると散文の特徴としては、『源氏物語』が初出であるのみならず、用例数が他と比べて異常に多いことがあげられる。

参考までに『源氏物語』以降の用例をあげておこう。

1打橋渡らせたまふよりして、この御方の匂ひは、ただ今あるそら薫物ならねば、もしは何くれの香《かう》の香《か》にこそあんなれ、何ともかかえず、何ともなくしみ薫らせ、渡らせたまひての御移香は他《こと》御方々に似ず思されけり。（『栄花物語』かがやく藤壺巻305頁）

2この扇を見れば、ただ一夜持たせたまはりしなりけり。移り香のなつかしさは、ただ袖うちかはしたまひたりし匂ひ変らず、仮名など書きまぜられたるを、（『狭衣物語』巻一140頁）

3白き色紙などにもなくて見るにはあらぬが、移り香など世の常の人とは見えず心ふかくて、（『狭衣物語』巻二177頁）

4我が着たまへる白き御衣のなよなよと着なされたる、移り香ところせきまで薫り満ちたるを、（『狭衣物語』巻二304頁）

5らうたげなる声にうち鳴きて、近く寄り来たる、御衣の移り香うらやましうて、かき寄せたまへれば、（『狭衣物語』巻三138頁）

6薄鈍なる御扇のあるを、せちにおよびて取らせたまへれば、懐しき移り香ばかり昔に変らぬ心地するに、（『狭衣物語』巻四224頁）

7珍しき御移り香さへ、なべてならぬ匂ひうち薫りたるも、いと恋しうおぼえたまひて、（『狭衣物語』巻四356頁）

8我が身にしめたる母君の移り香、紛るべうもあらず、さとにほひたる、なつかしさまさりて、単衣の隔てだになくて臥させたまひたるに、（『夜の寝覚』324—325頁）

9その夜通ひし袖の移り香は、百歩のほかにもとほるばかりにて、世のつねの薫物にも似ず、（『浜松中納言物語』巻一85頁）

10たづねあふべきかたもなきままに、移り香しみし恋の衣ひきかけつつ、
なかなかにわが身にしむもわびしきになにとどまれるにほひなるらむ
（『浜松中納言物語』巻一88頁）

11つねに弾きならし給ひける人の、移り香なつかしうしみて、調べられたりけるを、（『浜松中納言物語』巻三284頁）

12さるべき御衣など、少将が心しらひたてまつれり。御うつり香にぞおぼしなぐさむ心地する。（創英社『有明けの別れ』292頁）

13そこはかと思ひもわかぬうつり香に下の心のなほまどふらん

14とどめし袖の移り香につけては、枕定めむかたもなく、いかに寝し夜の悲しさの、身をせむる心地すれば、
（『松浦宮物語』102頁）

（創英社『有明けの別れ』同頁）

各用例の詳しい検討は省略せざるをえないが、『狭衣物語』の三例を除けば、他はすべて女性の「移り香」であった（植物の用例なし）。『夜の寝覚』の用例8など、まさこ君に母（寝覚の上）の移り香が付いていたので、寝覚の上を慕う帝は、まさこ君を代償として愛撫している場面である。これは源氏が小君を空蟬の代償としていることの一歩進んだバリエーションであろう。また柏木が女三の宮の唐猫をかわいがる一件とも類似している。『狭衣物語』の場合、前の三例2・3・4は男性（狭衣）の「移り香」であり、後の三例は5（源氏の宮）・6（女二の宮）・7（源氏の宮）のように女性となっている。このうちの2は夕顔の、5は柏木のパロディであり、ここからも『狭衣物語』における『源氏物語』の重要性が理解される。また2・6のように、男女両方に扇の「移り香」が見られる点にも留意しておきたい。

なお、『狭衣物語』巻四で狭衣が式部卿宮の姫君に接近する場面に、

こなたざまに来るままに、「人も久しうおはしまさぬこの御方にしも、おぼえなき匂ひこそすれ。あなむつかし。紙燭《しそく》やささまし。いと暗し」とて、たち帰りたれば、
（301―302頁）

とある。これは姫君の弁の乳母が狭衣の香を真っ先に嗅ぎ取っているのであるから、一応乳母としての用心深さは合格といえよう。

『有明の別れ』の用例12は、左大臣の夜着を少将が用意するが、左大臣はその夜着の「移り香」（夜着そのもの）を女院のものと思っている。そのため13のような歌を詠じ、またその夜着を持ち帰るわけだが、これなど『古今集』歌を下敷きにしているだけでなく、空蟬の例も踏まえているのではないだろうか。ただしこの「移り香」が本当に女院のものかどうかは未詳。左大臣の嗅覚能力にも問題があるかもしれない。

なお、藤原定家の作とされる『松浦宮物語』の用例14は、謎の梅里の女（実は母后）の強烈な「移り香」であった。ところが肝心の男主人公（弁少将）の嗅覚能力は平凡で、なかなか薫りによる人物の謎（特定）に至らず、読者の方がじれったくなる。(14) この趣向は、むしろ意識的に仕組まれたものであろうか（もちろん梅も牡丹も中国趣味の花であった）。

五、『源氏物語』の特徴

それでは肝心の『源氏物語』における用法は、どのようになっているのであろうか。『源氏物語』の「移り香」全用例十五例の分布は、

夕顔巻　一例　①扇の（139頁）

若紫巻　　一例　②源氏の（248頁）
薄雲巻　　一例　③源氏の（463頁）
真木柱巻　一例　④火取りの灰の（368頁）
紅梅巻　　一例　⑤匂宮の（54頁）
橋姫巻　　一例　⑥薫の（152頁）
椎本巻　　一例　⑦薫の（211頁）
総角巻　　二例　⑧薫の（241頁）・⑨匂宮の（284頁）
宿木巻　　四例　⑩薫の（423頁）・⑪薫の（434頁）・⑫薫の（435頁）・⑬薫の（437頁）
東屋巻　　二例　⑭薫の（54頁）・⑮匂宮の（83頁）

となっているが、この中に植物の例は認められない。問題の夕顔巻の用例は、『源氏物語』のみならず物語全般における初出例ということになる。歌語としては比較的消極的であり、宿木巻において中の君と薫の仲を疑う匂宮の、

⑫また人に馴れける袖の移り香をわが身にしめてうらみつるかな　（435頁）

歌一例だけしか用いられていなかった（「袖の移り香」は八代集に用例なし）。ただし『無名草子』にはこの歌が引用されている。

全体としての傾向は、続編に用例の大半が集中しており、積極的に続編世界のキーワードと

いえそうである。特に薫の八例が突出している点には留意したい。[15] それのみならず個人として用例を有するのは、薫以下、匂宮三例・源氏二例と物語の男主人公三人だけであり、逆に夕顔巻と真木柱巻の用例の方がむしろ特異例ということになる。

その真木柱巻の例は、

④昨夜のは焼けとほりて、疎ましげに焦がれたる臭ひなども異様なり。御衣どもに移り香もしみたり。（368頁）

となっている。この場合の「移り香」は香の匂いではなく、火取りの灰によって下着が焼け焦げた異臭であり、これは例外として処理すべきであろう（美意識からははずれる）。それにしても鬚黒の衣服に焚き染めるための「火取り」であるから、それは鬚黒の薫りであって、たとえそれを北の方が焚いているからといって、北の方の薫りとするのはためらわれる。[16]

いずれにしても、夕顔巻の用例だけを女性の「移り香」と解することに疑問が生じてくる。だからといって、女性の「移り香」とする解釈を否定するつもりはない。前述のように『源氏物語』以降の用例は、必ずしも男性に限定されているわけではなく、『古今集』と『狭衣物語』を除いては女の「移り香」なのであるから、そう簡単に夕顔巻を例外とするわけにはいくまい。それにしても『源氏物語』以前の用法としては『古今集』しかないわけで、それを踏襲していると見れば、必然的に男性の「移り香」をこそ最初に想定してしかるべきではないだろうか。

逆に考えれば、むしろ『源氏物語』においては、女性の「移り香」が表出されていない点こそが特徴ということになる。[17]少なくとも文学史的に『源氏物語』まで男性の「移り香」で統一できるとすれば、問題はむしろ『源氏物語』以降の用例が、突然それを女性に変容・固定していることの方にあろう。そしてその過渡期・変換期が『狭衣物語』ということになる。もちろん『古今集』からして疑似恋愛的用例であるから、男女の転換は容易だったはずである。

ところで『源氏物語』は、何故重要な女性の「移り香」――たとえば藤壺・六条御息所・朧月夜など――を物語展開の契機として利用しなかったのであろうか。光源氏と取り換えた朧月夜の扇にしても、「ゆゑなつかしうもてならし」（花宴巻360頁）たものであるにもかかわらず、その「移り香」については一切コメントされていない（源氏は扇で相手を特定できていない）。同様に葵祭の折に源典侍が「よしある扇の端を折りて」（葵巻29頁）歌を詠みかけた扇にしても、「移り香」に関しては何も書かれていないのである。そうなると夕顔の用法は、やはり相当特殊ということになってくる。

ここで試みに発想を百八十度転換して、問題の扇を夕顔自身のものではなく、かつて頭中将が夕顔のところに置いていった（あるいは交換した）扇と見ることはできないだろうか。今まででは夕顔側から贈られた扇ということで、無批判かつ盲目的に夕顔の扇・夕顔の「移り香」だと思い込んでいたのではないだろうか（従来の研究において男性の「移り香」としているものは皆無）。それが用例的に読者の幻想であることは、今までの考察から納得されるに違いない。また単に扇による伝達という点では、何も夕顔の持ち物でなくてもかまわないはずである。というよりも、自分の扇を相手に示すよりも、相手の扇を本人に示す方がより効果的ではないだろうか。しかもそれが頭中将の扇であるとすれば、当然そこに残る「移り香」は頭中将本人のものであるから、『源氏物語』中の用法にも反しないことになる。

もっとも頭中将は夕顔と別れて久しいので、当然「移り香」も時間の経過の中で薄れているはずである（黒須氏が消極的なのはそのためかもしれない）。しかし夕顔側がその扇を形見として大切に保管していたとすれば、それも大きな欠点にはなるまい。また夕顔側にしても、自分の扇ではない分、たとえ人違いをしたとしても、それによって自身の身元が割れる気遣いはないのである（ただし同じ手は二度と使えない）[18]。

まとめ ―― 私案提起 ――

以上、夕顔巻における黒須氏の御説を起点として、「移り香」の用例を広く調査し、その用法から様々に考察してきた。その結果、夕顔巻における「移り香」は物語における最初の用例であること、また基本的には男性の薫りが女性に移ることが明らかになった。それにもかかわらず、これまでは女性（夕顔）の「移り香」として無批判に読んでいたようである。もしそれを頭中将の「移り香」と仮定すれば、それこそ源氏は持ち前の嗅覚能力によって、すぐに扇の持ち主が頭中将であることを察知するであろう。

いずれにせよ、扇の「移り香」が頭中将を想起させるものだからこそ、続く「この扇の尋ぬべきゆゑありて見ゆるを」（夕顔巻140頁）にしても、すでに頭中将を意識しての発言として、合理的に解釈されることになる。だからといって、すぐに相手の女性が常夏の女であると気づくわけではない。頭中将もそれなりの女性遍歴を有しているし、源氏の感想にも「さらば、その宮仕人ななり」（同頁）・「いかなる人の住み処ならん」（同142頁）などとあるので、源氏は確信しているわけではないからである。それにしても夕顔への異常なまでの執着や、「雨夜の品定め」とのかかわりに関しては、頭中将を意識してはじめて常夏の女が浮上するのではないだろうか。(19)逆にこれを夕顔側の女性の「移り香」と解釈する限り、そこから頭中将を連想することは、後の惟光の報告まで待たねばならないし、そこから常夏の女を連想することも難しいのではないだろうか。

もちろんこのように解釈したところで、それで夕顔巻の謎が完全に氷解するわけではないが、(20)嗅覚という視点から、やや停滞しつつある現在の研究状況に一石を投じることはできると思われる。少なくとも『源氏物語』には、自然の「移り香」や女性の「移り香」の例が用いられていないことを特記・強調しておきたい。ただ不思議なことに、肝心の夕顔の花も扇の「移り香」

も、その後の物語展開にまったく利用されないまま放置されてしまっている。どうやら『源氏物語』における「移り香」の有効な活用は、宇治十帖までもうしばらく待たなければならないようである。

注

（1）片桐洋一氏は、『古今集』四二番にある紀貫之の「人はいさ」歌を含めて、詞書の「主」を女性と解釈しておられる（『古今和歌集全評釈（下）』講談社・平成10年2月）。また佐田公子氏「蟬の羽の夜の衣は薄けれど―古今和歌集雑歌上876番歌の位置―」和歌文学研究78・平成11年6月参照。あるいは『源氏物語』はそういった解釈の揺れを積極的に取り入れているのかもしれない。

（2）石川徹氏「平安朝に於ける物語と和歌との相互関係について」国語と国文学23―5・昭和21年5月参照。

（3）最近のものでは、田中喜美春氏「夕顔の宿りからの返歌」国語国文67―5・平成10年5月、清水婦久子氏「夕顔の歌の解釈」『源氏物語の鑑賞と基礎知識⑧夕顔』（至文堂・平成11年1月）などがあげられる。

（4）特に扇に書かれた歌に関しては、随身が門内に入って夕顔の花を折るわずかな間に、咄嗟《とっさ》に歌を書いて差し出すことなど可能であろうか。歌に「夕顔」を詠みこんでいるので、源氏と随身の会話を聞いて準備したのかもしれない。

（5）「もて馴らしたる移り香」の実態はよくわからない。一般的には香が焚きこめられていると考えられるが、持主の体臭が付着していると見るのも面白い。あるいは黒須氏が述べられるように、匂いではなくて染みついた色（香色）であろうか。

（6）白い扇は浮舟にも付随しているが、「白き扇をまさぐりつつ添ひ臥したる」（東屋巻100頁）・「扇の色も」（同101頁）とあって、浮舟の例では「移り香」はまったく問題視されていない。また白い扇ではないが、扇と「移り香」という点では「丁子染の扇のもてならしたまへる移り香などさへたとへん方なくめでたし」（宿木巻423頁）があげられる。これは薫の扇の説明であるが、底本の頭注二六に「「丁子染」は、黄色に赤みを帯びた、夏用の染色」「「扇」も夏用」（424頁）と記されている。扇は必ずしも夏のみの限定使用品ではないわけであるから、もて馴らした扇といえども一年中所持しているのではなく、季節によって取り替えていることが察せられる。そうなると夕顔巻の「白き扇」にしても、新品ではないにせよ、だからといって夕顔が常日頃愛用していた扇とは断言できないことになる。第一、この装飾もされていない「白い」扇は、桧扇などに比べてはるかに見劣りがするはずである。少なくとも風を起こす道具としての実用的な扇は蜻蛉巻の一例しか描かれておらず、歌を書き付けたり合図を送ったりするものとして、また顔を隠すものとして用いられることの方が多い。

（7）右近のみならず浮舟にしても、匂宮にいい寄られた際「この、ただならずほのめかしたまふらん大将にや、かうばしきけはひなども思ひわたさるるに」（東屋巻61頁）と考えており、薫と匂宮の区別がきちんとついていたわけではなかった。どうやら浮舟には嗅覚判断能力が付与されていないようである。

（8）ただし兵部卿宮に嗅覚判別能力が備わっていたのでは、藤壺と源氏の密通事件が発覚してしまう恐れがある。そのためにここで鼻が利かないことをさりげなく匂わしているのかもしれない。その意味で紫の上はまさしく藤壺の分身であった。

（9）薫の「移り香」（ただし香だけではなく体臭も含まれる）の強烈さは、すでに竹河巻において「うちふるまひたまへる匂ひ香など世の常ならず」（68頁）と強調されていた。続く橋姫巻でも、宿直人に脱ぎ与えられた衣装において、やや滑稽に「ところせき人の御移り香にて、えも濯ぎ棄てぬぞ、あまりなるや」（152頁）と提示されている。それが伏線的に「かの御移り香もて騒がれし宿直人」（椎本巻211頁）と再提起され、さらには大君に移った薫の移り香を、中君が「ところせき御移り香の紛るべくもあらずくゆりかをる心地すれば、宿直人がもてあつかひけむ思ひあはせられて」（総角巻241頁）と怪しむ場面にまで引きずられている（判別能力あり）。中君にしても、大君の一件で薫の移り香のすごさを知っていたからこそ、わざわざ衣服を取り替えたのではないだろうか（「かの」とあるのも象徴的）。

（10）真木柱がこれを冗談で済ませているとすれば、政治的な能力には欠けていることになる。これは明らかに匂宮が兄東宮に対して挑んでいるわけであり、かつての朱雀帝と源氏の繰り返し（東宮と匂宮との皇位継承事件）だからである。匂宮は、東宮の寵愛を受けた大夫の君を手懐《てなず》けて自分のものにすることによって、玉鬘の大君が東宮に入内したことへの仕返し（自己主張）をしているのである。ここでは姉大君の分身として機能していると考えられる。その意味でこの一件は、東宮が大夫に付いた匂宮の「移り香」に気づくことを承知の上でのこと（計画的）だったと読みたい。

（11）これに類似した例として、初音巻における明石の君の行動があげられる。教養ある明石の君が、正月という季節に相応しからぬ「侍従」（秋の香）を用いている場面であるが、もしそれが明石の岡辺の家でいつもくゆらされていた香だとすれば、明石における源氏との逢瀬（八月）を想起させる小道具として、むしろ積極的・作為的に仕掛けられていることになるからである（吉海「「岡辺」のレトリックあるいは明石の君のしたたかさ」解釈41―2・平成7年2月）。

（12）『古今集』三五番「梅の花立ちよるばかりありしより人のとがむる香にぞしみぬる」歌は、題知らず・読み人知らずであるが、『兼輔集』八番には「しのびたる人の移り香の、人とがむるばかりしければ、その女に」という詞書付きで出ており、「移り香」が用いられている。これは珍しく男の袖に女の「移り香」が移ったものである。また『恵慶法師集』にも「追風のこしげき梅の原行けば妹が袂の移り香ぞする」（二一〇番）とある。なお鎌倉時代物語などにも、「移り香をありし形見と思ふ身に袖さへ今は朽ち果てねとや」（『あきぎり上』中世王朝物語全集1 62頁）、「形見とて袖にしめつる移り香をあらふは今朝の涙なりけり」（『月詣集』五六四番）といった「移り香」の用例が見られる。

（13）ただし『枕草子』「正月一日、三月三日は」章段には「移り香」ではないが「移しの香」が存する。「菊の露もこちたく、おほひたる綿などもいたく濡れ、うつしの香もてはやされて」（43頁）。これは綿に染みた菊の「移り香」であろう。

（14）帰国後、形見の鏡を開いた際も同様で、少将は「いとしるきにほひの似るものなきが、うち薫る心地する」（136頁）と認識していながら、その「移り香」を気にかけていない。そのため華陽公主に「思ひかけぬ前の世に、たぐひなしと身にしめし人の御かをりに、かすかにおぼえたる」（137頁）と、嗅ぎ当てられており、やはり少将は鈍感といわざるをえない。

(15) 注（9）参照。また宇治十帖、特に薫の「移り香」に関しては、三田村雅子氏「方法としての〈香〉―移り香の宇治十帖へ―」『源氏物語感覚の論理』（有精堂・平成8年3月）に詳しい考察があり、参考になる。付言すれば、薫の場合は香ではなく自らの体臭（香製造器）であり、それが宿直人・大君・中の君・浮舟へ感染していくのである。それに対して匂宮は間接的に人工的な香を焚き染めているわけだから、「移り香」の強さという点では、到底薫に対抗できるはずもなかった。

(16) 同様の例として、女三の宮のもとに通う光源氏の衣装に香を焚き染める紫の上をあげることができる。ただし紫の上の場合は、「御衣どもなど、いよいよたきしめさせたまふものから、うちながめてものしたまふ気色、いみじくらうたげにをかし」（若菜上巻63頁）のごとく美的に描かれている。これなど紫の上が、源氏の香を管理していると見ていいのであろうか。

(17) 『源氏物語』が「移り香」を積極的に活用させようと思えば、正編における藤壺や女三の宮の密通事件、あるいは空蟬や朧月夜との一件などに容易に応用できたはずである。女の身体に付着した男の「移り香」は、密通の動かぬ証拠たりうるのであるから。しかしながら物語は、そういった方向への展開を完全に閉ざしている。ただし空蟬に関してのみ、「移り香」という表現こそ出てこないが、かわりに「かの薄衣は小袿のいとなつかしき人香に染めるを、身近く馴らして見ゐたまへり」（空蟬巻130頁）とあり、空蟬の体臭混じりの「移り香」を「人香」という類似表現で記している。

(18) もともと源氏は、「をかしき額つきの透影あまた見えて」（夕顔巻135頁）とあって、向こうからのぞかれていることを意識していた。それを承知の上で、牛車の下簾から「すこしさしのぞきたまへれば」（同頁）とのぞき返しているのである。これはただ単に相手を見ているのではなく、意図的に自分の顔を相手に見せているのであろう（ポーズ）。だから相手側の反応に対して、「したり顔にもの馴れて言へるかな」（140頁）などと、自分の正体がばれたような感想を抱いているわけである。ただしそれはあくまで源氏の思いこみであるから、これは夕顔側が源氏であることを認識したという証拠にはならない。

(19)　吉海「「雨夜の品定め」再考」解釈42―6・平成8年6月参照。

(20)　もし夕顔が、相手を源氏と認識した上で、頭中将の扇を使ったとすると、夕顔の嗅覚能力は低かったと考えざるをえない。

補注

香に関しては、系譜（氏族）による秘伝ということも考えられなくはないが、当時の子供が母方で養育されるということを勘案すると、音楽のような相伝は想定しにくいようである（蛍兵部卿宮や匂宮・薫などは個人的突然変異的な才能であろう）。また発表後に金秀姫氏「空蝉物語の「いとなつかしき人香」考―『古今集』との表現的関連について―」むらさき37・平成12年2月を見たが、本章の主旨とは異なっているので、あえて修正は行わないことにした。

第二章　若紫巻の「追風《おひかぜ》」

はじめに

夕顔巻や若紫巻は、いくつも論文の材料を提供してくれた大事な巻である。いろんな視点から切りこめば、それなりの成果も期待できる。この「追風」にしても、まさかこんなに面白い意味の変遷というか、『源氏物語』独自の特殊用法があろうとは思ってもいなかった。それが常識の落とし穴かもしれない。ということで「追風」論は、嗅覚論というよりも特殊表現論として浮上したものであった。

一、問題提起 ——『源氏物語』の特殊表現 ——

『源氏物語』の表現を考える際、私は次の三点を念頭において、その特性を見極めるようにしている。

①平安朝語であるかどうか
②歌語であるかどうか
③女性語であるかどうか

まず①については、上代に用例があるかどうかをチェックするわけだが、上代の文献に用例が認められず、平安朝の文献を初出例とするものが意外に多い。「移り香」もそうだったが、それを平安朝語と呼びたい。②は勅撰三代集などに用いられているかどうかであるが、『源氏物語』には『古今集』などからの引歌が多い反面、「夕顔」のように今まで和歌にまったく用いられてなかったいわゆる非伝統的な語が、『源氏物語』ではじめて和歌に詠みこまれる例もしばしば認められる（非歌語）。その意味で『源氏物語』は物語でありながら『後拾遺集』の先取りといえそうである。③女性語の認定は簡単ではないが、漢語（公用語・男性語）と対立する和語・和訓も多く用いられているようである。特に形容詞・形容動詞の複合表現の中には、『源氏物語』独自のもの（女性語）が少なくない。その他、文語と口語の使い分けや方言などの使用も認められる。

そういった中にあって、ここで取り上げた「追風」という語は、必ずしも平安朝語ではないものの、『源氏物語』においてその用法が異常と思えるほど大きく変化しているものである。それのみならず、せっかく『源氏物語』が新たに開拓した用法であるにもかかわらず、後世の作品にほとんど継承されていないこともわかった。つまり『源氏物語』の中で発生しかつ終息していることになる。これなど平安朝的用法という以上に『源氏物語』の特殊用法として定義されるのではないだろうか。

二、「追風」の本義

そもそも「追風」の初出を調べてみたところ、古く『古事記』・『日本書紀』に一例ずつ用いられていることがわかった。まずその用例を検討しておこう。

『古事記』の用例は中巻にある有名な神功皇后の新羅親征の条に、

　爾《しか》くして、順風《おひかぜ》、大きに起り、御船、浪に随ひき。故、其の御船の波瀾《なみ》、新羅之国に押し騰《あが》りて、既に半国《くになか》に到りき。（247頁）

と出ている。ここでは「順風」を「おひかぜ」と訓《よ》んでいるわけだが、必然的に船の進む方向に吹く風（「向かい風」の反対）という意味になる。次に『日本書紀』であるが、『古事記』と同様に神功皇后の新羅親征の条に、

　則ち大風順《おひかぜ》に吹き、帆舶《ほつむ》波に随ひ、梶楫《かぢかい》を労《いたつ》かずして、便《すなは》ち新羅に到る。時に、船に随へる潮浪《うしほ》、遠く国中に逮《みちいた》る。（427頁）

とあって、ここでは「順」一字を「おひかぜ」と訓ませている。『日本書紀』では「順」だけ

であるし、直前に「大風」とあるのだから、船の進む方向という意味でも可能のようである。また『古事記』では「御船」とだけあって曖昧であったが、『日本書紀』にははっきり「帆船」(帆船)とあるので、風が動力であることがわかる。

『古事記』・『日本書紀』に一例ずつ用例の認められる「おひかぜ」であるが、何故か『万葉集』には用例が認められないので、少なくとも上代においては歌語ではなかったことになる。また表記が「追風」ではなく「順風」もしくは「順」なので、その意味も帆船の進む方向に吹く風(それによって船を速く進める)という限定用法と見て問題なかろう。そのためか『時代別国語大辞典上代編』(三省堂)では「船などの進むのと同じ方向に吹いて、船を後から追い進める風」とだけあって、それ以外の意味は一切記されていない。付け加えるならば、その「順風」が神意の表出とも読めそうだ。

ところが『日本国語大辞典第二版』(小学館)になると、意味が六項目に広がっている。

①うしろから吹いてくる風。↔向かい風。

②船の進む方向に吹く風。おいて。順風。↔向かい風。

③物の香りを吹き送ってくる風。

④特に、着物にたきしめた香や、たいている香の薫りをただよわせてくる空気の動き。↓追い風用意。

⑤人が通ったときに生ずる空気のかすかなゆれ。
⑥すぐれた馬。逸馬。

初出である「順風」が二番目になっているのは、用例数の差であろうか。それに対して『古語大辞典』（角川書店）では、

①順風。船などの進むのと同じ方向に吹いて、船を後ろから追い進める風。「おひて」とも。
②後ろから吹いて来る風。
③花や香りを吹き送る風。
④衣などにたきしめた香を吹き伝える風。

と、順風を第一義に出している。これは初出を重視しているのであろう。「後ろから吹いて来る風」は順風に近いものであるが、船とは無縁のようである。③④については、単純に「風」となっているが、『日本国語大辞典第二版』の⑤では「空気の動き」と微妙な表現をとっているので、そのニュアンスの違いも考察してみたい。(1)

三、「追風」の用例（順風の継承）

平安朝の『竹取物語』には、倉持の皇子の作り話の中に、

船に乗りて、追風吹きて、四百余日になむ、まうで来にし。大願力にや。難波より、昨日

なむ都にまうで来つる。（33頁）

とあって、行きは五百日かかったが、帰りは追風が吹いて四百日余りで着いたというのであるから、これは間違いなく帆船の受ける順風であろう。また「大願力にや」とあることから、ここにも霊力の加護が看取される。この用法は『土佐日記』にも継承されている。(2) 一月二十六日条に海賊が追ってくるという噂が伝わり、そのため楫取が手向けをすると、幣が東の方（船の進行方向）に散った。そこで女童が、

これを聞きて、ある女の童のよめる、

わたつみのちふりの神に手向けする幣の追風やまず吹かなむ（38頁）

と詠じている。その祈りが届いたのであろう、

このあひだ、風のよければ、楫取いたく誇りて、船に帆上げなど、喜ぶ。（同頁）

と順風（西風）が吹いたので、喜んで帆を上げて船を進ませている。ここにも手向けの神の霊力が看取される。それに続いて、

淡路の専女《たうめ》といふ人のよめる歌、

追風の吹きぬるときは行く船の帆手うちてこそうれしかりけれ（同38―39頁）

ともあるが、二例とも第一義的な順風で問題あるまい。これは作者である紀貫之が土佐（任国）から京都へ帆船で旅行（帰国）しているからである。海上つまり帆船に乗っている以上、順風

以外の意味は考えにくい。

次に『源氏物語』須磨巻の例をあげてみたい。

道すがら面影につと添ひて、胸もふたがりながら、御舟に乗りたまひぬ。日長きころなれば、追風さへ添ひて、まだ申の刻ばかりに、かの浦に着きたまひぬ。（186頁）

源氏の乗った船がどの程度の大きさだったのかわからないものの、ここでは帆船と考えて「順風」の意味としておきたい。本来京都は海に面していないので、帆船に乗る機会など滅多にないはずであるが、ここは須磨流謫ということで源氏は「追風」を体験することができたわけである。なおこの部分の解釈に関して、小西甚一氏は「日の永いころなので、追い風までが加わって、まだ申の時ぐらいに、その浦にお着きになった」と訳された上で、

日が永かろうが短かろうが、道中の所要時間にかわりはないはず。出発は何時にもせよ、日が永いから到着は午後四時になってしまったとは、どうも理屈がおかしい。〈中略〉この疑問は、しかし、ごく簡単に解決できる。つまり、伸び縮み時間で考えれば、あたりまえの話なのである。（「複数制の時間」『古文の読解』ちくま学芸文庫・51頁）

と述べられている。しかしここは不定時法を持ち出すよりも、まさに「追風」の作用によっていつもよりずっと早く到着したという意味ではないだろうか。「まだ申の刻ばかりに」というのは、まだ日の沈まぬうちにとでも訳しておきたい。

それは『大鏡』実頼伝の藤原佐理の例も同様である。能書ゆえに三島明神から額の執筆依頼を受けると、

さて、伊予へわたりたまふに、多くの日荒れつる日ともなく、うらうらとなりて、そなたざまに追風吹きて、飛ぶがごとくまうで着きたまひぬ。（99—100頁）

とたちまち海は穏やかになり、順風も吹いて飛ぶように早く着いている。[3] これも三島明神の加護が働いているのであろう。また『今昔物語集』巻三十一第二十一「能登国寝屋島語」に見られる、

亦其より彼の方に猫の島と云ふ島有なり。鬼の寝屋より其の猫の島へは亦負風一日一夜走てぞ渡るなり。（544頁）

もあげておきたい。ここに「負風」[4]とあるが、背に負う風であるから、これも順風と見て間違いあるまい。ついでに『松浦宮物語』もあげておこう。

道のほどことに変れるしるしもなし。追ひ風さへほどなくて、三月二十日のほどに、大宰府に着きたまひぬ。（26頁）

これは遣唐副使に任命された主人公氏忠が出発するところであるので、やはり順風で問題あるまい。

ここまで順風の流れを確認してきたわけだが、平安朝を通じてわずかながらも順風の意味で

用いられていることがわかった。その例の多くには神意の表出が認められそうである。また『土佐日記』が二例とも和歌である点に注目したい。手向けという制約はあるものの、『土佐日記』に至って「追風」がはじめて和歌に詠みこまれたからである。

四、和歌への転移

そこで次に勅撰集の用例がどうなっているのかを調べてみたところ、

『後撰集』　1（七七八番）　　『金葉集』　1（三〇〇番）
『千載集』　2（一七三番・三一一五番）　　『新古今集』　1（一〇七二番）
『玉葉集』　1（二一三六番）　　『続千載集』　1（七七五番）
『風雅集』　2（四一二番・一七二六番）　　『新千載集』　1（七六七番）
『新拾遺集』　1（一三二一番）　　『新後拾遺集』　2（一三四番・二七一番）

という結果になった。全用例は十三例とかなり少ないこと、『古今集』に用例が見られないことをまず確認しておきたい（『万葉集』になし。私家集の用例も少ない）。勅撰集での初出は『後撰集』の贈答歌、

あひ知りて侍ける人のまうで来ずなりて後、心にもあらず声をのみ聞く許にて、又音もせず侍ければ、つかはしける　　よみ人しらず

雁が音の雲ゐはるかに聞こえしは今は限の声にぞありける　（七七七番）

返し　兼覧の王

今はとて行帰りぬる声ならば追風にても聞こえましやは　（七七八番）

である。[5] この「追風」は海とも船とも無縁であり、声の遠達性がポイントになっていると思われる。贈歌（七七七番）の詞書に「声をのみ聞く」とあるので、男の声は間違いなく女に届いていた。そのため工藤重矩氏は『後撰和歌集』（和泉古典叢書）の注で、反実仮想風に「たとえ追風であっても聞えはしなかったでしょうに」と説明しておられる。これも男ならぬ雁を主体にすると、追風を受けて女から遠ざかっていくのであるから、当然鳴き声も雁と一緒に遠のいていくわけである。

どうやら「追風」には風が「声」を乗せて遠くへ届けるという、聴覚にかかわる機能が存していることである。『後撰集』の例も第一義から転じて、追風によって声を運ぶという用法が加わったと見ることができそうである。そこで他の勅撰集の例を調べてみたところ、『千載集』の、

湊川夜ぶねこぎいづる追風に鹿の声さへ瀬戸わたるなり　（三一五番）

が見つかった。これは船であるから第一義的な意味でよさそうである。「こぎいづる」とあるのが気になるが、『土佐日記』でも「漕がしめたまへ」とあったので問題あるまい。ここは順

風に乗って、鹿の鳴き声が船と一緒に海峡を渡るというのである。これについては新日本古典文学大系（以下、新大系）の脚注に「夜間舟行の話主の背を追ってくる鹿の音」とあるように、「追風」は船の背後から吹く風でもあった。

おそらくこういう例によって、「後ろから吹いて来る風」の意味が辞書に立項されたのであろう。こうしてみると上代以来の第一義的用法は、勅撰集の世界でも継承されていたことがわかる。『新古今集』の、

追風に八重の潮路をゆく舟のほのかにだにも逢ひ見てしがな　（一〇七二番）

も、舟が追風に乗って遠ざかっていくという第一義的な例のようである。ただしすでに『後撰集』において海や船から逸脱した歌が存しており、また『千載集』に聴覚にかかわる歌が登場していることも事実である。さらに私家集を見ると、かなり早い時期に順風では解釈できない異質な用法が出現していた。その初出は『伊勢集』の、

花の散りくる家にて
追風のわが宿にだに吹き来ずはゐながら空の花を見ましや　（一一二番）

である。散る花びらが「追風」によってわが宿に運ばれてくるというのであるから、海でも船を進める順風でもないことはもちろん、背後から吹く風という解もあてはまらない(6)。これは『古語大辞典』（角川書店）にある③「花や香りを吹き送る風」がふさわしいのではないだろう

か。おそらく『伊勢集』は、和歌にはじめて「追風」が詠みこまれたのみならず、その際に用法も大きく変容したことになる（『伊勢集』は視覚、『後撰集』は聴覚となる）。

それが『恵慶法師集』になると、

追風のこしげき梅の原行けば妹が袂の移り香ぞする　（二一〇番）

と嗅覚が詠まれている。これは「追風」が梅の香を吹き送ってくるというものだが、こういった例は風が薫りを運んでくるところに最大の特徴があるといえそうである。そうなると、作者にとってはむしろ向かい風に近いのではないだろうか。なお恵慶歌は梅の香を女性の「袂の移り香」に見立てている点が注目される。自然の薫りが人工の薫りに変容するのはもはや時間の問題であろう。

いずれにせよ「追風」に嗅覚の要素が付加された点に留意しておきたい。それは後の、

浮雲のいさよふ宵のむら雨に追風しるく匂ふたちばな　（『千載集』一七三番）

にも継承されている。新大系の脚注には「湿度が高いと香りは強まる」（60頁）とある。また「追風」の意味として、

後から吹いてくる風。通り過ぎたあとに香りが漂う。▽降りみ降らずみの宵の外出で、ふと吹きぬけていった風の後に漂う橘の薫香。とある邸前に立ちやすらう貴公子—物語の主人公などが話主に想定されている。（同頁）

ともコメントされている。ここも必ずしも作者の後ろから吹く風ではなく、薫りを運ぶ風でよさそうであるが、確かに花散里巻や幻巻の一場面を想起させる歌である。

五、若紫巻の「追風」

『恵慶法師集』で浮上した嗅覚にまつわる「追風」は、『源氏物語』において最大級に活用されている。まず若紫巻の例を検討してみたい。北山に療養に行った源氏の「移り香」が、

南面いときよげにしつらひたまへり。そらだきもの心にくくかをり出で、名香の香など匂ひ満ちたるに、君の御追風いとことなれば、内の人々も心づかひすべかめり。（211頁）

と「追風」によってあたりに香ってくる。祖母尼君の焚く「空薫物」をベースとして、仏道修行に用いる「名香」の香も漂っており、そこにさらに源氏の衣服に焚き染められた香が「追風」として加わっているのであるから、三種の異なる香りがミックスされていることになる。すでに二種の香が充満しているところへ源氏が現れたことで、特別な香りが漂ってきたものだから、さぞかし女房たちも緊張したことだろう。

ただしここは必ずしも物語展開上重要な場面ではないために、これまでほとんど問題にされなかった。そのため現代人は「追風」という語に接しても、驚きもしないようである。しかしながら当時の読者は、おそらく相当な違和感を抱いたに違いない。というのも、これが順風で

ないことはもちろんだが、室内ということで自然の風も吹いていないからである。これについては、萩原広道の『源氏物語評釈』に興味深い注が付けられている。

おひ風とはうしろよりふく風をいふが常なれど、ここは御衣にしめ給へるたきものの香の、あゆみ給ふ跡に残る事を転じていへりときこゆ。さて源氏の君のかをりは名香にもまさりて異なりと也。

（『国文註釈全書』353頁）

ここには従来の「後ろから吹く風」という意味とは大きく異なっていることが示唆されており、その慧眼《けいがん》には感心させられる。無風状態の中、源氏が歩くことで空気がわずかに乱される。その微妙な乱れによって、源氏の衣装に焚きこめられた薫りが、源氏の周囲に拡散するのである。これぞまさに平安朝貴族の雅な世界の具現ではないだろうか。こうなると同じ「追風」でありながら、上代から継承されてきた帆船を進める順風と、若紫巻の嗅覚を刺激する用例との間には、理解しがたい溝があることになる。それを埋めるべき『恵慶法師集』の例でさえも、自然に吹いてくる風という制約を超えるものではなかった。要するに若紫巻の「追風」は、『源氏物語』において新たに開拓された特殊用法（あるいは誤用？）ということになる（ここから『日本国語大辞典第二版』の⑤が立項されたのであろう）。

この「追風」に敏感に反応したのが『徒然草』四四段の、

夜寒の風にさそはれくるそらだきものの匂ひも、身にしむ心地す。寝殿より御堂の廊にか

よふ女房の追風用意など、人目なき山里ともいはず、心づかひしたり。（116頁）

である。これを若紫巻と比較すると、主体が源氏と女房という相違はあるものの、山里という場所の類似のみならず、「そらだきもの」「匂ひ」「心づかひ」などの言葉の共有が認められる。「夜寒の風」は自然の風であり、また「名香」も焚かれていないが、「追風」は「寝殿より御堂の廊にかよふ」とあるので、女房の往来によって薫りが漂うのであろう。ここまで状況設定が一致しているのであるから、これは決して偶然の一致ではなく、『徒然草』が若紫巻の描写を意図的に引用していると考えたい。(7)

しかもここに出ている「追風」ならぬ「追風用意」はかなりの特殊表現らしく、他に用例が一切見られない。ひょっとするとこれは兼好法師が『源氏物語』を踏まえて考案した造語である可能性も存する。「追風」にほんのり薫ってくるように衣装に香を焚き染めるという雅な行為を、この言葉によって説明しているのである。もしそうなら兼好法師は、若紫巻の「追風」が従来の意味とは大きく異なっていることを、「追風用意」という造語によって喚起していることになる。

六、『源氏物語』の特殊な「追風」

何も若紫巻だけが特例なのではない。『源氏物語』には「追風」が十二例も用いられており、その用例数だけでも突出しているのであるが、そのうちの九例までもが嗅覚とかかわるものなので、完全に「追風」の用法そのものが逆転していることになる。

若紫巻　一　花散里巻　一　朝顔巻　一　須磨巻　一　初音巻　一　蛍巻　一
野分巻　一　幻巻　一　匂宮巻　二　椎本巻　一　東屋巻　一

九例のうちの二例は、『恵慶法師集』と同様に植物の薫りであった。(8) 紫の上が亡くなった後、五月雨の頃に夕霧が源氏を訪ねたところでは、

花橘の月影にいときはやかに見ゆるかをりも、追風なつかしければ、「千代をならせる声」もせなんと待たるるほどに、(幻巻539頁)

と花橘の薫りが「追風」によって運ばれている。この場合も後ろから吹く風というよりも、夕霧や源氏のいる方向に薫りを送る風（むしろ向かい風）と解した方がわかりやすい。次に暴風（野分）見舞いの使者として、夕霧が六条院の秋好中宮のもとを訪れた際は、

霧のまよひは、いと艶にぞ見えける。吹き来る追風は、紫苑ことごとに匂ふ空も香の薫りも、触ればひたまへる御けはひにやと、いと思ひやりめでたく、心げさうせられて、立ち出でにくけれど、(野分巻274頁)

と記されている。この例は一見すると前栽の花の薫りを自然の風が運んでいるようにもとれそうである。しかしながら紫苑はほとんど匂わない植物であった。そのため河内本では本文が

「じじうのかにことににほふ」とあって、薫物の「侍従」に変わっている。その後も文意が通じがたいのだが、『岷江入楚』では、

箋云、しをにの詞可然。紫苑をいへり。此中宮の住なし給へるありさまは、秋の籬に匂はぬ花までも、みすの中の追風の香にしめるやうなると、まめやかに、宮のそでにふれ給ふにやとおぼゆる、心にくきけしきをいへり。匂はぬ紫苑を云出して、ことごとく、秋の花共、おのが匂ひにはあらで、かうの香にしみけると、云なせり。されば、ことごとにほふらんかうのかをりと、引つづけ見るべし。（『国文註釈叢書』62頁）

と解しており、これが現代の通説となっているようである。要するに室内にいる秋好中宮の薫りが「追風」となって、前栽の匂いのない紫苑に「移り香」を残しているというのである（残香性）。それが可能かどうかは別にして、中宮の「追風」が遠く夕霧の嗅覚にまで届いていることになる。そうなるとこの例も、植物ではなく薫物に分類すべきであろうか。

他の七例は人工的な薫物である。朝顔姫君を訪ねた源氏は、

暗うなりたるほどなれど、鈍色の御簾に黒き御几帳の透影あはれに、追風なまめかしく吹きとほし、けはひあらまほし。（朝顔巻473頁）

と感じている。桃園式部卿の喪中ということで、色彩は鈍色・黒に統一されていた。「なまめかし」い「追風」はその状況に不釣り合いの感もある。若紫巻との違いは、動いている源氏の

「追風」ではなく、じっとしている朝顔姫君の「追風」が匂っていることである。「吹きとほし」とあるので、朝顔姫君の背後から源氏の方に（内から外へ）風が吹いているのであろう。これに近い例として、源氏が六条院の冬の町の明石の君を訪ねたシーンがあげられる。

　暮れ方になるほどに、明石の御方に渡りたまふ。近き渡殿の戸押し開くるより、御簾の内の追風なまめかしく吹き匂はかして、物よりことに気高く思さる。正身は見えず。（初音巻149頁）

　ここも「なまめかし」い「追風」が吹いている。渡殿の戸が開いたことで、室内の薫りが外に流れて源氏に届いたのであろう。興味深いことに「正身は見えず」とあるので、この「追風」は明石の君の衣装に焚き染められた薫りではなく、「空薫物」の薫りということになる。もしそうなら朝顔姫君の場合も、必ずしも本人の薫りでなくてもかまわない。やや複雑な例として、

　いといたう心して、そらだきもの心にくきほどに匂はして、つくろひおはするさま、〈中略〉夕闇過ぎて、おぼつかなき空のけしきの曇らはしきに、うちしめりたる宮のけはひも、いと艶なり。内よりほのめく追風も、いとどしき御匂ひのたち添ひたれば、いと深く薫り満ちて、かねて思ししよりもをかしき御けはひを心とどめたまひけり。（蛍巻198頁）

があげられる。「いといたう心して、そらだきもの心にくきほどに匂はして」（同頁）と、若紫巻と同様に基調として「空薫物」が薫っていた。肝心の玉鬘や蛍兵部卿宮の薫りは一切説明さ

れておらず、側に控えている源氏の薫りだけが「追風」として蛍兵部卿宮の鼻を刺激している。この場合も室内は無風状態であろうから、光源氏の微妙な動きによって「追風」が生じていることになる。もちろん蛍兵部卿宮の嗅覚能力も抜群であった。

生まれつき身体に芳香を持つ薫には、「追風」が三例も付与されている。まず、

香のかうばしさぞ、この世の匂ひならず、あやしきまで、うちふるまひたまへるあたり、遠く隔たるほどの追風も、まことに百歩の外も薫りぬべき心地しける。（匂宮巻26頁）

とあるように、「百歩香」のように遠くまで薫りが届くと滑稽なまでに誇張されている。この「追風」は薫りの遠達性であるから無風でかまわないし、また薫の動きも不要と思われる。それに続いて、

秋の野に主なき藤袴も、もとの薫りは隠れて、なつかしき追風ことにをりなしがらなむまさりける。（同27頁）

ともあり、香気のある藤袴も「追風」で漂う薫の芳香に圧倒されてしまうとされている（「なつかし」もキーワード）。これなど先の野分巻の秋好中宮の紫苑の例と類似していることになる。

また薫が浮舟のいる三条の隠れ家を訪れた際、あいにく雨が降ってきた。薫が、

さしとむるむぐらやしげき東屋のあまりほどふる雨そそきかな

とうち払ひたまへる追風、いとかたはなるまで東国の里人も驚きぬべし。（東屋巻91頁）

と袖の雫を払ったところ、その所作によって強烈な芳香が漂ったとある。薫りは湿り気があると一層強く匂うとされている。いずれにしても、こういった微妙な空気の動きで薫ってくるのが究極の「追風」ではないだろうか。

七、『源氏物語』以降の「追風」

残りの三例について、須磨巻が第一義的な順風であることはすでに述べた。後の二例は、

・ささやかなる家の、木立などよしばめるに、よく鳴る琴をあづまに調べて掻き合はせ賑はしく弾きなすなり。御耳とまりて、門近なる所なれば、すこしさし出でて見入れたまへば、大きなる桂の樹の追風に祭のころ思し出でられて、そこはかとなくけはひをかしきを、（花散里巻154頁）

・かの聖の宮にも、たださし渡るほどなれば、追風に吹き来る響きを聞きたまふに昔のこと思し出でられて、（椎本巻171頁）

であるが、やはり順風とは異なっている。花散里巻の例は、単なる桂の大木を吹きすぎる風ではなく、その直前に「よく鳴る琴をあづまに調べて掻き合はせ賑はしく弾きなすなり」とあるので、ここも「琴の音を吹き送る風」（聴覚）と解せるのではないだろうか。(9)

椎本巻の例にしても、対岸の匂宮一行が催す管弦の遊びが、八の宮の邸まで聞こえてくると

いうものである。「追風に吹き来る」・「聞き」とあるのだから、まさしく「音を吹き送る風」の意であろう。北村季吟の『湖月抄』の師説には、

物の音を吹きおくるをいへり。袖などならでもあなたより吹きくる風を、追風といふと見えたり。（講談社学術文庫下巻360頁）

と明快な説明が施されている。「袖などならで」とあることで、すでに嗅覚的な意味から逸脱していることがわかる。こういった聴覚的な用法も辞書に付け加える方がよさそうに思えるが、いかがであろうか。

では『源氏物語』で獲得された嗅覚的用法は、その後どのように享受されたのであろうか。調べてみたところ、後の物語にはほとんど用例が見当たらなかった。もともと用例そのものが少ないのだが、嗅覚的用法となると物語では唯一『狭衣物語』に、

戸のつゆばかり開く音して、さと匂ひ入る追風の紛るべくもあらぬに、何とも思ひあへず、見やらせたまへれば、冠の影のふと見ゆるに、物もおぼえさせたまはず、（巻三177頁）

と出ているだけである。これは出家した女二の宮の御堂に狭衣が忍び入る場面であるが、狭衣の薫りによって侵入が悟られてしまう点、明らかに空蟬巻のパロディ仕立てになっていることがわかる。[10] なおこの「追風」は狭衣の歩行によるものではなく、狭衣の薫りを含む戸外の空気が、戸を開けたことで室内に流れ入ったものであるから、やや用法が異なっている。

まとめ――嗅覚の「追風」――

以上、「追風」をめぐって上代の用例から検討してきた。平安時代には第一義的な船を進める順風という用法が継承される一方、『後撰集』において音を運ぶという聴覚的用法が付加されている。次に『恵慶法師集』においては、薫りを運ぶという嗅覚的用法を獲得している。ただしそれでも自然の風であることに変わりはない。

それが『源氏物語』に至ると、用例数が倍増したのみならず、もはや自然の風・自然の薫りではなくなり、衣装に焚き染めた香がわずかな人の動きによって周囲に漂ってくる意味に変容しているのである（誤用とも考えられる）。その場合、風ということ以上に嗅覚（芳香）に重点が置かれている。しかしながら『源氏物語』以降、その特殊用法はほとんど継承されておらず、『源氏物語』の中で完結しているようである。

こういった表現の特殊性に目を向けることで、『源氏物語』に対する興味は一層広がっていくのではないだろうか。

注

（1）⑤は徳富蘆花の『黒い眼と茶色の目』（一九一四年）の用例なので、当然『古語大辞典』には掲載されない。また⑥は元和本『下学集』に「追風　ヲイカゼ　逸馬異名」とあるものだが、具体的な用例があげられていない（意味は早く走る馬のことであろう）。

（2）参考までに宮島達夫氏編『古典対照語い表』（笠間書院・昭和46年9月）で「おひかぜ」を調べてみたところ、次のようであった。

万葉〇・竹取一・伊勢〇・古今〇・土佐二・後撰一・蜻蛉〇・枕〇・源氏一二・紫〇・更級〇・大鏡一・方丈〇・徒然一（ただし「おひかぜようい」）。

これを見る限り女性語とは認められないようである。

（3）同様の表現は『源氏物語』明石巻にも「例の風出で来て、飛ぶやうに明石に着きたまひぬ」（233頁）とある。これもやはり神慮による順風であろう。もっとも明石巻に「追風」は用いられていないが、あるいは帆船でなくても順風は可能なのかもしれない。

（4）大野晋氏の『古語辞典』（岩波書店）では、「この語は、室町時代以後、「追ひ風」と解するが、平安時代のアクセントを考慮すれば、「負ひ風」の意か」と解説されている。『今昔物語集』の表記はまさに「負風」であった。

（5）『後撰和歌集』にはもう一例用例があるはずだが、『新編国歌大観』では「難波潟みぎはの葦のおいがよに怨みてぞふる人の心を」（一一七〇番）となっており、「おひかぜ」ではなく「おいがよ」と表記されている。これについて片桐洋一氏は『後撰集』（新大系）の脚注において、

底本をはじめ多くの本は「おいかよに」としているが、「老いが世」では通じない。「追い風」が「葦の葉の裏を見せる」ゆえに「怨み」に続くのであるから、ここは「おひかぜ」と改めるべきである。「おひ（追）」が「おい」と表記されるようになってから、「せ」が

「世（よ）」に誤られて、「おいかよ」になったのであろう。なお、書陵部本兼盛集では「なほいとつらかりける女に」という詞書で、第三句「おひ風に」として見えている。（350頁）と解説しておられる。この場合は「葦の後ろから吹いてくる風」の意味であろうが、葦の前後は作者との相対的な位置関係によって決まるのではないだろうか。そうなると「追風」はむしろ作者の方に吹いてくる風と解すべきであろう。いずれにしてもこの例は保留にしておきたい。

（6）『伊勢集全釈』（風間書房・平成8年2月）では、語釈に「背後から吹いてくる風、順風のこと」と記しているが、ここは外から家の中に風が吹いてくるのであるから、順風ではあるまい。

（7）吉海「兼好法師と『源氏物語』―『徒然草』の『源氏物語』引用―」『鎌倉・室町時代の源氏物語』（おうふう）平成19年6月参照。

（8）もちろん「追風」という語がなくても、「追風」と解せる描写も存している。たとえば「大きなる松に藤の咲きかかりて月影になよびたる、風につきてさと匂ふがなつかしく、そこはかとなきかをりなり」（蓬生巻344頁）や、「霞める月の影心にくきを、雨のなごりの風すこし吹きて、花の香なつかしきに、殿のあたりいひ知らず匂ひみちて、人の御心地いと艶なり」（梅枝巻410頁）などは「追風」そのものであろう。

（9）ついでながら花散里巻の「大きなる桂の樹の追風」（154頁）も、『徒然草』一〇四段末尾の「桂の木の大きなる」（162頁）に引用されている。同様に花散里巻の「人目なく荒れたる宿は」（157頁）も一〇四段冒頭の「荒れたる宿」を踏まえている。必ずしも一箇所に集中しておらず、広範囲に分散しているのでややこしいが、『徒然草』の中に『源氏物語』の引用がふんだんに散りばめられていることは間違いあるまい。注（7）参照。

（10）　狭衣はこれ以前にも、「寝覚めの枕は浮き沈みたまふ折しも、御格子の少し鳴るもただ風とのみおぼえて、いとやはらかなるに、人気の少し近くおぼえて、あさましとおぼほれし夜々の匂ひに変らずうちかほりたるに、あやしと御髪をもたげたまへるに」（巻二235頁）と女二の宮のもとに侵入していたが、やはり嗅覚によって気づかれていた。

第三章　感染する「薫り」

はじめに

早くに「移り香」をまとめておきながら、薫りが感染するという考えにはなかなか至らなかった。というより嗅覚で物語を読むということが、まだ私の中で煮詰まっていなかったのである。しかし薫りが感染すること、誰かの薫りが誰かに移ることに思い至った途端、嗅覚論の可能性がひらけてきた。という以上に面白いと思うようになった。そしてもっと薫りについて追及してみたくなった。本章こそは、私の総合的な嗅覚論をまとめる契機となったものである。

一、宇治十帖の薫りと匂い

従来、宇治十帖の主人公である薫と匂宮に関しては、「かおる」と「におう」という名称の意味を重視し、その違いを前提にして物語を解読する傾向にあった。二人の名前が物語の展開を暗示していると考えられたからである。そのため「におう」は視覚と嗅覚を合せ持つ美、つまり「紅梅」のように色も香も兼備した、まさに光源氏の美を継承するものと考えられてきた。それに対して「かおる」は嗅覚だけであり、花自体はあまり美しくない藤袴にたとえられている。それは薫が、光源氏の血筋を継承しない藤原氏の柏木との不義の子だからであろう。要するに名称の考察からは、匂宮が優勢で薫が劣勢ということになっていたわけである。用例数にしても、「におう」系一八五例に対して「かおる」系三十九例であるから、圧倒的に「におう」系が優勢であったことがわかる。

ところが、三田村雅子氏などにより、匂宮は薫の体内から発せられる芳香に劣等感を抱き、それに対抗すべく香を調合して人工的に薫の薫りを模倣しているという傾聴すべき見解が提示された（「移り香の宇治十帖」『源氏物語感覚の論理』有精堂・平成8年3月）。そうすると二人は、必ずしも競い合っているのではなく、むしろ匂宮が一方的に薫に対抗していることになる。もしそうなら、従来の物語の読みは大きく変更されることになりそうだ。果たして匂宮の「にほひ」は薫の模倣なのだろうか。

一方の薫にしてもそう単純ではなく、通常はわずらわしくて人工的な香を焚き染めないのだが、いざという時には衣装に香を焚き染めることで、相乗効果を狙っているようである。(1)薫の場合、その強烈な芳香の遠達性と残香性故に、かえってそれを隠蔽するように努める一方、それが他人に感染するという奇妙な展開を導くこともある。そのため感染した女性はあらぬ嫌疑をかけられることになる。そうすると薫の芳香は、薫のアイデンティティーを主張していることになる。だからこそ薫のコードが模倣・偽造されると、内実とはかかわりなく簡単に薫になりすますことも可能なのである。

ただし、そのためには匂宮のたゆまぬ努力が必要だし、季節によって香を替えるということの齟齬をどう克服するか、あるいは匂宮が模倣したのは薫の体臭なのか、それとも相乗効果の方なのかという問題も残されている。私などはその香を嗅ぐ側の嗅覚能力の問題も重要だと考えている。要するに嗅覚は『源氏物語』を読み解く上で重要な情報源なのである。三田村氏の御説を踏まえた上で、早速、薫の薫りについて私なりの考えを述べさせていただきたい。

二、誕生時の薫

まず、薫の生まれついての体臭からおさえていきたい。柏木と女三の宮の密通、といっても柏木の一方的な横恋慕であるが、それによって不義の子薫が誕生した。しかし柏木巻の誕生場面では、体の芳香については一言も触れられていない。暗示的に、

・かをりをかしき顔ざまなり。（柏木巻323頁）
・まみのびらかに恥づかしうかをりたるなど、（横笛巻349頁）

・眼尻《まじり》のとぢめをかしうかをれるけしきなど、（同365頁）

などとあるが、用例は幼児の顔、特に目に集中している。これはむしろ視覚的な美しさと見たい。どうやら「かをる」を嗅覚だけとしていた従来の説は再考を要することになりそうだ。「かをり」にも視覚的な意味があるからだ。「にほひ」が視覚から嗅覚に広がったのに対して、「かをり」は『源氏物語』において嗅覚から視覚に広がったとも考えられる。両者はむしろ補い合っているのではないだろうか。

いずれにしても、誕生時点では嗅覚に関する言及はなされていない。それが匂宮巻に至って突然、

香のかうばしさぞ、この世の匂ひならず、あやしきまで、うちふるまひたまへるあたり、遠く隔たるほどの追風も、まことに百歩《ぶ》の外《ほか》も薫りぬべき心地しける。（26頁）

云々と、薫の体から発せられる芳香のすごさが滑稽なまでに強調されている。この「あやし」はキーワードの一つで、以降もしばしば用いられている。それが柏木巻では言及されず、匂宮巻で唐突に芳香という特異体質が描かれているのであるから、一般には構想の変化（据え直し）と考えられている。つまり後から薫りが補完・付与されたわけである。

ただホルモンの分泌ということでは、大人になってからいい薫りがするようになるということもありうるようだ。平成二十年に出版された『薫りの源氏物語』（翰林書房）によると、男性

ホルモンが盛んに分泌されるようになると、体臭が強烈になることがあるとのことである。だから薫の場合も、子供の頃は匂わなかったけれども、成人するに従って匂うようになったと説明することができる。面白いことに薫の薫りは、幼少時は視覚だけだったのに、成人すると嗅覚に移行し、逆に視覚的な用例はなくなってしまっている。

さて、ここに「かうばし」とあるが、この言葉からどんな香りを想像するだろうか。現代では「焼きおにぎり」「焼きとうもろこし」「松茸」など、ちょっと焦げた、食欲をそそるような香りではないだろうか。それに対して『源氏物語』では、「かうばし」は全部で二十六例もあるが、食べ物に使われた例は一例もなく、ほぼ香に限定して用いられている。香であるから、火を使っている点では共通している。ただし薫だけは特例あるいは例外（特殊用法）になる。何故かというと、薫の「かうばしさ」は焚き染めた香ではなく、薫の体から発せられる芳香だからである。

要するに薫の芳香は火を使わないのだ。これを体臭というと、現在は汗臭いようなマイナスに評価されている。これは微妙な問題で、場合によっては体臭がエロスを増幅することもある。フェロモンの一種といっていいのかどうかわからないが、現在でもプラスの体臭はありうるのだ。たとえばかつて杉良太郎のショーでは、サービスとして額の汗をティッシュでぬぐって客席に投げると、中年の女性ファンがそれを奪い合っている光景がテレビで報道されていた。

そういった体臭のことを、『源氏物語』ではズバリ「人香《ひとか》」（全三例）と称している。これは有名な空蟬と源氏の絡みでも用いられている。源氏はこっそり空蟬のもとへ忍び込むが、それを察した空蟬は小袿一枚を残して逃げてしまう。これが空蟬（比喩）の由来である。源氏は残された小袿を持ち帰り、そこに染みている空蟬の汗を含む体臭、つまり「人香」を嗅ぐわけである。それは「かの薄衣《うすごろも》は小袿のいとなつかしき人香に染める」（空蟬巻130頁）ものだった。「なつかし」というのはプラス評価である。この場合、源氏は空蟬の「人香」にエロスを感じているのであろう。これはたとえば田山花袋の『蒲団』にも共通する隠微なものなのである。

もちろん「人香」が衣装に染みてしまえば、それは「移り香」になる。一般的な移り香は香を焚き染めたものだが、「人香」でも可能であろう。この「移り香」は宇治十帖のキーワードとされているものである。そのことを最初に指摘されたのは、三田村雅子氏だった（「移り香の宇治十帖」『源氏物語感覚の論理』有精堂・平成8年3月）。その「移り香」全十五例中十例（三分の二）が宇治十帖（紅梅巻の例を入れると十一例）に集中しているのだから、用例の分布からもそのことは納得できる。しかも面白いことに、薫（八例）・匂宮（三例）・源氏（二例）の男性三人に限定的に多用されており、女性には原則として用いられていないのだから、かなり偏った用法ということになる。そこで私は夕顔巻の扇の「移り香」も、必ずしも夕顔の薫りではなく、頭中将の「移り香」ではないかと考えてみた次第である。(2)

いずれにしても『源氏物語』における「移り香」は男性の薫りであり、それが女性と接触することで感染するわけである。その男性の薫りが強ければ強いほど、感染も強くなる。もっとも女性でなくても、たとえば匂宮が按察大納言の大夫の君という少年と共寝をすると、当然大夫の君に匂宮の「移り香」が感染する。東宮（匂宮の兄）はその「移り香」に敏感に反応して、「むべ我をばすさめたり」（紅梅巻40頁）と恨んでいる。これなど匂宮は東宮に感づかれることを承知して、あえて挑戦的な行動をとったのであろう。

三、「かうばし」

「かうばし」に話を戻すと、薫の芳香は強烈であるから、その薫りは薫の存在証明としても機能している。つまり薫の姿が視覚的にとらえられなくても、「かうばし」い匂いが漂ってきたら、近くに薫がいることがすぐわかるわけである。視覚は遮断することができるが、香りは隠すことができない。そのことは匂宮巻に、

かくかたはなるまで、うち忍び立ち寄らむ物の隈もしるきほのめきの隠れあるまじきにうるさがりて、（27頁）

と記されていた。「かたはなるまで」とは、マイナス評価になるほど度を超した薫りということである。こっそり近寄ろうとして視覚的には見えなくても、その芳香が拡散して百歩の外ま

で薫るわけだから、五十メートル四方に薫がいるとすぐに薫りでばれてしまうのである。これは薫の原罪（不義の子である証拠）なのかもしれない。その芳香に関しては、空間的にどこまで匂うのか（遠達性）、時間的にいつまで匂いが持続するのか（残香性）といったことも問題になる。

そうなると薫は、もっとも「垣間見」ができにくい（見つかりやすい）人物ということになる。薫の薫りは自己を拘束するマイナス要素なのである。ところが面白いというか皮肉なことに、物語はその薫にしばしば「垣間見」をさせている。宇治十帖の主要な女性たち、大君・中の君・浮舟・女一の宮は、すべて薫に「垣間見」されている。この矛盾とも思える展開にも留意しておきたい。合わせてその女性たちの嗅覚能力、つまり薫が近くにいるかどうかを薫りで察知できるかどうかも問題になってくる。

薫は最初に橋姫巻で大君・中の君を「垣間見」ている。その時点では言及されていなかったが、薫が訪ねてきていることがわかった後で、

あやしくかうばしく匂ふ風の吹きつるを、思ひがけぬほどなれば、おどろかざりける心おそさよと、心もまどひて恥ぢおはさうず。（橋姫巻141頁）

という大君の心内が記されている。さっき妙に「かうばし」い薫りがしたのに、それを薫の来訪と結びつけられなかったなんて、何と私は迂闊《うかつ》だったのだろうと反省しているわけである。

ということは、大君の嗅覚は一応機能していたことになる。

この薫の芳香は、宇治に到着する前にも、

忍びてと用意したまへるに、隠れなき御匂ひぞ、風に従ひて、主知らぬ香とおどろく寝覚めの家々ありける。（同136頁）

と、引歌を交えて滑稽なほどに描かれていた。薫はお忍びで出かけたのだが、その身体から発せられる芳香に、道の傍の家で寝ている人まで驚いて目を覚ますというのだから、あまりにも大げさではないだろうか。「主知らぬ香」は引歌で、『古今集』の「主知らぬ香こそにほへれ秋の野に誰がぬぎかけし藤袴ぞも」（二四一番）を踏まえている。これはある意味で読者に注意を喚起していることにもなる。もし宇治の姉妹が「かうばし」い薫りにもっと敏感だったら、薫から「垣間見」されずに済んだからである。

同様のことは宿木巻における薫の浮舟垣間見にも認められる。薫から垣間見られている浮舟の若い女房が、

若き人、「あなかうばしや。いみじき香の香こそすれ。尼君のたきたまふにやあらむ」。老《おい》人《びと》、「まことにあなめでたの物の香や。京人《きやうひと》はなほいとこそみやびかにいまめかしけれ」（490頁）

といい薫りに気づいているからである。ただしそれを薫の薫りとは認識できず、弁の尼の焚い

ている香と勘違いしている。本来ならば薫の薫りかどうかは別にして、高貴な薫りかどうかの区別がついていてもいいはずだが、ここは浮舟付きの女房たちの判別能力の欠如と見ておきたい。

四、芳香は薫の分身

薫の薫りはこれで解決したわけではない。薫は透垣のもとに案内した宿直人に、

濡れたる御衣どもは、みなこの人に脱ぎかけたまひて、取りに遣はしたる御直衣に奉りかへつ。（橋姫巻150頁）

と、着ていた狩衣を褒美として気前よく全部与えて、直衣に着替えている。ここで注目すべきは、薫の芳香は水分を含むとその強さを増すということである。この時は霧に濡れることで芳香がより強まったのだ。同様のことは浮舟と逢う場面にも出ている。雨が降る中、浮舟の隠れ家を訪ねた薫は、

里びたる簀子《すのこ》の端《はし》つ方にゐたまへり。

さしとむるむぐらやしげき東屋のあまりほどふる雨そそきかな

とうち払ひたまへる追風、いとかたはなるまで東国《あづま》の里人も驚きぬべし。（東屋巻91頁）

と雨に濡れた衣装を払うと、そのわずかな空気の動きによって、周囲に強烈な薫りが漂っている。ここに「追風」という言葉がある。本来「追風」は、帆船を進める順風のことであった。

ところが『源氏物語』ではそれを変容させて、衣装に焚き染められた薫りが人の微妙な動きによって周囲に漂う意味に用いられている。その代表例が若紫巻の、

　そらだきものの心にくくかをり出で、名香《みやうがう》の香など匂ひ満ちたるに、君の御追風いとことなれば、内の人々も心づかひすべかめり。（211頁）

である。光源氏の「追風」は決して自然の風ではない。源氏が歩くことによって空気が動き、源氏の衣装に焚き染められている「移り香」が、その動きに乗じてあたりに薫ってくることをいうのだ。ずいぶん繊細な表現である。

紫の上のいる邸でも、貴族の嗜《たしな》みとして「空薫物」をくゆらせている上に、仏道修行用の「名香」までくゆっていた。そこにさらに源氏の「移り香」が漂ってくる。源氏のすばらしい薫りは他の香に紛れるどころか、他を圧倒して自己主張した。いずれにしても「追風」という言葉が、『源氏物語』の中でまったく別のプラスの意味を持たされていることには留意したい（これを受けて『徒然草』には「追風用意」という表現も登場する）。この「追風」という表現は、「風」とあるので風が吹いているように思えるが、ここで風はまったく吹いていない。誤用とも思われそうだが、間違いなく『源氏物語』の特殊用語なのである。(3)

話を戻して、薫は脱いだ衣装をそっくりプレゼントするのだから、やはり高貴な金持ちはスケールが違う。宿直人は思いがけない豪華な褒美に預かったわけである。

普通だったらこれで一件落着なのだが、これには後日談がついている。

宿直人、かの御脱ぎ棄ての艶《えん》にいみじき狩の御衣ども、えならぬ白き綾の御衣のなよなよといひ知らず匂へるをうつし着て、身を、はた、えかへぬものなれば、似つかはしからぬ袖の香を人ごとに咎められ、めでらるるなむ、なかなかところせかりける。心にまかせて身をやすくもふるまはれず、いとむくつけきまで人のおどろく匂ひを失ひてばやと思へど、ところせき人の御移り香にて、えも濯《すす》ぎ棄てぬぞ、あまりなるや。（橋姫巻152頁）

「うつし着て」とあるので、身分低い宿直人でも薫の狩衣をそのまま着用できたのだろう。薫の「移り香」の染みた狩衣はあまりにもいい薫りがするものだから、それをもらって着た宿直人が、会う人毎に咎められたり褒められたりして、窮屈な思いをすることが記されている。どうやら薫の芳香は残香性も異常に強いようである。かなり戯画的な展開だが、これが最初の感染ということになる。しかし決して身分不相応故の顛末というだけでは済まされない。私は薫の衣装を纏ったこの宿直人を、薫の分身（パロディ）として読んでみたい。(4) 要するに薫自身の日常も、この宿直人の困惑とたいして変わらないことを読み取りたいのだ。それほどに薫の芳香は強烈だった。その薫の衣装を纏いさえすれば、誰でも薫になれるのではないだろうか。

五、「移り香」

こうして宿直人の滑稽譚を事前に描くことで、薫の「移り香」の強烈さを印象づけておき、大君・中の君の事件へとスムーズに展開していく。総角巻において、薫は弁の尼の手引きで愛する大君のもとに侵入するが、契りを結ぶことはできなかった。しかしながら薫に接触した大君には、薫の「移り香」が感染していたのである。薫から解放された大君は中の君の側に戻って横になっている。すると中の君はいやでも大君に付着した薫の薫りに気づかされる。その結果、中の君は、

ところせき御移り香の紛るべくもあらずくゆりかをる心地すれば、宿直人がもてあつかひけむ思ひあはせられて、まことなるべしといとほしくて、寝《い》ぬるやうにてものものたまはず。(総角巻241頁)

と、「移り香」の原因として大君が薫に抱かれたであろうことを推察している。ここで注目したいのは、下っ端の宿直人の一件が中の君の耳にも届いていることである。「ところせき御移り香」とあるのは、前に「ところせき人の御移り香」とあったのを受けているのだろう。

もっとも宿直人の場合は、直接薫の衣装を着用しているのであって、感染したわけではない。それに対して大君は、薫と接触することで「移り香」が付着しているわけだから、状況は大き

く異なっている。肝心の大君は、橋姫巻で薫の薫りに鈍感だったことを反省していたはずだが、それにもかかわらず我が身に染みついたであろう強烈な薫の「移り香」については一言も言及していない。大君はあえて沈黙を守っているのだろうか、それとも案外嗅覚が鈍感（麻痺している？）なのだろうか。それに対して中の君の方は、薫の「移り香」に敏感に反応している。これがまた次の物語展開の伏線になっているのである。

その後、中の君は匂宮と結ばれ、大君が亡くなった後、京の二条邸に引き取られる。その匂宮が夕霧の娘六の君と結婚することになり、失意の中の君は宇治へ帰りたいと薫に相談する。大君を亡くした薫は、今度は大君のゆかりとして妹の中の君に急接近するのだが、すでに中の君が匂宮の子を宿していることを知り、何事もなく別れた。しかしながら薫と接触した中の君には、大君の時と同じように薫の「移り香」が付着していた。薫の薫りは接触感染するので本当にやっかいなのである。

嗅覚のするどい匂宮がそれを見過ごすはずはなかった。

かの人の御移り香のいと深くしみたまへるが、世の常の香《かう》の香《か》に入れたきしめたるにも似ずしるき匂ひなるを、その道の人にしおはすれば、あやしと咎め出でたまひて、（宿木巻434頁）

とすぐに嗅ぎ分けている。そして「移り香」の原因を推測することで薫との不倫を疑い、「また人に馴れける袖の移り香をわが身にしめてうらみつるかな」（同435頁）と恨みの歌を詠じている。もちろん中の君にしても、薫の移り香の強烈さはすでに経験済みなので、

さるは、単衣《ひとへ》の御衣なども脱ぎかへたまひてけれど、あやしく心より外《ほか》にぞ身にしみにける。　（同頁）

と、用心して下着まで取り替えていた。かなりオーバーである。それによって薫りは薄らいだはずだが、それでも薫の「移り香」を完全に消し去ることはできなかった。ここでは匂宮の鼻のよさを評価すべきだろうか。滑稽なほどに誇張されているのだが、布石として前述した宿直人の一件が繰り返されていたことで、読者にもすんなり受けとめられるのであろう。

面白いことに、この一件は『無名草子』の「いとほしきこと」に、

宇治の中の宮、薫大将をはじめて、

いたづらに分けつる道の露しげみ昔おぼゆる秋の空かな

と言ひやる朝《あした》に、兵部卿宮渡りたまひて、御匂ひの染めるを咎めたまひて、ともかくもいらへぬさへ心やましくて、

また人の慣れける袖の移り香を我が身にしめて恨みつるかな

とのたまへば、女君、

見慣れぬる中の衣と頼めしをかばかりにてやかけ離れなむ

とて、うち泣きたるほどこそ、返す返すいとほしけれ。（217頁）

と取り上げられている（「かばかり」には「香」が掛けられている）。ここでは匂宮から疑いをかけられた中の君のことを「いとほし」としている。ただしこの一件は、六の君との結婚で離れかけていた中の君に対する匂宮の愛情を取り戻す方向に作用していく。中の君にとっては、ある意味でプラス要素となる匂宮の嫉妬・猜疑心であったことになる。

余談だが、薫の芳香については、どうも性的興奮状態になるとその体臭がより強烈になるともいわれている(5)。そういった刺激を受けると、体の中で分泌物に変化が生じるのかもしれない。先の大君の例やこの場面など、薫の芳香は通常よりも強烈な薫りを放っていると読むことも可能であろう。

六、匂宮の「匂い」

ところで薫は、中の君から相談を受けた際、いつもと違って念入りに支度を調えて出かけている。匂宮巻に「うるさがりて、をさをさ取りもつけたまはねど」（27頁）とあったように、普段は滅多に使わない香までしっかり焚き染めていたことが、

人知れず思ふ心しそひたれば、あいなく心づかひいたくせられて、なよよかなる御衣どもを、いとど匂はしそへたまへるは、あまりおどろおどろしきまでであるに、丁子染の扇のも

てならしたまへる移り香などさへたとへん方なくめでたし。　（宿木巻423頁）

と記されている。「なよよかなる御衣ども」について、新編全集の頭注には「幾枚もの下着一枚一枚に、入念に薫香をたきしめてある」と記してある。これも面白い注である。薫はよほど中の君との逢瀬を期待していたのであろうか。

そうすると困った問題が生じてくる。果たして中の君に付着した「移り香」は、薫本来の芳香なのだろうか、それとも特別に焚き染められた香なのだろうか。どうも薫の芳香は、「あまたの御唐櫃に埋もれたる香の香どもも、この君のは、いふよしもなき匂ひを加へ」（匂宮巻27頁）とあったように、人工的な香を加えることでさらに相乗効果が生じるようである。普段は強く薫るのを嫌ってむしろ芳香を押さえるのに苦労していたが、今回はむしろ積極的に薫らせたことでこういう結果になったのだろう。ひょっとすると先の橋姫巻でも、薫は積極的に香を焚き染めて宇治へ出かけていたのかもしれない。

ついでに薫のライバル的存在である匂宮についても見ておきたい。薫の生まれながらの芳香を黙って見過ごせないのが匂宮であった。そこで匂宮は薫の薫りに対抗するために、

かく、あやしきまで人の咎むる香にしみたまへるを、兵部卿宮なん他事《ことごと》よりもいどましく思して、それは、わざとよろづのすぐれたるうつしをしめたまひ、朝夕のことわざに合はせいとなみ、　（匂宮巻27頁）

と、人工的に香を調合することで、薫に負けないような薫りを身に焚き染めているのである。「うつし」とは衣装に香を焚き染めることだが、模倣するという意味もある。この二人は系譜としては叔父甥の関係になる。年齢が近い（匂宮が一歳年長）ので友人かつライバルとして張り合っており、そのため「例の、世人は、匂ふ兵部卿、薫る中将」（28頁）と呼ばれていた。

ここで確認しておきたいのは、挑んでいるのは匂宮の方であり、薫は必ずしも匂宮に張り合っていないということである。もともと薫には生まれながらにして芳香が身に付いているのだから、香を調合する必要はなかった（自動香製造器）。匂宮の場合は、薫に張り合うためには日夜たゆまず香を焚き染めなければならないのである。涙ぐましい不断の努力が必要なのである。これでは勝負になるはずもあるまい。

そうして調合した香はどのような香だったのだろうか。三田村雅子氏の説によれば、匂宮は薫の芳香と似た香を調合したそうである。もしそうなら、匂宮の芳香は偽物でありパロディであり負性であることになる。実は大君を欺《あざむ》いて薫が匂宮を中の君のもとに案内した時点で、すでに匂宮の薫模倣は行われていた。ここには「匂ひなど、艶なる御心げさうに、いひ知らずしめたまへり」（総角巻268頁）とあり、入念に香を焚き染めているのだが、それ以上言及されていないのはやはり薫と同じ薫りだったからであろう。これはまさに薫の狩衣をうつし着た宿直人の繰り返しでもあったのだ。

仮に匂宮が薫の芳香を真似ていたとすると、中の君の「移り香」は匂宮の薫りと似ていることになる。では鼻のきく匂宮は微妙な薫りの違いを嗅ぎ分けたのだろうか。それともいつもと違う特別な薫りだったから、その違いを嗅ぎ取ることができたのだろうか。なかなか判断が難しい。いずれにしても、匂宮は薫の芳香に過敏に反応するようである。

このことは匂宮が浮舟のところに侵入する場面でも問題になる。浮舟が宇治に匿われていることを突きとめた匂宮は、さっそく忍んでやってくる。格子の隙から浮舟を「垣間見」た匂宮は、大胆にも薫のふりをして中へ侵入する。

いとらうらうじき御心にて、もとよりもほのかに似たる御声を、ただかの御けはひにまねびて入りたまふ。（浮舟巻124頁）

もともと似た声とあるが、その上さらに真似ているのだから、寝入りばなの右近はすっかり騙されてしまう。そして最後の決め手が薫りであった。

いと細やかになよなよと装束きて、香のかうばしきことも劣らず。近う寄りて、御衣ども脱ぎ、馴れ顔にうち臥したまへれば、（同頁）

匂宮の演技も評価すべきだろうが、「香のかうばしきことも劣らず」が最大のポイントである。この薫りで右近は完全に薫と思い込んでしまったからである。匂宮は薫の真似をしているのだから、やはり三田村氏のおっしゃるように、薫りも薫を真似ていると見るべきであろう。

もっとも薫りは、声帯模写のように急に変えることはできない。そうなると薫と匂宮は日常のレベルでも似たような薫りであった、要するに匂宮は薫の薫りをずっと模倣していたことになる。これは匂宮の薫願望だったのだ。

それに対して私は、嗅覚能力の違い、つまりいい薫りかどうかではなく、薫りの質まで嗅ぎ分けられるかどうか、ということを考えている。宿木巻における薫の「垣間見」場面にしても、浮舟巻における匂宮の闖入にしても、浮舟の女房あるいは右近が二人の薫りの違いを嗅ぎ分けられていれば、事件は食い止められたはずだからである。浮舟にしても、右近と同様に嗅覚能力の低さが、自らの人生を狂わせたともいえる。それが田舎育ちの浮舟の限界だったのかもしれない。

まとめ ―― 薫の芳香 ――

以上、宇治十帖の嗅覚、特に薫の芳香がいかに強烈だったかを考察してきた。だからこそ薫に接触すると誰彼お構いなしに感染するわけである。ただし常にそのことが問題にされるわけではない。普段の薫は自らの芳香を制御しているからである。どうやら道心と恋に揺れる薫の心は、身体から発する芳香の強弱によって、自ずからその内面が暴露されているようである。また匂宮が薫の薫りを模倣しているか否かを含めて、二人の薫りの違いを嗅ぎ分ける能力があるかどうかも事件の展開に大きくかかわっていた。やはり嗅覚は宇治十帖世界のキーワードといえそうだ。

薫の芳香は薫のアイデンティティーであり、薫の象徴であり、薫であることを示すコードだった。だからそれを偽造・模倣されると簡単に薫になりすますことができるのである。これはまるで童話の「狼と七匹の子やぎ」のようだ。薫りがもたらす誤認あるいは認識の揺れによって悲劇が誘発されたからである。「移り香」はもともと流動的な薫りだった。匂宮は薫りだけでなく声まで薫を真似ているわけだから、匂宮の才覚とは裏腹に、匂宮の薫に対する劣等感を読み取ることも可能であろう。要するに匂宮は薫の分身なのである。

本章は薫を中心に見てきたが、もちろん源氏物語の至るところに嗅覚の問題が埋もれている。『源氏物語』の嗅覚に敏感になれば、それによって物語の読みを深めることができそうだ。

注

（1）薫が自らの芳香を目立たないようにするためには、風上に立たないこと、興奮しないこと、汗をかかないこと、こまめに下着を取り替えることなどが肝心である。

（2）吉海「「移り香」と夕顔」『源氏物語の新考察――人物と表現の虚実――』（おうふう）平成15年10月（本書所収）。

（3）吉海「「追風」考─『源氏物語』の特殊表現─」國學院雑誌109─10・平成20年10月（本書所収）。同様の設定が藤壺出家後にも見られる。

風はげしう吹きふぶきて、御簾の内の匂ひ、いともの深き黒方にしみて、名香の煙もほのかなり。大将の御匂ひさへ薫りあひ、めでたく、極楽思ひやらるる夜のさまなり。（賢木巻132頁）

ここに「追風」こそ用いられていないが、藤壺の「黒方」と仏前の「名香」が揃い、それに源氏の香が加わるのだから、状況は若紫巻に近似していることになる。ただし賢木巻では激しい風が吹いていた。

（4）宿直人が薫の分身であることは、木村朗子氏「宇治の宿直人─『源氏物語』宇治十帖の欲望の薫り─」源氏研究10・平成17年4月でも述べられている。

（5）助川幸逸郎氏「薫の〈かをり〉について─愛欲とのかかわりを中心に─」中古文学論攷13・平成4年12月参照。助川氏は、薫の体香が描かれるのは彼の愛欲にかかわる場面であることを指摘しておられる。なるほどはじめて中の君と一夜を共にした時など、薫の薫りについては一切記述されていなかった。

第四章　「薫り」のすりかえ

はじめに

嗅覚論はかなり時間をかけてまとめたものである。最初、「移り香」を論じた時には、先の展開など考えもしていなかった。感染する薫りで嗅覚の面白さを知ったことで、さらに薫りによるすりかえ論へと発展することができた。かなり大胆な目論見であったが、これが書けたことで、嗅覚でまとめることができるのではないかと思うようになった。

一、〈すりかえ〉の論理

二〇〇八年は「源氏物語千年紀」ということで、京都もずいぶん賑わった。博物館・美術館などでも、それに合わせて『源氏物語』関係の特別展が行われており、あらためて源氏文化の広がりについて実感させられた年である。特に京都文化博物館では、春と秋の二回特別展が開催されたが、秋の展示には珍しく浮世絵の『源氏物語』がたくさん出品されていた。

　通常は室町期から近世期にかけて、土佐派の絵師が描いた「源氏物語画帖」のことを「源氏絵」と総称しているが、面白いことに浮世絵も『源氏物語』をテーマにしたものは「源氏絵」と称している。それでも間違いではないのだが、ちょっと紛らわしい。しかも浮世絵の「源氏絵」の大半は、柳亭種彦の『修紫田舎源氏』から派生して大流行した歌川国貞画の「源氏絵」である。『修紫』は『源氏物語』を室町幕府の御家騒動に置き換えた翻案物で、主人公は足利光氏という名前である。翻案であるにもかかわらず、平気で「源氏絵」として広く享受されているのだ。ここに「源氏絵」の「すりかえ」が生じていることになる。一般大衆にとっては、難しくて遠い存在の『源氏物語』ではなく、今風になっていてわかりやすい『修紫』の方に親しみが持てたのだろう。後には徳川将軍のことを「東源氏」と称してしばしば浮世絵に登場させている。ここで『源氏物語』は完全に武士の世界に「すりかわって」いるのである。

　しかしこれを笑ってばかりもいられない。今の私たちにしても、大和和紀のマンガ訳『あさきゆめみし』によって、『源氏物語』に親しんでいるつもりになっている人が多いからである。『修紫』にしても『あさきゆめみし』にしても、どうやら巧妙に『源氏物語』と「すりかえ」られているのだ。それに気づかない人もいるようだが、それでは本当に『源氏物語』を読んだとはいえない。さらにいえば瀬戸内寂聴の現代語訳も、程度の差こそあれ似たようなものである。さてみなさんは、「すりかえ」られた〈もう一つの『源氏物語』〉を読んではいないだろうか。もう一つの『源氏物語』は、決して本当の『源氏物語』ではないことをご存じだろうか。

ちょっと警告めいたことを申し上げたところで、本章は「すりかえ」について論じたい。一口に「すりかえ」といっても、『偐紫』以外にもいろんな「すりかえ」がある。たとえば『源氏物語』の主要なテーマとして、「ゆかり」の構想があげられる。「紫のゆかり」だけでなく、「夕顔のゆかり」「宇治のゆかり」などもあるが、これにしてもいってみれば女性の「すりかえ」である。だから「ゆかり」のみならず「形代・分身・代理」なども含まれる。勅使というのも天皇の代理である。その場合、血族のみならず主従でも分身たりうるので、(1)「すりかえ」可能のようである。いってみれば『源氏物語』は、さまざまな「すりかえ」（擬装）の物語ということになる。

二、〈すりかえ〉によるあやにくな恋物語展開

私が一番気にしているのは、宇治十帖における薫と匂宮である。私も千年紀の尻馬に乗って、『「垣間見」る源氏物語　紫式部の手法を解析する』（笠間書院・平成20年7月）というタイトルの本を出版した。「垣間見」という手法を徹底分析したものだが、その中で「垣間見」の新しい視点として、嗅覚の重要性を提案してみた。その際、三田村雅子氏の御論(2)を参考にさせていた

だいた。三田村氏は、

薫の体臭に嫉妬して、あらん限りの香を薫きしめて対抗しようとしていると紹介される匂宮にしても、常に自分の芳香が、疑似薫を演出する「にせもの」で、決して本来の体臭を持つ薫には及ばないことを自覚させられている。匂宮の香の付着は、いわば薫の模倣・再演であって、匂宮自身からにじみ出る魅力とは言えないことを誰よりも痛感しているのが匂宮本人であった。（198頁）

と、匂宮が薫の薫りを真似ていることを説かれている。私は別の角度から、仕えている女房たちの嗅覚能力の低さを問題にしたのだが、匂宮の薫模倣についてはそれ以来ずっと気になっている。

従来は二人を対照的な人物としてとらえていた。それは「薫」と「匂」という呼称の違いを前提にして、言葉の意味の違いをそのまま人格にあてはめているためだが、必然的に二人は似ていないと勝手に思い込んでいたというか、違いにばかりに目がいっていた。しかしながら二人とも高貴な貴公子である。年齢は近いし、身分は申し分ないし、美貌も兼ね備えているとなれば、違っているところよりも似ているところの方が多いはずだ。そうなると二人には互換性・鏡像関係が生じてくる。つまり相似した二人は、もともと「なりすます」ことも「すりかわる」ことも可能だったのである。

これが私からの大きな提案（仮説）である。それを検討する前に、いくつかの「すりかえ」の例を見ておきたい。まず『源氏物語』以前を調べると、『うつほ物語』のあて宮求婚譚だが、そこに上野宮《かんづけのみや》という奇妙な求婚者が登場している。上野宮はあて宮を掠奪《りゃくだつ》しようとするが、それを知った父正頼は、「下﨟、仕うまつる人の娘、年若く、かたち清げなるを召して、装束いとよくせさせたまひて」（藤原の君巻160頁）とあるように、下﨟の娘に上等の衣装を着せて偽あて宮に仕立て、まんまと盗ませている（この場合、下﨟の娘の人格は無視されている）。そのため上野宮は「すりかえ」られたことに気づけなかった。そこが滑稽なところなのだが、よく考えると平安朝の貴族社会では、「垣間見」という特殊事情でもなければ、相手の顔を見知って求婚するわけではなかった。誰もあて宮の顔を知らないのだから、意図的にでも偶然にでも「すりかえ」「なりすまし」は起こりうることになる。

事情は異なるが、『とりかへばや』などは父親が若君と姫君を「かへすがへす、とりかへばやと思されける」（168頁）とあって、二人の性を入れ替えたことから物語は展開している。最終的にはもとの性に戻ってハッピーエンドになるが、これも明らかに「すりかえ」（性の取り替え）であった。

結婚相手の「すりかえ」ということでは、継子物の『住吉物語』・『落窪物語』にも見られる。『住吉物語』では、姫君に求婚していた少将を、仲介役の筑前と継母が結託して、さやうの君達は、人にいたはられんとこそおぼしめすらめ。母もなからん人よりも、三の君が大人しくなりたるに、耳寄りにこそはべれ。よきやうに計らひたまへ。（29頁）

と、継母の三の君を姫君と偽って結婚させている。味方が裏切っているのだから、少将もしばらくは相手を「すりかえ」られたことに気づかなかった。かろうじて琴の音によって発覚する。『落窪物語』の場合は、逆に少将の方が継母を騙している。

源中納言の四の君なり。「まろにあはせむ」と言へども、え思ひ捨つまじき人の侍れば、君に譲りきこえむと思ひて。（151頁）

少将は継母の四の君との縁談に応じるふりをして、自分の代わりに末摘花の男バージョンである面白の駒を婿取らせることで、相手に恥をかかせる。この「すりかえ」も、三日目の露頭《ところ・あらわし》まではわからなかったが、さすがに顔を見せたとたんに知られてしまう。ここではむしろ発覚することが前提になっているのだ。

同様の「すりかえ」は、『堤中納言物語』中の『花桜折る少将』にも見られる。少将は姫君を盗み出したつもりが、実際は、

おば上のうしろめたがりたまひて、臥したまへるになむ、もとより小さくおはしけるを、老いたまひて、法師にさへなりたまへば、頭《かしら》寒くて、御衣を引きかづきて臥したまひつるなむ、それとおぼえけるも、ことわりなり。（394頁）

とあるように祖母尼君だった。間違えるはずもないのだが、だからこそ上野宮と同じく滑稽譚になっている。もう一例は『思はぬ方に泊りする少将』である。これは最初から設定がややこしくて、権大納言の二人の姫君に少将と権少将が通ってくる。男の官職が同じであることから、相手の女性を取り違えてしまうという話である。末尾に、

劣りまさるけぢめなく、さまざま深かりける御志ども、はてゆかしくこそ侍れ。（468頁）

云々とあって、その後どうなったのかは記されていない。

『夜の寝覚』の場合は、これとはさらに違って複雑になっている。主人公の権中納言がたまたま乳母の病気見舞いに九条の家を訪れた際、隣家に物忌みで訪れていた太政大臣の中の君を垣間見て、その美しさに惹かれて契りを結んでしまう。しかし権中納言は相手の女性のことを乳母子の行頼から、「今の但馬守時明の朝臣の女」（27頁）と知らされ、さらに、

源大納言の子の弁少将に契りてかしづきさぶらふ三にあたるは、すべてまことしく優げなる気色になむ。式部卿の宮の中将、石山に参りて、ほのかに見て、文などさぶらひけるを、女は返り事などして、それに心寄る気色にさぶらひけれど、（同頁）

と説明されて、相手を三の君だと誤認する。しかも権中納言は「宮の中将と思はせて、いとかき混ぜなる言葉に語らひ慰むる」（33頁）と、相手には自分を宮の中将だと信じ込ませようと演技している。ここにはいくつかの「すりかえ」が錯綜《さくそう》しているのである。しかも中の君は権

中納言の婚約者である大君の妹だった。この「すりかえ」「なりすまし」があやにくな物語展開の発端になっているのである。

以上のように、「すりかえ」というモチーフは、平安朝の恋物語にしばしば用いられていることが確認できた。あやにくな恋物語の展開に最適な方法なのかもしれない。

三、『源氏物語』の〈すりかえ〉

では『源氏物語』はどうだろうか。『源氏物語』における最初の「すりかえ」は、空蟬巻に見られる。源氏は紀伊守邸で偶然空蟬と一夜を共にするが、その後は逢ってもらえない。そこで弟の小君を手懐けて、空蟬のもとへ案内させるのである。それに気づいた空蟬は、そばに寝ていた軒端の荻を置き去りにして逃げてしまう。これなど先ほどの『花桜折る少将』と類似した展開といえる。

若き人は何心なくいとようまどろみたるべし。かかるけはひのいとかうばしくうち匂ふに、顔をもたげたるに、ひとへうちかけたる几帳の隙間に、暗けれど、うちみじろき寄るけはひいとしるし。あさましくおぼえて、ともかくも思ひ分かれず、やをら起き出でて、生絹《すずし》なる単衣をひとつ着てすべり出でにけり。（124頁）

源氏はそこにぐっすり寝ていた軒端の荻を空蟬と思って近づくが、極端に体格も違っているから、暗がりの中でもすぐに人違いだと気づく。そこからが源氏の真骨頂で、それならと「たびたびの御方違へにことつけたまひしさまをいとよう言ひなしたまふ」（同126頁）とあって、わざわざあなたに逢いに来たのですとしらじらしい嘘をつき、契りを結んでしまう。空蟬と軒端の荻は継母・継子の関係だから、血のつながりも容貌の類似もない。しかしながらこれはまさに「取り違え」であり「すりかえ」なのである。状況さえ整えば、似ていなくても「すりかえ」は可能なのだ。

そう考えると、花宴巻の朧月夜にしても、藤壺の「すりかえ」だったことがわかる。その藤壺にしても、亡くなった桐壺更衣の代役として入内させられているのだから、『源氏物語』は始発から「すりかえ」（ゆかり）の構想によるあやにくな恋物語が展開していることになる。源氏もこの手を若紫巻で使っている。紫の上が直衣姿の源氏を父宮と勘違いし、「少納言よ。直衣着たりつらむは、いづら。宮のおはするか」（242頁）といった際、それに便乗して「宮にはあらねど、また思し放つべうもあらず」（同頁）といって近づいている。[(3)] ここで源氏は紫の上の父宮に「なりすまそう」としているのである。

ついでながら最初に源氏が空蟬にいい寄った際、源氏はたまたま空蟬が「中将の君はいづくにぞ」（帚木巻98頁）と女房の中将の君を呼んだのを受けて、図々しく「中将召しつればなむ」（同99頁）と答えて近づいていた（言語遊戯）。この場合、源氏は同じ官職名の中将の君に「なりすまし」ていることになる。

さて、空蟬に逃げられた源氏は、「かの脱ぎすべしたると見ゆる薄衣をとり出でたまひぬ」（空蟬巻127頁）と、空蟬が脱ぎ捨てた薄衣を持ち帰り、二条院で空蟬の弟小君と添い寝をし、満たされぬ思いを晴らしている。この小君との関係については、男色あるいは少年愛という言葉で説明されることが多いが、私はそうは考えていない。というのも小君本人が愛の対象ではないからである。この場合の小君は空蟬の分身・代償であり、源氏は小君に空蟬を幻視している。というのも二人は血を分けた姉弟であり、また成人前のやせた小君は、空蟬と体型が似通っているからである。まだ中性的な肉体を有する小君は、十分空蟬の身代わりたりえた。(4)しかも源氏は「ありつる小袿を、さすがに御衣の下にひき入れて、大殿籠れり」（同129頁）とあって、空蟬の脱ぎ捨てた衣装を隠し持っている。その小袿は「いとなつかしき人香に染める」（同130頁）つまり空蟬の体臭が染みたものだった。隠微であるが、源氏は嗅覚によっても小君を空蟬と幻想していたのである。

ところでこの空蟬の構図は、後に宇治十帖においても繰り返されている。それは総角巻において薫が大君のもとに忍び込んだ時、それを察した大君が寝ている中の君を置き去りにして逃げているところである。

うちもまどろみたまはねば、ふと聞きつけたまひてやをら起き出でたまひぬ。いととく這

ひかくれたまひぬ。何心もなく寝入りたまへるを、いといとほしく、（総角巻252頁）

「何心もなく」を含めて、描写も似通っている。もちろん大君はただ逃げたのではなく、妹の中の君を自分の身代わりとして薫と結びつけようとしたのである。大君は自らを中の君と「すりかえ」たわけだ（その点、継子苛め的展開とは異なっている）。しかしながら薫は軒端の荻と契った源氏とは違って、中の君には手を出さなかった。薫にとって大君を中の君と「すりかえ」ることはできなかったのである。この場合、逆に「すりかえ」られなかったことが次の展開の呼び水となる。

それとは別に、蜻蛉巻で女一の宮が氷を手にしているところを偶然垣間見た薫は、邸に戻って妻の女二の宮に同じポーズをさせている。

手づから着せたてまつりたまふ。御袴も昨日《きのふ》の同じく紅なり。御髪《ぐし》の多さ、裾などは劣りたまはねど、なほさまざまなるにや、似るべくもあらず。氷召《ひ》して、人々に割らせたまふ。取りて一つ奉りなどしたまふ心の中もをかし。（252頁）

わざわざ衣装と氷をあつらえているのだが、結局は「似るべくもあらず」とあって、似ていないことが確認されただけであった。ここで薫は明らかに女二の宮と女一の宮を「すりかえ」ようと試みたが、「すりかえ」はかなわなかった。(5)

四、夕顔巻の〈すりかえ〉

次に夕顔について考えてみたい。もともと夕顔は頭中将と関係のあった女性だから、源氏が頭中将に「すりかわ」った、あるいは夕顔が相手を頭中将から源氏に「乗りかえ」たことになる。(6)また源氏は、葵の上で満たされぬ思いを夕顔に耽溺することで紛らわしたと見ることもできる。夕顔周辺にもさまざまな「すりかえ」が潜んでいるのである。それに加えて、ここでは主人公に仕える惟光と右近についてもう少し考えてみたい。

もともと夕顔との出逢いは、源氏が惟光の母である大弐の乳母の病気見舞いに出かけたことから始まっている。その惟光に夕顔の宿の内部事情を探らせて、惟光の手引きで通い始めるのだが、源氏は自分の素性を知られないように「我も名のりをしたまはで、いとわりなくやつれたまひ」(夕顔巻151頁)と身をやつして通っている。具体的には牛車ではなく馬で通っているようである。また衣装にしても直衣ではなく「やつれたる狩の御衣」(同153頁)つまり狩衣を着用している。身分の高い衣装は着用できないが、身分の低い衣装は着用可能なのである。ここで源氏が覆面をしているかどうか定かではないが、これを分析すると、源氏は惟光の身分といううか、惟光そのものに「なりすまし」ているのではないだろうか。このことは安藤徹氏が、端役論の中で惟光と良清を取り上げられ、惟光と良清のとのあいだの交換不可能性に対して、むしろ光源氏と惟光、光源氏と良清とのあいだに交換可能性が潜在しているのだ。こうして、『源氏物語』を従者たちの「分身」の物語として読み替える地平が拓かれる。（40頁）

という興味深い論を提示されている。(7)

私自身、乳母子の惟光や血族とおぼしき良清を源氏の分身とまでは認識していたが、(8)その逆は考えてもみなかった。しかしこのことは惟光自身、「わがいとよく思ひよりぬべかりしことを譲りきこえて、心広さよ」（夕顔巻162頁）とつぶやいていることからも十分察せられる。その対として、良清の場合も見ておきたい。

良清は若紫巻において播磨守の子と紹介されており、その縁で明石の君のことを語っている。そこに「いとすきたる者なれば、かの入道の遺言破りつべき心はあらんかし。さてたたずみ寄るならむ」（若紫巻204頁）とあるので、やはり明石の君は良清の相手にふさわしい女性とされていることがわかる。それが明石巻に至って俄に現実味を帯びてくるのだが、今度は源氏が良清に「なりすまし」てというか、良清の代わりに明石の君と関係を持っているのである。このように身分の低い中の品の女性に対して、源氏は惟光や良清に「なりすまし」ていると読むこともできるのだ。

これをさらに延長すると、少女巻の夕霧と惟光の娘（藤内侍）にも適応できる。五節の舞姫

になった娘に歌を贈った相手が夕霧だと知った惟光は、むしろ娘が夕霧の妻（妾）になることを喜んでいる。というのも、

殿の御心おきてを見るに、見そめたまひてん人を、御心とは忘れたまふまじきにこそ、いと頼もしけれ。明石の入道の例にやならまし。（少女巻66頁）

と、惟光の目には源氏における明石の君の厚遇が焼き付いているからである。もし娘が夕霧から明石の君のような処遇を受ければ、自分は明石入道のような立場になると考えているのだ。夕霧を源氏にたとえ、娘を明石の君にたとえ、自らを明石入道にたとえるのは、それが互換可能だと思うからだろう。夕霧にしても、惟光の娘を雲居の雁の代償としているのだから、すべては「すりかえ」の物語として読める。

次に夕顔の乳母子右近だが、右近は夕顔の死後源氏に引き取られている。右近は夕顔の形見として、折ごとに源氏と夕顔の思い出を語り合ったことだろう。その際、右近は夕顔に「なりすまし」て、夕顔として源氏に奉仕していたとも考えられる。いわば「よりまし」のような役割である。それは宇治八の宮の北の方が亡くなった後、姪の中将の君が召人となっていることとも通底する。

その右近は、長谷寺で十七年ぶりに玉鬘と邂逅する。その後玉鬘は、夕顔の分身（再来）として六条院に入居し、「すき者どもの心尽くさするくさはひ」（玉鬘巻122頁）としてもてなされ

る。しかし右近の思惑は違っていた。右近は以前から、

故君ものしたまはましかば、明石の御方ばかりのおぼえには劣りたまはざらまし、

（同87頁）

と、もし夕顔が生きていたら、明石の君に負けない処遇をされていただろうと反実仮想していた。だから玉鬘を夕顔の再来として、明石の君並みの厚遇を望んでいたのである。それは当然源氏の養女ではなく、源氏の妻の一人としてのことであった。右近にとって、娘の玉鬘は母夕顔の「すりかえ」用だったのである。(9)

それにしても、明石の君にあやかりたいと願う人が多いように思われる。明石の君はそれほど羨ましがられる存在（幸い人）だったのだ。(10)

五、浮舟物語と〈すりかえ〉

続いて浮舟について見てみたい。浮舟は最初、左近少将と結婚する予定だった。ところが少将は、浮舟が常陸介の実子でないと知ると、さっさと実子の方に乗りかえている。浮舟自身が左近少将によって妹と「すりかえ」られたことになる。その後、中の君のもとにあずけられるのだが、母中将の君はそこで匂宮や薫を垣間見て、今まで左近少将を理想的な結婚相手と見ていた誤りに気づき、浮舟の婿をさっさと左近少将から匂宮そして薫へと「すりかえ」ている。

そのためか浮舟は匂宮にいい寄られ、かろうじて難を逃れている。匂宮にとっての浮舟は一介の新参女房にしかすぎなかったのだ。その後、本命の薫に見出されて宇治での生活が始まるのだが、薫にとっての浮舟は、もちろん亡き大君の形代だった。ここでも浮舟は「すりかえ」られていたのだ。

一方、あきらめきれない匂宮は、ひょんなことから浮舟が宇治で薫の世話になっていることを知り、早速出かけていって三角関係になってしまう。そのことが発覚したことで、入水自殺を図った浮舟は、横川の僧都に助けられ、小野の妹尼にあずけられることになる。その妹尼は、亡くなった娘の身代わりとして浮舟の面倒を見る。それに連動して、かつて娘の恋人であった中将も、浮舟を身代わりにと接近してくる。薫と匂宮から逃れた浮舟は、またもや分身としての生をつきつけられるのである。そこから逃れる唯一の方法が出家だった。こうしてみると浮舟は、左近少将・薫・中将と三人の男性の形代とされていることがわかる。これが「すりかえ」られる浮舟の運命なのだろう。

最後に薫と匂宮の「すりかえ」を見てみたい。前述のように、大君は中の君を身代わりにしようとした。それに対抗して薫は、匂宮を自分の身代わりにする。要するに中の君と匂宮は、大君と薫の身代わりとして結ばれていることになるのだ。問題はそれがいとも簡単に行われたことである。

宮は、教へきこえつるままに、一夜《ひとよ》の戸口に寄りて、扇を鳴らしたまへば、弁参りて導ききこゆ。（総角巻264頁）

匂宮は薫に教わった通りに行動している。つまりここでは薫に「なりすまし」て薫を演じているのである。弁はその「なりすまし」に一切気づいていないようだ。これは明らかに弁の失態なのだが、やはり薫と匂宮の二人は相似であったというべきだろう。これまでこの部分はあまり重視されていなかったようだが、この一件こそが後の浮舟事件の布石になっているのである。

宇治で浮舟を発見した匂宮は、大胆にも薫に「なりすまし」て忍びこもうとする。それはすでに「なりすまし」た経験があったからだろう。

「ものへ渡りたまふべかなりと仲信が言ひつれば、おどろかれつるままに出で立ちて。いとこそわりなかりつれ。まづ開けよ」とのたまふ声、いとようまねび似せたまひて忍びたれば、思ひも寄らずかい放つ。（浮舟巻124頁）

なんと匂宮は薫の声帯模写ができたのである。そのことは、「もとよりもほのかに似たる御声を、ただかの御けはひにまねびて入りたまふ。」（同頁）ともある。(11) もともと似たところがあったというのだ。便宜的な感は否めないが、匂宮には薫の模倣、薫への変身願望があったのかもしれない。

さらに「香のかうばしきことも劣らず」（同頁）と駄目を押している。これで右近は完全に騙されてしまう。これについて三田村氏は、匂宮の薫りと薫の薫りが似ている、要するに匂宮は薫の薫りを模倣していると読んでおられる。それに対して私は、右近の嗅覚能力が低くて、二人の薫りの違いを嗅ぎ分けられないと解釈してみた。(12) 私は三田村氏の読みを否定しているわけではない。匂宮が薫の芳香を模倣しているとすると、つまり暗闇で薫と同じ薫りを身に纏《まと》うと、いとも簡単に薫に「なりすます」ことができることが重要なのである。強烈な薫りは、薫のアイデンティティーだが、特徴のあるものはかえって簡単に「なりすま」すことができるのである。

しかもこれには後日譚があった。薫と間違えて匂宮を入れてしまった右近は、もはや匂宮の来訪を拒否することはできなかった。他の人々には内緒なので、この後も匂宮は薫として浮舟を訪ね続ける。もはや一人ではどうにもならなくなった右近は若い侍従にわけを話し、共犯者になってもらった。早速匂宮が訪れた際、

道のほどに濡れたまへる香のところせう匂ふも、もてわづらひぬべけれど、かの人の御けはひに似せてなむ、もて紛らはしける。（浮舟巻149頁）

とあって、夜露に濡れた匂宮の衣装から強烈な薫りが発散されている。これに関して新編全集の頭注には、

薫の体から発する芳香に匹敵する匂宮の薫香（匂兵部卿5二七ページ）は、当然それと怪しまれるはずであるが、宇治の女房たちには薫と匂宮とを香りによって弁別する嗜みはなさそうである。前の匂宮の最初の入来の際も「香のかうばしきことも劣らず」（一二四ページ）とあったが、匂宮のそれと気づかなかった。右近と侍従とは、なんとか薫の来訪のようにごまかした。

（同頁）

とコメントされている。二度目以降も匂宮が薫の真似をしたのかどうかはわからないが、今度は右近と侍従が協力して匂宮を薫に擬装しているわけである。だから当事者たる浮舟はともかく、周囲の人たちには薫の来訪が増えたようにしか見えなかった。匂宮の薫擬装は双方から行われていたのである。

まとめ ――〈すりかえ〉の物語 ――

以上、『源氏物語』における「すりかえ」「なりすまし」（擬装）の論理に注目し、それがあやにくな恋物語展開の契機となっていることを論じた。特に宇治十帖の薫と匂宮と浮舟を中心に、いくつかの例をあげてみた。まさしく『源氏物語』は擬装の恋物語だったのである。もちろんこれ以外にも『源氏物語』にはさまざまな「すりかえ」が潜んでいるので、こういった視点で物語を読み直すと、これまでとは違った『源氏物語』の世界が体験できるはずである。

ところでみなさんは、源氏物語ミュージアムを御存じかと思う。『源氏物語』の千年紀にミュージアムはちょうど開館十周年を迎え、それを記念してリニューアルされている。展示もビデオも刷新されているので、前に御覧になった方でもまた楽しめる。以前とどのように変わったかを確認してみてほしい。ビデオは人形から生の人間に変わっている。橋姫は必ずしも宇治十帖の再現ビデオではないので、その点は注意してほしい。

一番注目してほしいのは、ちょうど匂宮が薫に「なりすまし」て、浮舟のもとへ入りこむところである。原文にはないが、居合わせた女房が「薫りが違います」と口にしている。その直後に戸が閉まってすべては後の祭りなのだが、これは意味深長な発言なので、どうか聞き逃さないようにしていただきたい。

注

（1）　末摘花の乳母子侍従は主人の返歌を代作しているが、受け取った源氏は代作と気づいていないので、これも「すりかえ」ということになる。
（2）　三田村雅子氏「移り香の宇治十帖」『源氏物語感覚の論理』（有精堂）平成8年3月。林田孝和氏も、「匂宮はいつもより深く焚きしめ、薫の香りを真似ていたのであろう」（243頁）と述べておられる（『源氏物語の創意』おうふう・平成23年4月）。
（3）　吉海「少納言の乳母」『源氏物語の乳母学　乳母のいる風景を読む』（世界思想社）平成20年

9月。少納言の乳母は亡くなった祖母の代理を務めているが、そもそも乳母という職掌は母の代理でもあるので、少納言は二重の代理として紫の上を後見していることになる。
（4）吉海「小君の役割」『源氏物語の新考察』（おうふう）平成15年10月。
（5）同様に柏木にしても、女三の宮の身代わりとして女二の宮と結婚しているのであるから、これも「すりかえ」の結婚ということになる。
（6）安藤徹氏「光源氏の〈かたみ〉―惟光と良清の立身／分身―」『端役で光る源氏物語』（世界思想社）平成21年1月。
（7）『和泉式部日記』における敦道親王との恋にしても、亡くなった兄為尊親王の「すりかえ」ということになる。その際、為尊親王が召し使っていた小舎人童をそのまま使っているが、これは主人の「すりかえ」である。もちろん為尊・敦道親王にとって、小舎人童は分身でもあった。
（8）吉海「右近の将監」『源氏物語の新考察』（おうふう）平成15年10月では、斎院御禊の随身に撰ばれた右近の将監を源氏の分身として論じている。夕顔巻にしても、夕顔側は牛車の中にいる見えない主人を随身によって判断しており、やはり分身として機能していることがわかる。
（9）吉海「右近の活躍」『源氏物語の乳母学』（世界思想社）平成20年9月。最終的に玉鬘は鬚黒と結婚するのだが、娘の大君は冷泉帝に入内させている。それはかつて玉鬘が果たせなかったことを、娘によって代行しているのである。それは二度目の母と子の「すりかえ」であった。
（10）そのことは若菜下巻においても、「明石の尼君とぞ、幸ひ人に言ひける」（176頁）云々と評判になっていた。
（11）かつて大君の看病をしていた際、中の君は薫の言葉を聞いて、「言葉のやうに聞こえたまふ。

つれなき人の御けはひにも通ひて、思ひよそへらる」（総角巻322頁）と匂宮と似ているという感想を漏らしていた。もし中の君が薫を受け入れていれば、薫も匂宮に「すりかえ」可能だったことになる。

（12）吉海「「かうばし」考」『「垣間見」る源氏物語』（笠間書院）平成20年7月、同「嗅覚の『源氏物語』―感染する薫の香り―」日本文学風土学会紀事33・平成21年3月（本書所収）で、薫りに注目した読みの面白さを論じている。

第二部　嗅覚編

第五章　「かうばし」考

はじめに

「かうばし」については、嗅覚よりも先に「垣間見」論で注目した言葉である。だからこそ『「垣間見」る源氏物語』に所収されているのである。というより嗅覚のことなど一切考えないで、単に「垣間見」場面を調べていたら、その中に「かうばし」が複数回登場していたので、「垣間見」のキーワードとして使えるのではないかと思った次第である。それにしても、本来的には嗅覚として論じるべきなので、あらためて嗅覚論に含めてみた。

一、「かうばし」の用例

そもそも「かうばし」は、「かぐはし」から転じたものとされている。ただし「かぐはし」の用例は『源氏物語』には一例も用いられていない。また平安朝における「かうばし」を調べてみたところ、焚き染められた香が匂うといったプラスの用法に限定されていた。(1) それが中世になると嗅覚から昇華されて、比喩的に名誉だとか立派だという用法も派生している。

そこであらためて「かうばし」の用例を調査・分析してみた。まず『源氏物語』における用例を調べたところ、全部で二十六例用いられていることがわかった。その中で、

・昔の薫衣香《くのえかう》のいとかうばしき一壺具してたまふ。（蓬生巻341頁）
・名香のいとかうばしく匂ひて、樒《しきみ》のいとはなやかに薫れるけはひも、（総角巻236頁）

は、香についての例であるから問題あるまい。用例的に多いのは、

・鈍《にび》色の紙のいとかうばしう艶なるに、墨つきなど紛らはして、（澪標巻316頁）
・唐の色紙かうばしき香に入れしめつつ、をかしく書きたりと思ひたる、（玉鬘巻95頁）
・唐の紙のいとかうばしきを取り出でて書かせたてまつる。（玉鬘巻124頁）
・御文には、いとかうばしき陸奥国紙のすこし年経、厚きが黄ばみたるに、（玉鬘巻137頁）

など、和紙に焚き染められた間接的な香の例である。特に「唐の紙」などの舶来品や高級品に冠されることが多い。当然衣装についても、

・表着《うはぎ》には黒貂《ふるき》の皮衣《かはぎぬ》、いときよらにかうばしきを着たまへり。（末摘花巻156頁）
・いと若ううつくしげなる女の、白き綾の衣一襲、紅の袴ぞ着たる、香はいみじうかうばしくて、あてなるけはひ限りなし。（手習巻286頁）

などの例があげられる。手習巻の例は浮舟の衣装についてであるが、この衣装の「かうばし」さは必ずしも浮舟自身のものではなく、薫あるいは匂宮から付けられた「移り香」なのかもしれない（「かうばし」と「移り香」は共起することが多い）。

次に巻毎の分布を調べてみたところ、

空蟬巻　一	末摘花巻　一	澪標巻　一	蓬生巻　一	少女巻　一
玉鬘巻　三	若菜下巻　一	柏木巻　一	夕霧巻　二	横笛巻　一
匂宮巻　一	紅梅巻　一	竹河巻　一	橋姫巻　一	総角巻　二
宿木巻　一	東屋巻　三	浮舟巻　二	手習巻　一	

となっていた。正編では十の巻に十三例用いられているのに対して、続編では九の巻に十三例用いられており、一見して続編に用例が集中していることがわかる（「移り香」の用例も同様）。これは恐らく続編の主人公である薫や匂宮の強烈な薫りに起因しているのであろう。ただし宗教とも縁の深い薫は、その身体から生まれながらに芳香を発しており、決して香を焚き染めているわけではないので、用法的には特殊ということになる（火を用いない「かうばし」）。これを踏まえた上で、本章では薫の芳香に注目し、それを匂宮と比較しつつ、両者の違いを嗅ぎ分けられるか否かをポイントに考察してみたい。

参考までに宮島達夫氏編『古典対照語い表』（笠間書院）を参照したところ、『枕草子』一例・

『更級日記』一例・『徒然草』一例とかなり用例が少ないことがわかった（『うつほ物語』には十五例あり）。

二、薫の体臭

さて、薫の奇妙な芳香のことは、匂宮巻で紹介された時からの身体的特徴であった。

香のかうばしさぞ、この世の匂ひならず、あやしきまで、うちふるまひたまへるあたり、遠く隔たるほどの追風も、まことに百歩の外も薫りぬべき心地しける。誰も、さばかりになりぬる御ありさまの、いとやつればみただありなるやはあるべき、さまざまに、我、人にまさらんとつくろひ用意すべかめるを、かくかたはなるまで、うち忍び立ち寄らむ物の隈もしるきほのめきの隠れあるまじきにうるさがりて、をさをさ取りもつけたまはねど、あまたの御唐櫃に埋もれたる香の香どもも、この君のはいふよしもなき匂ひを加へ、御前の花の木も、はかなく袖かけたまふ梅の香は、春雨の雫にも濡れ、身にしむる人多く、秋の野に主なき藤袴も、もとの薫りは隠れて、なつかしき追風ことにをりなしがらなむまさりける。（匂宮巻26―27頁）

薫の場合は人工的に調合した練香ではなく、生まれながらに自らの体臭（人香）が芳香を放っており、やや宗教色を内包している（普通の香と違って焚かれたものではない）。竹河巻では「うちふるまひたまへる匂ひ香などの世の常ならず」（68頁）と称されていた。それが「あやしきまで」と形容され、「うち忍び立ち寄らむ物の隈もしるきほのめきの隠れあるまじき」というのは尋常ではあるまい。薫は自ら発する芳香（シグナル）によって、姿が見えなくてもすぐにその存在が知られてしまうので、まともに垣間見をすることもできないというのであるから、これはある意味滑稽でもあった（「あやし」も「かうばし」と共起している）。要するに匂宮巻の薫は、あまりにも匂いが強烈すぎて、垣間見ができない人物として造型されていることになる（マイナス要素）。

もっとも光源氏にしても、闇に紛れて空蝉の寝ているところへ忍び寄った際、「かかるけはひのいとかうばしくうち匂ふに」（空蝉巻124頁）と記されていた。これは「御衣のけはひ、やはらかなるしもいとしるかりけり」（同頁）とあるように、源氏としては衣擦れの音を気にして柔らかい衣装にしているのであろうが、その柔らかさがかえって高貴さを際立たせていた。しかもその衣装に焚き染められた香が、追風として匂ってくるのだから、空蝉は聴覚と嗅覚の両方から源氏の接近を知覚することができたのである（軒端の荻は聴覚も嗅覚も鈍感？）。

夕霧にしても、小野の落葉の宮のもとに泊まって朝帰りしたのを見咎めた律師は、夕霧が落葉の宮に通っていると誤解して、御息所に、

げにいとかうばしき香の満ちて頭痛きまでありつれば、げにさなりけりと思ひあはせはべ

りぬる。常にいとかうばしうものしたまふ君なり。（夕霧巻417頁）

と語っている。夕霧について物語ではほとんど匂いに言及されていないし、「常に」と断言できるほど律師が夕霧のことを熟知しているとは思えないので、ここは思い込みや誇張も含まれていると読みたい。

この律師の言動（思い込み）について、三田村雅子氏は「わずかな残り香に、夕霧と落葉宮の密会まで想像してしまう飛躍と決め付けは、この無骨な僧の隠された欲望と連動するものでもあったろう。そうであるがゆえに、その「密会」の事実は指弾され、厳しく退けられなければならないのである」（「匂いの「風景」」『源氏物語感覚の論理』有精堂・平成8年3月・195頁）とするどく分析しておられる。本章はこの三田村氏の御論に啓発されていることを明記しておきたい。

なお三田村氏は、宇治十帖における匂いの誤解を指摘されているが、私見ではそれを嗅覚能力の有無として考察している。また世俗を忌避する律師の言葉として、「頭痛きまで」はかなり大げさな表現ではないだろうか。律師にとっては匂いの質は問題ではなく、動きに伴う「かうばしき香」（追風）そのものが、夕霧の高貴さを保証しているのであろう。

また三田村氏は、「落葉宮の所に通う夕霧は妻雲居雁のもとには帰りづらく、六条院の母代わりである花散里のもとへ行くこともあり、そこで六条院の「香の唐櫃」に入られた衣を身につけることで、たまたま香を身に付けていたに過ぎないことが暗示される」（同頁）とも述べておられる。その場合、普段の夕霧はあまり香の匂いをさせていないことになるが、「香の唐櫃」に収められている衣装にしても、もともとこれは夕霧用なのではないのだろうか。いずれにしても夕霧には、独自の匂いが確立していないことになる。もちろんここでは夕霧の「かうばし」さが主眼ではなく、そこから落葉の宮との男女関係が想像されていることが重要なのである。

こうしてみると香の匂いは、必ずしも薫の特権ではなかったことになる。次に匂宮の匂いについて考えてみたい。

三、匂宮の香

匂宮の匂いについては薫の描写に続いて、

かく、あやしきまで人の咎むる香にしみたまへるを、兵部卿宮なん他事よりもいどましく思して、それは、わざとよろづのすぐれたるうつしをしめたまひ、朝夕のことわざに合はせいとなみ、御前の前栽にも、春は梅の花園をながめたまひ、秋は世の人のめづる女郎花、小牡鹿の妻にすめる萩の露にもをさをさ御心移したまはず、老を忘るる菊に、おとろへゆく藤袴、ものげなきわれもかうなどは、いとすさまじき霜枯れのころほひまで思し棄てず

などわざとめきて、香にめづる思ひをなん立てて好ましうおはしける。（匂宮巻28頁）

と語られている（ここにも「あやし」がある）。薫が有する生来の芳香（香製造器）に対して、匂宮は自ら人工的に香を調合することで、薫に対抗しようとしているのである。三田村氏はこれを「人工的に付加された匂いがすべて天与の匂いである薫の体臭に劣るとするのは、匂宮の薫への永遠のコンプレックスを表すものである。そのコンプレックスに促されるように、匂宮の香は、薫の代役を勤め、薫を偽り、装う時に、最もよくその効力を発揮するものであったのである」（前掲書198頁）と分析しておられる。

この魅力的な論理では、匂宮の匂いは薫の芳香に類似するように調合されていることになる。「誤解を生む香」（前掲書201頁）について、私見ではそれを嗅覚能力の有無として分析しているが、もちろん「うつし」とあるので、匂宮が薫を模倣していても不都合はない。たとえ匂宮が薫の芳香を模倣しているとしても、両者の違いは明白であり、それを判別できないのは嗅覚能力の低い人たちだからである。この行為（執着）も薫同様に異常ではないだろうか。そのため匂宮にも、

・袿《うちき》姿なる男の、いとかうばしくて添ひ臥したまへるを、（東屋巻63頁）

・夜深き露にしめりたる御香のかうばしさなど、たとへむ方なし。（浮舟巻192頁）

とあるように「かうばし」で形容されている。「袿姿なる男」とは匂宮のことであるが、浮舟

の乳母はまだ男が誰なのか特定できていなかった。二つ目の用例は侍従の匂宮に対する感想である。こういった匂宮の薫に対する挑み心が、様々な事件を展開していく原動力ともなっているのであった。

その一例として、紅梅巻における按察大納言の大夫の君をあげておきたい。按察大納言は匂宮を中の君の婿に望み、大夫の君を使いとしてその意向を匂宮に伝えさせている。肝心の匂宮は、中の君ではなく宮の御方に興味を抱いているのであるが、それもあって大夫の君をかわいがっていた。この大夫の君は東宮からもかわいがられていたのだが、それを承知の上で匂宮は自分の側に宿直させている。

春宮にもえ参らず、花も恥づかしく思ひぬべくかうばしくて、け近く臥せたまへるを、（紅梅巻51頁）

「け近く臥せ」の頭注には「男色を暗示」と記されている（空蝉巻の源氏と小君に類似）。匂宮に抱かれたとすれば、必然的に大夫の君には匂宮の移り香が付着するはずである。そのことは後に母北の方から、

若君の、一夜宿直して、まかり出でたりし匂ひのいとをかしかりしを、人はなほと思ひしを、宮のいと思ほし寄りて、兵部卿宮に近づききこえにけり、むべ我をばすさめたりと、気色とり、怨じたまへりしこそをかしかりしか。（同53頁）

と報告されている。大夫の君の匂いについて他の人は気づかなかったが、東宮はすぐにそれが弟匂宮の移り香であることを察し、そこから昨晩匂宮にかわいがられたことを恨んでいる。東宮の嗅覚は鈍感ではなかったわけだが、これなど匂宮は兄の東宮が気づくことを予想して、あえて大夫の君に移り香を付けているのではないだろうか。これこそ匂宮の挑み心の発露であろう。

なお先例として、『うつほ物語』蔵開中巻の、

宮はた起くれば、頭かきつくろひ、装束せさせて遣《や》りつ。藤壺に参りたれば、御達《ごたち》、「あな香ばしや。この君は、女の懐にぞ寝たまひける」。「さらで、右大将のおとどの御懐にぞ寝たりつる」。御達、「女のにこそは」といふ。（466頁）

をあげておきたい。これは仲忠が宮はたを懐に抱いて寝たために、宮はたに仲忠の移り香が染みついたのである。藤壺に仕える御達（老女房）はその香ばしい匂いに気づき、宮はたは昨夜女性に抱かれたと邪推しているわけである。ここは仲忠が女性的な香を使っているとすべきなのだろうか、それとも御達が仲忠の匂いであることを嗅ぎ分けられないとすべきなのであろうか。いずれにせよこの例は『源氏物語』と近い「かうばし」の用法であろう。これを踏まえると、源氏に添い臥した小君にも、源氏の「移り香」が強く付着していたはずであるが、空蝉はそれに気づいていたのであろうか。

四、橋姫巻の「かうばし」

さて匂宮巻で、薫は匂いが邪魔をして「垣間見」ができない人物だと述べてあった。しかしながら薫は、果敢に「垣間見」に挑戦している。その最初が橋姫巻の八の宮の姫君「垣間見」である。「垣間見」そのものの考察は『「垣間見」る源氏物語』（笠間書院）に譲り、ここでは「垣間見」終了後の姫君たちの心内に注目してみたい。

薫が「垣間見」ている時、外から妙にいい匂いがしてきたのに、大君はつい油断してしまったことについて、

あやしう、かうばしく匂ふ風の吹きつるを、思ひかけぬほどなれば、おどろかざりける心おそさよと、心もまどひて恥おはさうず。（橋姫巻141頁）

と反省している。たとえ後の祭りではあっても、ここに反省が書かれることで、大君の嗅覚が鈍感でないこと、ひいては大君のヒロイン性がかろうじて保たれていると読みたい。もしこれがなければ、大君の貴族性まで否定されかねないからである。

また薫の匂いは、「なごりさへとまりたるかうばしさを、人々はめでくつがへる」（竹河巻70頁）ほどであったから、まして直接に触れたものはその「移り香」に感染してしまう。たとえば「濡れたる御衣どもは、みなこの人に脱ぎかけたまひて」（橋姫巻150頁）と、薫から衣装をも

らった宿直人は、

宿直人、かの脱ぎ棄ての艶にいみじき狩の御衣ども、えならぬ白き綾の御衣のなよなよといひ知らず匂へるをうつし着て、身を、はた、えかへぬものなれば、似つかはしからぬ袖の香を人ごとに咎められ、めでらるるなむ、なかなかところせかりける。心にまかせて身をやすくもふるまはれず、いとむくつけきまで人のおどろく匂ひを失ひてばやと思へど、ところせき人の御移り香にて、えも濯ぎ棄てぬぞ、あまりなるや。（橋姫巻152頁）

と、かえって匂いの強烈さに困惑している。薫の匂いがこれほど滑稽に描かれているのも珍しい。この一件は椎本巻で再度想起され、「かの御移り香もて騒がれし宿直人」（211頁）と記されている。何故この宿直人が繰り返しクローズアップされるのか不審だが、それは薫の匂いの感染力の強さを明示するためではないだろうか。そのことは続く大君への感染によって納得されよう。

薫に侵入され、添い伏されて一夜を明かした大君には、当然のことながら薫の「移り香」が移っていた。それを妹の中の君は敏感に嗅ぎ取って二人の仲を疑うことになる。

ところせき御移り香の紛るべくもあらずくゆりかをる心地すれば、宿直人がもてあつかひけむ思ひあはせられて、まことなるべしといとほしくて、寝ぬるやうにてものものたまはず。（総角巻241頁）

橋姫巻において、大君は薫の匂いに敏感に反応しなかったことを悔やんでいたはずだから、ここで薫の「移り香」をまったく気にしていないのは奇妙である。それに対して中の君は、咎め立てはしないものの、大君に薫の「移り香」が付着していることをはっきり嗅ぎ取っており、それがまた次の事件の伏線となっているのである。

五、嗅覚能力の有無

中の君を薫と結婚させようという大君の計略により、中の君も薫と一夜を共にすることになるが、その際は「移り香」のことは一切問題になっていない。あるいは大君は案外匂いに鈍感なのかもしれない。その後薫は、匂宮と結婚して京都の邸に引き取られた中の君に接近するが、妊娠していることに気づいて自制する。しかし薫の「移り香」は接触した中の君に感染しており、当然のことながら過敏なほどに鼻のきく匂宮によって、

かの人の御移り香のいと深くしみたまへるが、世の常の香の香に入れたきしめたるにも似ずしるき匂ひなるを、その道の人にしおはすれば、あやしと咎め出でたまひて、（宿木巻434頁）

と見咎められ、あらぬ疑いをかけられる。実は中の君にしても薫の「移り香」の強烈さは経験済みなので、決してそのまま放置していたわけではなく、

　さるは、単衣の御衣なども脱ぎかへたまひてけれど、あやしく心より外にぞ身にしみにける。　（同435頁）

とあるように、わざわざ衣服を着替えていたのだが、それでも薫の匂いを消すことはできなかったとある（これも滑稽な話である）。もっともこの一件は、誤解によって匂宮の嫉妬心をかきたて、中の君への愛情を増す結果となるわけだが、反面、薫に対する恨みと復讐心が後の浮舟との三角関係を生じさせる伏線ともなっている。

　さて、薫の匂いは浮舟を「垣間見」る場面でも繰り返される。橋姫巻と同様に、薫が「垣間見」ていることで周辺にいい匂いが漂うわけだが、それに気づいた浮舟の女房たちは、

　若き人、「あなかうばしや。いみじき香の香こそすれ。尼君のたきたまふにやあらむ」。老人、「まことにあなめでたの物の香や。京人はなほいとこそみやびかにいまめかしけれ。天下にいみじきことと思したりしかど、東国にてかかる薫物の香は、え合はせ出でたまはざりきかし」。　（同490頁）

と、弁の尼の焚く「空薫物」と誤解している。いくら弁の尼とはいえ、薫の匂いのような高級な香を「空薫物」として使えるはずはないのだが、悲しいかな浮舟付きの女房たちにそれを嗅ぎ分ける力は備わってなかった。そのことを聞いた弁の尼は、

　尼君は、物語すこししてとく入りぬ。人の咎めつるかをりを、近くのぞきたまふなめりと

心得てければ、うちとけごとも語らはずなりぬるなるべし。（同494頁）

と、さすがに薫が近くで「垣間見」ていることを察している。

こうしてみると浮舟周辺の人々の嗅覚は、たいして敏感ではないことが暗示されているようである。しかもそこに浮舟も同席していたのだから、主人である浮舟の鼻もあまりあてにはならないことになる。そのことは最初に匂宮に迫られた際に、

ただならずほのめかしたまふらん大将にや、かうばしきけはひなども思ひわたさるる。（東屋巻61頁）

と誤解していることからも察せられる。これはその直前に「香のかうばしきをやむごとなきことに、仏のたまひおきけるもことわりなりや」（同55頁）とあったのを受けているのであろうが、「かうばしき」匂いから単純に薫を想起している点、浮舟は薫と匂宮の区別がつかなかったわけである。

もちろん匂宮にしても、前述したように「かうばしき」匂いの所有者ではあった。ただし二人の匂いは微妙に異なっているはずだが、その違いが浮舟にも明確に判別できなかったのである。そのことは新編全集の頭注二三にも「浮舟は、薫と匂宮の「かうばし」さを区別することができない」（同61頁）と記されている。匂宮が薫の芳香とそっくりの香を調合している可能性も考えられるものの、両者の匂いに差異があることも間違いあるまい。

当然、右近の鼻もあまりあてにはならず、薫のふりをして侵入してきた匂宮に対して、

いと細やかになよなよと装束きて、香のかうばしきことも劣らず。（浮舟巻125頁）

と、まったく違いを判別できなかったことが致命傷になっている。こうなると浮舟に関しては、本人や女房の嗅覚能力の低さが彼女の人生を狂わせたことになる。

六、正編における「かうばし」

ついでに正編における用例も見ておきたい。雲居の雁付きの女房たちは、内大臣と夕霧の匂いの区別ができず、そのために噂話を立ち聞きされている。その反省が、

いとかうばしき香のうちそよめき出でつるは、冠者の君のおはしましつるとこそ思ひつれ。あなむくつけや。（少女巻39頁）

であった。衣装に焚き染められた香は、人の動きによって「追風」に乗って漂ってくる。そのため衣擦れの音と「かうばしき」匂いは常に連動しているのである。

ここでの女房たちの失態は、音と匂いによってその存在に気づきながら、近くにいるだろう人物を勝手に夕霧と思い込んだために、噂話を中断しなかった点にある。最大の難点は、夕霧と内大臣の匂いの違いを嗅ぎ分けられなかったことである。そのことによって、嗅覚能力の低い女房しか仕えていない雲居の雁の環境の劣悪さも浮き彫りにされることになる。「かうばし

き」は身分の高い人の薫りであるから、内大臣と夕霧に形容されることに問題はあるまい。しかし同じように高貴な匂いであっても調合による個人差はあるのだから、ここではその微妙な違いを嗅ぎ分ける能力の有無が、物語の展開を左右していることになる。あるいは夕霧には特徴的な匂いが付与されていないのかもしれない。

そのことは紫の上の身においても生じていた。源氏に抱かれて一夜を過ごした紫の上には、源氏の「移り香」が付着しているはずだが、翌朝訪れた父兵部卿宮は、

近う呼び寄せたてまつりたまへるに、かの御移り香のいみじう艶に染みかへりたまへれば、「をかしの御匂ひや。御衣はいと萎《な》えて」と心苦しげに思《おぼ》いたり。（若紫巻248頁）

と感想を述べている。どうやら兵部卿宮は紫の上のいい匂いには気づいたが、それが源氏の匂いであることまでは気づかなかったようである。ここでこの「移り香」に不審を抱いていれば、源氏に紫の上を奪い取られずに済んだかもしれないのだが、兵部卿宮にはそういった嗅覚能力はなかったことになる（それが藤壺との密通にも気づかない伏線になっているのであろう）。

やや奇異な例として、女三の宮「垣間見」場面をあげておきたい。それは女三の宮の飼っている唐猫を柏木がかわいがる場面だが、

わりなき心地の慰めに、猫を招き寄せてかき抱きたれば、いとかうばしくてらうたげにうちなくもなつかしく思ひよそへらるるぞ、すきずきしや。（若菜下巻142頁）

とある。この場合、唐猫に付着していた「かうばし」き香は、決して猫独自のものではなく、飼い主である女三の宮の「移り香」と考えたい。もしそうなら柏木は、女三の宮の「移り香」のする唐猫を、女三の宮の分身として抱いていたのである。

この「かうばし」について河添房江氏は、「とりわけ「かうばしくて」は、『源氏物語』では性的な香りを放つ身体表現とされ、飼い主の女三の宮には希薄なはずの官能性さえもただよわせる」（『源氏物語と東アジア世界』ＮＨＫブックス・平成19年11月・234頁）と述べておられる。私見では必ずしも性的な香りというわけではないものの、その「移り香」の相手を特定し、さらに「移り香」が付着する過去のできごとを推測することで、性的なものまで幻想されるのではないだろうか。

その柏木の愛用の和琴（遺品）には、今度は「人香にしみてなつかしうおぼゆ」（横笛巻353頁）と「人香」が付着していた（「なつかし」もキーワードの一つ）。新編全集ではこれを落葉の宮の匂いとするが、「故君の常に弾きたまひし琴なりけり」（同頁）とあるのだから、やはり亡くなった柏木の匂い（残香）とすべきではないだろうか。

まとめ

「かうばし」はいい匂いがすることであるから、一見すると「垣間見」とは無縁の言葉のように思われる。しかしながら「垣間見」の場面における見る側・見られる側の嗅覚は、視覚を補助するように機能しているのである。視覚や聴覚でとらえられないものを、「かうばし」によって知覚することができるからである。

中でも宇治十帖における「かうばし」は、特に薫の存在証明として機能していることで、「垣間見」論のみならず嗅覚論でも重要な要素となっている。薫が「かうばし」い芳香を発しながらも果敢に「垣間見」に挑戦することで、見られる側の嗅覚能力が問われ、その有無や程度によって、物語展開が左右されているからである。

こうなると「かうばし」については、嗅覚論の中でもあらためて取り上げるべきではないだろうか。

注

（1）私が「かうばし」の研究に取り組んだ折、「かうばし」の先行研究は見当たらなかった。嗅覚はもちろんのこと「垣間見」研究でも看過されていた。

第六章　『源氏物語』以外の「かうばし」

はじめに

前章では『源氏物語』の「かうばし」に注目して考察した[1]。その際は「かうばし」が薫物に特徴的に用いられていること、例外として薫の体から発せられる芳香が、火を用いない特殊なものであることを論じた。

なお古語の「かうばし」は、「かぐはし」のウ音便化したものとされていたが[2]、最近では慎重に周辺語として説明されるようになっている。というのも、原則「かぐはし」が上代語であるのに対して「かうばし」は平安朝語であり、用法も含めて時代的に区別されるからである。もう一つの周辺語「かんばし」など、室町後期以降の用例しか見当たらないので、やはり単なる音便化という説明では、合理的に説明しにくいことがわかってきた[3]。

また現代語の「こうばしい」は、火に焼かれた食べ物の食欲をそそる焦げた匂いを意味するが、平安朝の「かうばし」にそういった食べ物の例は一切認められないので、両者には用法の断絶を認めるべきであろう。古語の「かうばし」には、そういった興味深い問題・変遷が孕まれているので、あらためて『源氏物語』以外の用例を調べてみることにした次第である。

手始めに手元にある古語辞典を引いてみたところ、三省堂『全訳読解古語辞典第四版』（二〇一三年版）の語誌には、

> 中古の物語類では、衣服や髪に薫《た》き染《し》めた香木の香りについていうことが多い。

と、薫物に限定・特化された説明になっていた（ただし薫という人物の特異性には触れられていない）。では『源氏物語』以外の用例もそれでいいのだろうか。ということであらためて確認しておきたい。

一、研究史

前章では『源氏物語』に特化していたこともあって、先行文献が見当たらないことを確認しただけだった。そこであらためて「かぐはし」「かんばし」を含めた全般的な研究史を調べてみたところ、以下のような七つの論文が検索に引っかかってきた（拙論も含まれる）。

1松本剛「カグハシ考」万葉99・昭和53年12月

2河澄祥代「万葉歌人市原王：カグハシ表現をめぐって（要旨）」中京大学上代文学論究13・平

成17年3月

3吉海直人「「かうばし」考」『「垣間見」る源氏物語』（笠間書院）平成20年7月

4池上尚「嗅覚表現形容詞「カウバシ」の意味変化―〝焦げるにおい〟を表わすようになるまで―」早稲田大学大学院教育学研究科紀要別冊18―1・平成22年9月

5池上尚「嗅覚表現形容詞「カグハシ」「カウバシ」「カンバシ」―近世以降における意味・用法の分担過程―」国文学研究162・平成22年10月

6島村良江「万葉の〈香り〉―比喩的意味での「かぐはし」を中心に―」昭和女子大学大学院日本文学紀要23・平成24年3月

7池上尚「成句「栴檀は二葉より―」述語部分の変遷：カウバシからカンバシへ」早稲田大学大学院教育学研究科紀要別冊20―1・平成24年9月

このうち1・2・6は、『万葉集』の「かぐはし」を考察したものである。もう一つの特徴は、4・5・7の三本とも池田尚氏お一人が書かれていることである。私が前論文を発表した折、1・2はすでに書かれていたわけだが、ともに『源氏物語』に用例のない『万葉集』の「かぐはし」論だったので、拙論に引用していなくても批難されることはあるまい。

しかし4以降の新しい論文に、残念ながら吉海論は引用されていなかった。分野が異なるので見つけにくかったのかもしれない。という以上に、吉海論は学術雑誌ではなく単行本の中に書き下ろしで所収したものなので、国文学研究資料館の国文学・アーカイブズ学論文データベースやサイニーの論文検索ではヒットしなかった。こういった単行本所収初出論文の見逃しは、現状ではやむをえないことであろうか。単行本所収の論文も、雑誌論文と同じように簡単に検索できるようにしていただければありがたい。

さて、今回あらためて「かうばし」を考察するにあたって、先行論文に当ってみたところ、4の池上論の末尾に「かぐはし」「かうばし」「かんばし」の用例一覧が掲載されていることがわかった。これは大いに参考にできそうである。(4) ただし細かくて恐縮だが、『源氏物語』の用例が二十三例になっていた。私の前論文では総数を二十六例にしておいた。この三例の誤差については、おそらく「かうばしさ」三例が形容詞ならぬ名詞ということで落とされているのではないだろうか。もしそうなら、形容詞以外の用例は調べ直して拾い上げなければならないことになる。

その他、直接関係するわけではないが、村田菜穂子氏「形容詞対照語彙表補遺」国際研究論叢23―2・平成22年1月にも「かうばし」が含まれており、そこでは『今昔物語集』に「かうばし」の用例が五十二例も存するとされている。訓読の問題は存するものの、これも大いに参考になった（看過できない用例の多さであるが、ジャパンナレッジでは拾いきれない）。

二、「かぐはし」について

　ではまず「かぐはし」について私なりの見解を出してみたい。早速、古い用例から検討していきたい。池田氏の調査によると、「かぐはし」の用例は、

　古事記　一例　　万葉集　六例

あるとのことである。しかも上代の用例七例は、すべて植物にかかわるものとされている。これを具体的に見ていくと、まず『古事記』応神天皇記には、

①いざ子ども野蒜《のびる》摘みに蒜摘みに我が行く道の香細し（迦具波斯）花橘は　（264頁）

という長歌があり、花橘が「香細し」（かぐはしいもの）としてあげられている。橘には芳香があるので、この用法に異存はないが、火は用いられていない。

　この長歌は『日本書紀』応神天皇紀にも、

　いざ吾君野に蒜摘みに蒜摘みに我が行く道に香ぐはし花橘　（479頁）

と出ていた。

　続いて『日本書紀』皇極天皇三年（六四四年）三月の記事には、きのこ（芝草）のことが、

②是に押坂直と童子と、煮て食ふ。大だ気き味有り。　（89頁）

と出ていた。これは火を通す（煮る）ことによって生じた香気であるが、「気き」が「かぐは

しき」、「味」が「あぢはひ」と訓読されていた。ただしこれがいつの訓読なのか不明なので、どこまで古い例としていいのか慎重でありたい。それはさておき、松茸などのキノコには確かに香気がある。むしろこれは現代の「こうばしい」に通じるものといえそうだ。

ついでながら『日本霊異記』にも、「窮《せま》れる女王の吉祥天女の像に帰敬して、現報を得る縁」第十四に、

乳母談りて曰はく、「我、客を得たりと聞きしが故に、食を具して来つ」といふ。其の飲食蘭しく、美味く芬馥り、比無く等しきものも無し。（162頁）

と出ていた。ここでは「蘭しく」を「かうばしく」と読み、「芬馥り」を「かをり」と読んでいる。この「飲食」が火を通したものかどうは不明だが、少なくとも『日本書紀』の「かぐはし」と『日本霊異記』の「かうばし」は、現代でいう食べ物の「こうばしい」に通じる例であったことになる。ところで前論文で、私は上代の文献に「かうばし」は見当たらないと述べたが、その後『日本霊異記』に用例があることがわかったので訂正しておきたい。

次に『万葉集』の六例は次のようになっている。

③かぐはしき花橘を玉に貫き送らむ妹にみつれてもあるか　（一九六七番）
④白たへの袖にも扱入れかぐはしみ置きて枯らしみ　（四一一一番）
⑤見まく欲り思ひしなへに縵かげかぐはし君を相見つるかも　（四一二〇番）

⑥ほととぎす来鳴く五月に咲きにほふ花橘のかぐはしき　（四一六九番）

⑦橘の下吹く風のかぐはしき筑波の山を恋ずもあらめかも　（四三七一番）

⑧梅の花香をかぐはしみ遠けども心もしのに君をしぞ思ふ　（四五〇〇番）

これを一覧すると、花橘の例（③④⑥⑦）が過半数を占めていることがわかる。『古事記』・『日本書紀』を含めて、和歌においてもっとも「かぐはし」という形容にふさわしい植物は橘だったことになる。反面、梅の香りは⑧にしかなかった。橘の香の名残は『赤人集』にも、

かぐはしき花橘を手に受けて君がみためと思ひつるかな　（二四四番）

と継承されている。もっと梅の用例があってもよさそうなものだが、『万葉集』では梅の馥郁たる香りはほとんど問題にされていなかった。

残った⑤は大伴家持の歌だが、ここでは嗅覚的な「かぐはし」というより、むしろ視覚的な女性の顔の美しさに転化されているようである。すでに「かぐはし」の変容が認められる例といえる。

その他、調べてみると『日本霊異記』「三宝を信敬しまつりて現報を得し縁」第五にも、

其の雲の道よりして往くに芳《かぐは》しきこと名香を雑《まじ》ふるが如し。　（72頁）

と出ていた。この「芳し」は仏教的なものであるが、往生の際の薫りであるから、必ずしも火で焚かれてはいない。

以上、上代における「かぐはし」の例を検討してみたが、②と⑤を例外とすると、残りは一般的な「かぐはし」の用法といえそうだ。

三、平安時代の「かぐはし」

続いて少ないながらも、平安朝の用例として『うつほ物語』の三例をあげてみたい。まず嵯峨の院巻には、

1これは、東の中開けて、君だちもの見たまふ。夜さりの料に花作らる。いと多かり。香ぐはし。（351頁）

とある（絵詞部分）。御仏名用の造花が香ぐわしく薫っているとあるので、これは花に薫物を焚き染めているのであろう（移り香）。次に菊の宴巻には、

2御几帳の帷子、冬、香ぐはしき御褥、御座、いふばかりなし。（44頁）

とあり、座る際に用いる御褥や御座を「香ぐはし」としている。これも香を焚き染めていると考えられる。また国譲中巻の、

3蓬萊の山の下の亀の腹には、香ぐはしき裛衣を入れたり。（156頁）

は、「裛衣香《えいこう》」という香の名前なので、「香ぐはし」くて当然である。以上、『うつほ物語』の三例は、植物の「かぐはし」から一転して、人工的な薫物にかかわるものばかりになっている。

これは平安時代に練香が一般化したことによる大変遷ではないだろうか。

続いて『拾遺集』には、

榊葉の香をかぐはしみとめ来れば八十氏人ぞまどゐせりける　（五七七番）

とある。これは古い神楽歌（採物賢木本）の、

榊葉の香をかぐはしみ求め来れば八十氏人ぞ円居せりける

を再録したものである。『万葉集』⑧の「梅の花」に加えて、ここでは「榊葉」が「かぐはし」い植物とされていることになる。ただし榊に橘や梅のような匂いは認められない点が気になる（樒《しきみ》のことかもしれない）。ただしこれは薫物の用法ではなく、植物の用法である。和歌では古い用法を引きずっているのであろう。

次に少し時代は下るが、『続千載集』所収の顕輔の、

ちはやぶる三上の山の榊葉は香をかぐはしみとめてこそ見れ　（九二三番）

にしても、古い神楽歌を本歌取りしたものである。平安朝の用例とはいえ、和歌では三例とも植物の薫りであり、しかも「香をかぐはしみ」という表現になっていることに留意しておきたい。

それとは別に『新続古今集』の、

紫の雲の迎へを待ちえつつ風かぐはしみいと竹のたへなる声に　（二〇四七番）

は仏教的な用法であるものの、「風かぐはしみ」となっており、新たなる表現を模索しているともいえる。

四、『源氏物語』以前の「かうばし」の用例

『うつほ物語』に「かぐはし」は三例のみだったが、「かうばし」になると十三例も認められる。そのうちの、

榊葉の香をかうばしみ求《と》め来れば八十氏人ぞまとゐせりける　（嵯峨の院巻337頁）

榊葉の香をかうばしみ求めくれば八十氏人ぞまとゐしにける　（菊の宴巻29頁）

は、前述の神楽歌の引用であった。『拾遺集』所収の同歌が「かうばしみ」というウ音便で収録されているわけである。あるいは『拾遺集』の「かぐはしみ」の例から「かうばしみ」が発生したのではないだろうか。

また俊蔭巻には、

花園よりとうけたまはれば、親の御あたりの香ばしさに、　（34頁）

とある。「花園」とのかかわりで「香ばしさ」が導かれている例であるが、これは薫物ではなさそうだ。蔵開中巻には仲忠の装束について、

御装束は、蘇枋襲、綾《れう》の上の袴などにて、いと清らに香ばしくて奉れたまへり。（459頁）

とあって、衣装には薫物が焚き染めてあった。興味深い例は同じく蔵開中巻の、

藤壺に参りたれば、御達、「あな香ばしや。この君は、女の懐にぞ寝たまひける」「さらで、右大将のおとどの御懐にぞ寝たりつる」（466頁）

とあるところである。宮はたは仲忠と共寝したことで、仲忠の「移り香」が染みついたのである。

これを踏襲しているのが『源氏物語』の匂宮で、東宮がかわいがっている大夫の君と共寝したことで、大夫の君に匂宮の移り香がついた。それを東宮は見逃さず、

若君の、一夜宿直して、まかり出でたりし匂ひのいとをかしかりしを、人はなほと思ひしを、宮のいと思ほし寄りて、兵部卿宮に近づききこえにけり、むべ我をばすさめたりと、気色とり、怨じたまへりしこそをかしかりしか。（紅梅巻53頁）

と恨んでいる。大夫の君の匂いについて他の人は気づかなかったが、東宮はすぐにそれが弟匂宮の移り香であることを察したのである。

国譲中巻には、

白き鶴はと見たまへば、麝香の臍《へそ》半《なか》らほどばかり入れたり。取う出て香を試みたまへば、いとなつかしく香ばしきものの、例に似ず。（160頁）

とあって、麝香の香ばしい薫りがしていた。この「なつかし」は嗅覚を刺激するものである。

楼の上巻には香ばしが集中しており、

香の匂ひはよに香ばしきよりも、（460頁）

世になう香ばしき風、吹き匂はしたり。（551頁）

めづらしう香ばしき香満ちたり。（551頁）

例のにしきぎの香ばしくて、（599頁）

楼の香ばしき匂ひ、限りなし。（615頁）

などと繰り返されている。

次に『大和物語』九一段には、

色などもいと清らなる扇の、香などもいとかうばしくておこせたる。（314頁）

と、「かうばし」い薫りのする扇が描かれている。これは扇に焚き染められた「移り香」である。もう一例は一〇三段で、

文をとりて見れば、いと香ばしき紙に、切れたる髪をすこしかいわがねてつつみたり。（327頁）

とあり、通ってこない男に贈った手紙の紙に香が焚き染めてあった（髪の毛の移り香が紙に移ったとも考えられる）。着物や紙、あるいは髪の毛などには薫物を焚き染めることができたのである。

『落窪物語』には「かうばし」が六例用いられていた。

1「薫物は、この御裳着に賜はせたりしも、ゆめばかり包み置きてはべり」とて、いと香ばしう薫《た》きにほはす。（50頁）

これはあこきが姫君に袴を貸すために、三の君の裳着の折に引出物としていただいた薫物を、袴に焚き染めているところである。それを着て少将を迎えたので少将は、

2今宵は、袴もいと香ばし、袴も衣も単もあれば、例の人心地したまひて、男もつつましからず臥したまひぬ。（52頁）

と人並みの衣装に安心している。「袴も衣も単も」とあるのは、袴はあこきに借りたもの、衣はあこきの叔母に無心したもの、単は少将が脱ぎ置いていったものである。

そこに継母がやってくるが、

3ついゐて見れば、例ならず清げにしつらひて、几帳立て、君もいとをかしげにとりつくろひて、大方の香もいと香うばしげなれば、あやしくなりて、（70頁）

といつになくきちんとしていることに不審を抱いている。

次に少将が置き忘れた笛について、

4「さて笛忘れて来にけり、取りて賜へ。ただ今、内裏の御遊びに参るなり」とあり。げにいと香ばしき笛あり。包みてやる。（99頁）

と、手紙を添えて送っている。笛が香ばしいのは、笛にも香を焚き染めているからである。

その笛にまつわる話が中将によってもたらされる。


5「御遊びにめされて、これかれしひられつるに、いとこそ苦しかりつれ。笛つかうまつりて、御衣かづけごと侍る」とて、持ておはしたり。ゆるし色のいみじく香ばしきを、「君にかづけたてまつらむ」とて女君にうちかけたまへば、「何の禄ならむ」とて笑ひたまふ。

（184頁）


どうやら中将は笛の名手のようである。その中将からもらった衣装にも香が焚き染めてあった。最後は法華八講のお経について、

6四部には、いろいろの色紙に、白銀、黄金まぜて書かせたまひて、軸には、いと黒う香ばしき沈をして、おき口の経箱には一部づつ入れたり。（261頁）

と巻軸に沈を用いて豪華に仕立てている。

『枕草子』の一例は、二七段「心ときめきするもの」にある、

よき薫物たきて一人臥したる。唐鏡のすこし暗き、見たる。よき男の、車とどめて、案内し問はせたる。頭洗ひ化粧じて、香ばしうしみたる衣など着たる。（69頁）

である。これも衣装に香を焚き染めている例であった。

その他、『高光集』三九番の詞書に「忠清の衛門守御せちに奉り給ふに、薫物かうばしく合

はすとて空薫物の料少しと多武峰に乞ひ給ふに、橘のなりたる枝に実を取りいでていれて奉るとて」とあり、『一条摂政御集』一六一番の詞書にも「むめを折りて、枕に置きて寝たる夜、こひしき人の夢にみえて、うちおどろかれて、花のいとかうばしきに」とある。

五、『源氏物語』以降の「かうばし」

次に『源氏物語』以降の用例を調べてみたところ、

栄花物語	カウバシ	二例
浜松中納言物語	カウバシ	二例
狭衣物語	カウバシ	三例
更級日記	カウバシ	一例
無名草子	カウバシ	二例

という結果になった。用例は思ったより少なかった。まず『栄花物語』には、念仏僧の着ている法衣について、

薄物の衣どもあるは薄鈍、紫香などしても染めたり。香のかうばしきことかぎりなし。
（もとのしづく巻250頁）

とある。これは法衣に香を焚き染めているともとれるが、紫香で染めているともとれそうであ

る。もう一例は道長の念誦において、

さまざまの名香を奉らせたまへれば、いみじう香し。色色の花の枝長う折りて奉らせ給へり。（たまのうてな巻303頁）

と仏に供える「名香」が香ばしく薫っている。『栄花物語』では二例とも仏事にかかわる「かうばし」であった。

次に『浜松中納言物語』には、大弐の娘のことが、

にほひありさま、いとあてはかに、かうばしう、手あたりもいといみじうささやかに、（巻二144頁）

とある。これは中納言が暗い中で触覚と嗅覚によって判断しているものである。もう一例は吉野の尼君が亡くなるところに、

やがて絶え給ふと見るほどに、言ひ知らずかうばしき香このほど匂ひて、むらさきの雲、この峰のほどに立ちめぐりたり。（巻四296頁）

とある。「紫の雲」は『狭衣物語』の奇瑞にも、

紫の雲たなびくと見るに、天稚御子、角髪結ひて、言ひ知らずをかしげに香ばしき童にて、ふと降りゐたまふ。（巻一43頁）

とある。

『狭衣物語』の二例目は斎院となった源氏の宮の渡御の場面で、

渡らせたまふほどに、そこら広き大路ゆすり満ちて、えも言はず香ばしきに、（巻三154頁）

と描かれている。三つ目も奇瑞で、

言ひ知らず香ばしき匂ひ、世の常の薫りにあらず、さと燻《くゆ》り出でたるに、（巻三198頁）

とあるが、やや類型的な描写になっている。

『更級日記』の用例は竹芝伝説の中に、

武蔵の国の衛士のをのこなむ、いと香ばしき物をくびにひきかけて、飛ぶやうに逃げける。（285頁）

とあって、「香ばしき物」の正体こそは、衣服に薫物を焚き染めた姫宮その人であった。

『無名草子』の一例は、

不断香の煙、けぶたきまで燻り満ちて、名香の香などかうばし。（176頁）

とあって、仏教（名香）にかかわる例であった。もう一例は、

薫物の香、いとかうばしく匂ひ出でたりけるだに、（283頁）

と、薫物の香ばしさである。これは『今昔物語集』や『古本説話集』に見える大斎院の話と同話である。

六、『今昔物語集』の「カウバシ」

最後に『今昔物語集』の用例を見ておきたい。『今昔物語集』には最大の五十二例があるようだが、文体が漢文なのでどう訓読するかという問題が存する。それはさておき用例を検索すると、かなり類型的であることがわかった。末尾が「香満」となっているものを中心に、

取て家の内に入るに、狭き家の内に馥《かうばし》き香満たり。是を養ふに、程無く勢長じぬ。（巻十一第三十八　152頁）

更に見ゆる者なし。只馥き香のみ薫じて山に満たり。（巻十一第三十六　149頁）

香ばしき香室の内に満たり。（巻十二第三十二　244頁）

庵の内に馥き香満てり。（巻十三第五　305頁）

俄艶ず馥しき香山に満て、（巻十五第六　39頁）

其の間、奄の内に艶《えもいは》ず馥しき香満たり。（巻十五第二十八　91頁）

家の内に俄に艶ず馥ばし香満て、（巻十五第三十四　103頁）

麝香薫などにも不似奇異に馥ばしき香匂ひ満たり。（巻十五第四十一　120頁）

其の間艶ず馥ばしき香其の所に満たりけり。（巻十五第四十二　125頁）

光を放ち馥しき香満て、（巻十五第四十三　127頁）

艶ぬ馥ばしき香家の内に匂ひ満たりけり。（巻十五第四十四　129頁）
家の内に艶ず馥ばしき香匂ひ満て、（巻十五第四十六　131頁）
近く寄たる馥さ艶ず。（巻十七第三十三　373頁）

と十三例もあった。

またこの中に「艶ず」（えもいはず）とあるものが七例あるし、さらに、

船岳下《おろし》の風氷《ひや》やかに吹きたれば、御前の御簾の少し打ち動に付て、薫《たきもの》の香艶《えもいは》ず馥《かうばし》く氷やかに匂ひ出たるを聞《か》ぐに、御隔子《かうし》は下されたらむに、此《か》く薫の匂の花やかに聞《かが》ゆればば、何なるにか有らむと思て見遣ば、風に吹かれて、御几帳の裾少し見ゆ。早う御隔子も下されで有ける也けり。（巻十九第十七　511頁）
髪極く長し、香馥しくて艶ぬ衣共を着たり。（巻二十四第八　263頁）
匂ひたる香艶ず馥ばし。麝香の香に染返たり。（巻二十七第三十一　99頁）
形は光る様なる人の愛敬は泛に泛て艶ず馥くて参り給へり。（巻二十八第二十一　212頁）
香の艶ず馥しければ、木の端の有るを取て中を突差して、鼻に宛て聞げば艶ず馥しき黒方の香にて有り。（巻三十第一　424頁）

の五例を加えると、十二例が該当することになる（ただし「艶ぬ衣」は薫りではない）。
末尾が「限りなし」となっているものが、

太子の御身馥し事無限し。（巻十一第一　26頁）
香薫じて馥しき事無限し。（巻十一第三十八　151頁）
不断香の香、奄内に満ち、馥き事無限。（巻二十第三十九　136頁）

と三例あげられる。その他「空薫」とあるのが、

火取りに空薫するにや、馥く聞ゆ。（巻十七第三十三　373頁）
虚薫《そらだき》にや有らむ、糸馥く匂はせたり。田舎などにも此く有るを心悪く思ひて、吉く臨けば、年二十余許の女、頭つき姿細やかにて、額つき吉く、有様此は弊しと見ゆる所無し、微妙くて臥たり。（巻二十第十　57頁）
其の間簾の内より空薫の香馥く匂出ぬ。（巻二十四第六　256頁）
内より空薫の香氷ややかに馥しく、ほのぼの匂ひ出づ。（巻二十四第三十一　324頁）

の四例、「陸奥紙に裹」とあるものが、

大柑子三つを馥しき陸奥紙に裹て、（巻十六第二十八　256頁）
陸奥紙の馥きに裹《つつみ》て有り。（巻二十四第四十八　362頁）

の二例である。なお「大柑子」とあるのは「藁しべ長者」の話である。それ以外に、

香殊に馥ばし。年四十九也。（巻十一第一　35頁）
葬しける時に馥き香、（巻十一第八　61頁）

此の度びは極て馥し。（巻十一第二十八128頁）

などもあげられる。

以上のように、『今昔物語集』では「馥」を「かうばし」と読んでいるが、それは『和漢朗詠集』二八九番の、

楚客の秋の絃馥《かうば》し

という漢文訓読体の継承ではないだろうか。

この中で注目すべきは、巻十一の養淵僧正始造竜蓋寺語第三十八であろう。というのも『竹取物語』の男子バージョンのような話になっているからである。子のない夫婦がある夜、赤ん坊の泣き声を聞いた。行ってみると、柴の垣の上に白い布に包まれているものがあった。そこから、

香薫じて馥しき事無限し。（巻十一第三十八151頁）

といい香りが漂ってくる。取って開けてみると、端正美麗な男の子であった。これは観音様が我らの願いを叶えてくださったのだと思い、子を家に持ち帰ると、

取て家の内に入るに、狭き家の内に馥き香満たり。是を養ふに、程無く勢長じぬ。（巻十一第三十八152頁）

となっており、かぐや姫の成長と酷似していることがわかる。その噂を聞いて帝が養子に迎え

ようとするが、その子は出家してしまう。そこで夫婦の家があったところに伽藍を建立し、それが霊験あらたかな竜蓋寺となったという話である。

まとめ

「栴檀は二葉より芳し」ということわざがある。白檀は発芽してすぐ香気を発するということで、才能のある人は幼少の頃からすぐれていることのたとえとされている。これもどちらかというと漢文訓読に近いのではないだろうか。ということで、本章では「かんばし」は中世以降の用法ではなく、漢文訓読であることを提起した。

上代の「かぐはし」に関しては、和歌では植物との結びつきが強く、加工された薫物の例はなかった。『日本書紀』や『日本霊異記』の例は、現代的な食べ物の匂いを先取りしていることがわかった。それに対して貴族社会に「練香」が浸透していくと、「かうばし」の用法が大きく変遷し、ほぼ薫物に限定されるようになっていることがわかった。特に『源氏物語』では、「かうばしき香」「香のかうばしき」に用例が集中しており、薫物の美意識を表出する言葉に特化されているといえる。

いずれにしても「かうばし」の意味としては、

1植物　2飲食物　3薫物　4抽象的な匂い

に分類しておきたい。もちろんもっとも重要なのは3である。

注

（1）吉海「「かうばし」考」『「垣間見」る源氏物語』（笠間書院）平成20年7月（本書所収）

（2）小学館『全文全訳古語辞典』には「においがよい。香りが高い。」とあり、〈要点〉に「上代の「かぐはし」が変化した語で、平安時代から用いられる。中世以降、「かんばし」とも。」と説明されていた。

（3）『時代別国語大辞典上代編』（三省堂）の「かぐはし」項には、「「芬加宇婆之」（最勝王経音義）「香カウバシ」（名義抄）などはウ音便の形になって今日にいたる。」と説明されている。また小学館『古語大辞典』の「かうばし」の語誌には、「「かぐはし」の音便として、中古に生じた語形。意は「かぐはし」と変わらないが、原義「香のうつくしさ」から大きく転じた。心情的に懐かしい、心が引かれる気持を表す用例が、中古から中世にかけてみられる。」（原田芳起氏）とある。

（4）「かんばし」に関しては古い用例はないとされているが、『新撰万葉集』に、

「かんばしさか」（一〇四番）
「かんばしき袖をうるほす」（二九二番）
「触るところのものかんばし」（三二六番）
「はすかんばし」（五四六番）

の四例が見つかった。また『和漢朗詠集』にも、

「そうらんにかうばしからざらむや」（二八七番）
「あきのぐゑんかうばし」（二八九番）
「すかうばしうして」（五一一番）

の三例認められる。どうやら「かんばし」は、中世語というより漢文訓読語彙のようである。

ただしこれにしてもいつの時代の訓読かが問題となりそうだ。

第七章　「なつかし」と「人香」

はじめに

「なつかし」は親しみを表す語として、『源氏物語』にもしばしば用いられている。しかしながらその用法は漠然としているというか、かなり広いようである。その中に、どうやら嗅覚と密接にかかわる例が少なからず存していることを確信したので、それなら嗅覚に絞って、嗅覚の「なつかし」について考察してみようと思った。実は聴覚を刺激する「なつかし」があることも突きとめているのだが、そちらはなかなかまとめられずに放置している。

一、「なつかし」き空蟬の〈人香〉

左大臣邸から紀伊守邸へ方違えした折、偶然空蟬と一夜を共にした源氏は、再度の逢瀬を願って弟の小君に手引きさせる。しかしまんまと空蟬に逃げられてしまった源氏は、脱ぎ捨てられ

ていた衣装を手にして、

①かの薄衣は小袿のいとなつかしき人香に染めるを、身近く馴らして見ゐたまへり。（空蟬巻130頁）

と、その衣装を空蟬の形代として持ち帰っている。これについて小嶋菜温子氏は、

中味が空洞の「薄衣」への恋着。「身近く馴らして」と擬人化された薄物の衣裳に、あやしげな身体感覚がにじむ。実体から疎外された、源氏の倒錯的なエロスが立ちのぼってくる瞬間だ。ここに宇治の物語のフェティシズムの先蹤をみることもできよう。身体性を捨象し、それゆえにこそ官能的で優美な関係が浮き彫りにされる。空蟬と源氏の物語における、最も印象的なプロットではないだろうか。（151頁）

と非常に示唆に富んだ分析をしておられる。(1)「倒錯的なエロス」という点では、すでに光源氏と小君との男色に似た関係も生じている。ただし安易な男色という定義に対しては、

源氏は小君を空蟬の形代として愛撫しているからである（疑似恋愛）。「細く小さき」体つきも、そして短めの「髪」も空蟬を想起させるに十分な程に似通ったものと見るべきであろう。（210頁）

と反論したことがある。(2)

いずれにしても源氏は、ここで弟の小君以外に、もう一つの空蟬の衣装（分身）を入手した

ことになる。その二つの分身によって、空蟬幻想が重層的に構築されることになる。源氏は早速、

ありつる小袿を、さすがに御衣の下に引き入れて、大殿籠れり。小君を御前に臥せて、よろづに恨み、かつは語らひたまふ。（空蟬巻129頁）

と両者を組み合わせて活用している。「御衣の下に引き入れ」たのは、その衣装に空蟬の「いとなつかしき人香」が付着していたからである。

ところでこの「人香」とは珍しい言葉で、『源氏物語』でも全部で三例しか用いられていない。調べてみると、『源氏物語』以外の作品には見当たらないことがわかった。となると『源氏物語』の造語ということになる。[3] 他の二例とは、

②和琴を引き寄せたまへれば、律に調べられて、いとよく弾きならしたる、人香にしみてなつかしうおぼゆ。（横笛巻353頁）

③小袿重なりたる細長の人香なつかしう染みたるを、（竹河巻73頁）

である。

まず三例すべてに「なつかし」が用いられていることに注目したい。横笛巻の例の主語は夕霧であるが、新編全集の頭注二〇には「夕霧はその移り香の主を、落葉の宮と推測する」（353頁）とある。これはもともと柏木の形見の和琴に付着した「移り香」なので、本来の持ち主で

ある柏木の「人香」と考えることもできなくはない（ただし普段は密閉して保管していないと、薫りが抜けてしまう）。竹河巻の例は、玉鬘から薫にかずけられた衣装であるが、頭注二二では「姫君のものか」と解釈されている。これも玉鬘自身の衣装とも考えられるのだが、身分的に対等に近い薫に対して、玉鬘の「人香」はふさわしくあるまい。そこで娘の姫君が浮上するわけだが、そうなるとこの衣装は姫君自身を象徴しているとも読める。もっといえば受け取ったら結婚を承諾することになるのかもしれない。だからこそ薫は受け取りを拒否しているのであろう。

なお紅梅巻に、

　源中納言は、かうざまに好ましうはたき匂はさで、人柄こそ世になけれ。（54頁）

とある。「人柄」の部分に本文異同が生じており、河内本系の為家本では「人かしも」、別本の保坂本では「人か」となっている。ここは匂宮の「移り香」に対応した薫の匂いであるから、むしろ「人香」本文の方がふさわしいのではないだろうか。これを認めれば「人香」の用例はもう一例増えることになる。

その他、「移り香」とは表現されていないが、源氏が明石の君との別れに際して形見として残したのは「御身に慣れたる」（明石巻95頁）ものであり、当然「えならぬ御衣に匂ひの移りたる」（同頁）とあるように、源氏の「移り香」の染みた御衣と見て間違いあるまい。また柏木は「わりなき心地の慰めに、猫を招き寄せてかき抱きたれば、いとかうばしくてらうたげにうちなく」（若菜上巻112頁）と、女三の宮の唐猫を抱きしめているが、その猫には主人たる女三の宮の「移り香」がついており、柏木にとっての猫は、やや倒錯した女三の宮の代償・分身ということになる（空蟬の小袿も同様）。

さて「なつかし」は、一般には馴れ親しみたい気持を意味する言葉とされている。それでまったく問題ないようにも思われるが、この三例とも「人香」と一緒に使用されているのであるから、嗅覚とも深く関係しているのではないか、という疑問が浮上してきた。そこで「なつかし」の用例を総合的に調査・分析し、あらためて嗅覚とのかかわりについて再検討してみた次第である。

二、和歌における「なつかし」

「なつかし」と嗅覚との関連について、一般の辞書ではまったく言及されていなかったが、(4)さすがに小学館の『日本国語大辞典第二版』では、

人、人の心や姿をはじめ、音・香などを含め、広い対象についていう。

とコメントされていた。「広い対象」とあるので、必ずしも嗅覚が特筆されているわけではないものの、かろうじて「香」とのかかわりに言及されていることになる。(5)

それを踏まえた上で、次に和歌の世界の用法について見ておきたい。真っ先に『古今集』所収の、

A春雨に匂へる色も飽かなくに香さへなつかし山吹の花　（一二二番）

歌があげられる。この歌について片桐洋一氏は、

「なつかし」は『万葉集』には十九例もあるが、『古今集』では、仮名序に引用されている「春の野にすみれ摘みにと来し我ぞ野をなつかしみひと夜寝にける」を別にすれば、この歌の一例だけであり、その後の勅撰集においても、『後撰集』一例、『後拾遺集』一例、『詞花集』一例、『千載集』二例というように少ない。『源氏物語』においては数えきれないほどに多く用いられていることを思えば、「心引かれて離れがたい」「身近において手離したくない」という意のこの語が、きわめて人事的で、対象と密着して用いられるゆえに、知的整理を加えて構成し表現する平安時代の和歌には詠まれにくかったのではないかと思われるのである。そして、前歌に続いて『家持集』『猿丸集』に採られているこの歌は、やはり『万葉集』に近い時代の歌だったのではないかと思われてくるのである。（646頁）

と詳細に解説しておられる。(6) 片桐氏によれば、「なつかし」は『万葉集』時代の歌語であり、平安時代にはあまり和歌に詠まれなくなっているとのことである。これを参考にしつつ、あらためて宮島達夫氏編『古典対照語い表』（笠間書院）を調べてみたところ、

なつかし　　　『万葉集』十八　『古今集』一　『後撰集』一　『枕草子』三
　　　　　　　『源氏物語』一九八　『紫式部日記』一　『更級日記』一　『大鏡』五
　　　　　　　『徒然草』四
なつかしげ　　『蜻蛉日記』一　『源氏物語』九
なつかしさ　　『蜻蛉日記』一　『源氏物語』三

と出ていた（『万葉集』に一例の違いあり）。なるほど『源氏物語』の計二一〇例は、他を圧倒しているというよりも、異常なまでに多い。ついでながら『竹取物語』・『伊勢物語』・『大和物語』・『平中物語』・『篁物語』・『土佐日記』に用例はなく、男性作家の作品としては『うつほ物語』七例・『落窪物語』二例が早い例である。『源氏物語』以降では、『狭衣物語』三十例・『夜の寝覚』三十二例・『浜松中納言物語』四十九例・『栄花物語』八例・『とりかへばや物語』五十一例といった用例が認められた。『源氏物語』の影響であろうか、以降の後期物語では用例が増加している。ここからわかるのは、平安時代には和歌ではなく散文において活用されているということである。

なお片桐氏が引用されていた仮名序の「春の野に」歌は、まさしく『万葉集』一四二四番（赤人歌）なので、Ａ「春雨に」歌（読み人知らず）を『万葉集』に近い時代の歌」とされているのも首肯される。ただし片桐氏は、嗅覚とのかかわりには一切言及されていない。山吹にしてもすみれにしても野の花であるが、注目するほど強烈な香があるとも思えないからであろうか。そこで参考までに『古今集』以外の勅撰集の歌も列記しておきたい。

B思ふてふことの葉いかになつかしな後うき物と思はずもがな　（『後撰集』九一九番）

C五月雨の空なつかしく匂ふかな花橘に風や吹くらむ　（『後拾遺集』二一四番）

D吹きくれば香をなつかしみ梅の花散らさぬほどの春風もがな　（『詞花集』九番）

E女郎花なびくを見れば秋風の吹きくるすゑもなつかしきかな　（『千載集』二五二番）

F嘆きあまりうき身ぞ今はなつかしき君ゆゑものを思ふと思へば　（『千載集』八六七番）

このわずか五例の中で、嗅覚にかかわるものはCDEの三首（過半数）である。Cの花橘、Dの梅、Eの女郎花はいずれも強烈な匂いを有している花である（ただし女郎花は必ずしもいい匂いではない）。その匂いが風（追風）によって運ばれている。なお『万葉集』の、

G霞立つ長き春日をかざせれどいやなつかしき梅の花かも　（一四二八番）

も梅の歌であり、間違いなく嗅覚と深くかかわっている例だと思われる。こうなると和歌においても嗅覚とのかかわりは看過できなくなってきた。

三、「なつかし」と「移り香」・「かうばし」の結合

勅撰集の例を押さえたところで、早速『源氏物語』の検討を行いたい。かつて夕顔巻の、

④もて馴らしたる移り香いとしみ深うなつかしくて、（夕顔巻113頁）

をめぐって「移り香」を総合的に論じた際、その周辺に「なつかし」がしばしば登場していることに気が付いた。(7) もちろんそれが主流だというわけではないが、だからといって看過するのは得策ではあるまい。夕顔物語を引用している『狭衣物語』の飛鳥井の女君にも、

ただ一夜持たせたまへりしなりけり。移り香のなつかしさは、ただ袖うちかはしたまひたりし匂ひに変らず、（巻一140頁）

という例がある。これは道成に連れ出された飛鳥井の女君が、狭衣の扇に残る「移り香」を嗅いでいるところである。頭注三には「この扇は、まさしく狭衣その人の表象であった」とコメントされており、「移り香」が狭衣を象徴しているわけである。これなど夕顔引用と考えたい。

また、

薄鈍なる御扇のあるを、せちにおよびて取らせたまへれば、懐しき移り香ばかり昔に変らぬ心地するに、（巻四224頁）

という例もある。これは女二の宮の「移り香」の付いた扇を狭衣が手にしている場面であるが、ここでも「移り香」が女二の宮の表象となっている。二例とも扇の「移り香」であることには留意しておきたい。

同じく後期物語の『夜の寝覚』にも、

我が身にしめたる母君のうつり香、紛るべうもあらず、さとにほひたる、なつかしさまさりて、（巻四324頁）

と見えている。これはまさこ君に付着していた母（寝覚の上）の「移り香」が香っているものである。これなど空蟬の形代として機能していた小君のパロディなのかもしれない。さらに『浜松中納言物語』にも、

琴ひき寄せたれば、つねに弾きならし給ひける人の、移り香なつかしうしみて、調べられたりけるを、（巻三284頁）

と出ていた。中納言が吉野の姫君の琴を弾き寄せた際、姫君の「移り香」が薫っていたという例である。

以上のように後期物語を代表する三作品すべてにおいて、「移り香」と「なつかし」が結合した例が見つかった。これを『源氏物語』の引用とみなすこともできるが、それよりもともと「なつかし」が「移り香」（嗅覚）と深くかかわる語だったと考えたい。

また私の垣間見論で浮上した「かうばし」に関しても、「なつかし」と一緒に用いられている例がある。(8)『うつほ物語』の中で嗅覚に関するものは、

麝香の臍《へそ》半らほどばかり入れたり。取う出て香を試みたまへば、いとなつかしく香ばしきものの、例に似ず。（国譲中巻160頁）

の一例のみであるが、その一例が麝香の強烈な匂いを「なつかしく香ばしき」と表現しているものであった。肝心の『源氏物語』からは二例があげられる。

⑤いとかうばしくてらうたげにうちなくもなつかしく思ひよそへらるるぞ、すきずきしや。（若菜下巻142頁）

これは女三の宮の飼っていた唐猫のことで、この場合の「かうばし」い匂いは、必ずしも猫の匂いではなく、女三の宮の「移り香」が付着しているのであろう。少なくとも柏木はそう理解しており、だからこそ柏木にとっては、女三の宮の分身として唐猫が機能しているのである。また、

⑥御髪をかきやるに、さとうち匂ひたる、ただありしながらの匂ひになつかしうかうばしきも、（総角巻329頁）

は、亡くなった大君の髪から匂ってきた生前と変わらぬ大君の薫りである。この「かうばし」は、大君の「移り香」が発散したものと見てよさそうである。こうなると「かうばし」も「移り香」同様、「なつかし」と密接に関連していることがわかる。ついでながら『宇治拾遺物語』巻六―九「僧伽多羅刹国に行く事」にも、

帝近く召して御覧ずるに、けはひ、姿、みめ有様、香ばしく懐かしき事限なし。（221頁）

と、「かうばし」と結合した例がある。「なつかし」は、「移り香」や「かうばし」とも関連の

深い言葉だったのだ。

四、橘と「なつかし」

ついでながら嗅覚ということでは、必然的に花散里周辺が浮上する。もともと花散里の底流には、

　五月待つ花橘の香をかげば昔の人の袖の香ぞする　　（『古今集』一三九番）

歌が引用されていたからである。この本歌に「なつかし」こそ用いられていないものの、『源氏物語』ではそれを発展させた、

⑦橘の香をなつかしみほととぎす花散る里をたづねてぞとふ　　（花散里巻156頁）

が詠じられている。この歌にはほととぎすの声と花橘の香が同時に込められており、それが嗅覚の「なつかし」の主流ともなっている（聴覚と嗅覚の融合）。もちろん橘の香には過去の懐旧という重要なモチーフも付与されているが、(9)その契機として嗅覚的な「香をなつかしみ」という新歌語表現が有効に機能しているのではないだろうか。(10)

　実はこの歌が詠まれる直前に、

⑧二十日の月さし出づるほどに、いと木高き影ども木暗く見えわたりて、近き橘のかをりなつかしく匂ひて、女御の御けはひ、ねびにたれど、飽くまで用意あり、あてにらうたげな

り。（同頁）

とあり、橘の香が「かをりなつかし」と表現されているので、これが和歌に連動しているのであろう。もっともここは桐壺帝の女御であった麗景殿との対面場面であるから、ここで想起される過去とは桐壺帝の御代のことになる。その後で妹の花散里のところを訪れるわけだが、これによって姉妹が同化というか姉から妹にスライドされており、以降は歌に詠まれた「花散里」が妹の呼称として定着することになる。

さらに橘の香は、宇治十帖の蜻蛉巻にも、

⑨御前近き橘の香のなつかしきに、ほととぎすの二声ばかり鳴きてわたる、「宿に通はば」と独りごちたまふも飽かねば、（蜻蛉巻223頁）

とある。これは浮舟失踪後の薫の喪失感を表出する手法として、橘の香とほととぎすの声が用いられたものであるが、⑦の花散里の例が踏まえられているのであろう（物語内本文引用）。

橘の香は応用しやすかったようで、幻巻にも、

⑩花橘の月影にいときはやかに見ゆるかをりも、追風なつかしければ、「千代をならせる声」もせなんと待たるるほどに、（幻巻539頁）

と出ている。ここでは花橘の薫りが「追風」によって運ばれている。

ついでながら花散里の引用としては、『平家物語』潅頂巻で建礼門院の様子が、

花橘の、簷《のき》近く風なつかしうかをりけるに、山郭公二声三声おとづれければ、（504頁）

と記されている。これも橘・ほととぎすを伴った常套表現となっているが、あるいは⑨蜻蛉巻の引用なのかもしれない。また『徒然草』一〇四段は、

火はあなたにほのかなれど、もののきらなど見えて、俄にしもあらぬにほひ、いとなつかしく住みなしたり。（161頁）

と、「空薫物」を「なつかし」としている。さらにこの章段の末尾は、

艶にをかしかりしを思し出でて、桂の木の大きなるが隠るるまで、今も見送り給ふとぞ。（162頁）

と締めくくられている。それについて新編全集の頭注では、

「大きなる桂の樹の追風に祭のころ思し出でられて、そこはかとなくけはひをかしきを、ただ一目見たまひし宿なりと見たまふ」と、『源氏物語』花散里巻にある情景がふまえられていよう。（同頁）

と花散里の引用であると述べている。花散里巻の嗅覚描写は、かなり文学史的な広がりを有しているようである。

五、橘以外の「なつかし」

橘以外にも「なつかし」と結びついた例がある。前述した「香をなつかしみ」という新歌語にしても、それ以前の賢木巻において六条御息所への源氏の返歌に、
⑪少女子があたりと思へば榊葉の香をなつかしみとめてこそ折れ　（87頁）
と用いられていた。これは神楽歌として知られている、
　榊葉の香をかぐはしみとめ来れば八十氏人ぞまどゐせりける　（『拾遺集』五七七番）
を本歌取りしたものだが、本歌の「香をかぐはしみ」を少し変えて、花散里巻と同様の「香をなつかしみ」という表現になっている。ただし相対的に榊と結びついた歌の例は少ないようである。それは常緑の榊に強烈な匂いがないからであろう。
　前述の梅の香も、早蕨巻の大君亡き宇治の春の情景に用いられていた。
⑫御前近き紅梅の色も香もなつかしきに、鶯だに見過ぐしがたげにうち鳴きて渡るめれば、まして「春や昔の」と心をまどはしたまふどちの御物語に、をりあはれなりかし。風のさと吹き入るるに、花の香も客人の御匂ひも、橘ならねど昔思ひ出でらるるつまなり。　（356頁）
これは「色も香もなつかしき」紅梅が引き金になって、『伊勢物語』四段の「月やあらぬ」[11]

歌が想起（引用）されることで、大君の不在（喪失感）を嘆いているところである。また梅の香に薫の芳香が交じることで、「橘ならねど昔思ひ出でらるるつまなり」と大君思慕が深まっている。典型的な橘・ほととぎすというセットが、ここで紅梅・鶯に変えられているのである。橘にほととぎすのみならず、梅に鶯という嗅覚と聴覚の組み合わせも「なつかし」の重要な要素になっているといえよう。

梅枝巻は「薫物合せ」が催されているので、必然的に用例が三例も集中している。まず源氏が調合した侍従（黒方）という薫物について、判者である蛍兵部卿宮は、

⑬侍従は、大臣の御は、すぐれてなまめかしうなつかしき香なりと定めたまふ。（梅枝巻409頁）

と判定している。また花散里の調合した荷葉は、

⑭さま変り、しめやかなる香して、あはれになつかし。（同頁）

と評価されている（橘不在）。その催しが終わった後も、

⑮雨のなごりの風すこし吹きて、花の香なつかしきに、殿のあたりいひ知らず匂ひみちて、人の御心地いと艶なり。（410頁）

と、あたりは梅の香に薫物の匂いが混じり合っていた。

その他、「香」や「匂ひ」と直結している嗅覚的な「なつかし」も、少なからず認められる。

中西良一氏など『源氏物語』の用例を分類され、香に関するものが二十例あるとしておられる。(12)
たとえば末摘花に対する源氏の勘違い（美人幻想）が、

⑯ゐざり寄りたまへるけはひしのびやかに、えひの香いとなつかしう薫り出でて、おほどかなるを、さればよと思す。（末摘花巻282頁）

とやや滑稽に描かれている例もある。これはむしろ視覚を遮ることによって可能な、嗅覚によるトリック（騙しのテクニック）であった。

同じく末摘花の用例であるが、蓬生巻では花散里を訪れる道すがら、

⑰大きなる松に藤の咲きかかりて月影になよびたる、風につきてさと匂ふがなつかしく、そこはかとなきかをりなり。橘にはかはりてをかしければ、（蓬生巻344頁）

と、「追風」によって藤の匂いが漂ってくることで、常陸宮邸のことを想起している。必ずしも末摘花と藤の花が関連しているわけではないのだが、これによって末摘花のことが思い出され、久しぶりの対面となる。再会した末摘花は、叔母である大弐の北の方からもらった着物に着替えるが、香の唐櫃に保管されていた衣装には、

⑱この人々の香の御唐櫃に入れたりけるがいとなつかしき香したるを奉りければ、（同349頁）

と、まさしく嗅覚的な「なつかしき香」が漂っていた。これなど「橘にはかはりて」とあるよ

うに、花散里の構想からの発展として、藤の花の香（嗅覚）の導きによって末摘花との再会が仕組まれていることになる。

出家した女三の宮の持仏供養の場面でも香が過剰に焚かれている。

⑲荷葉の方を合はせたる名香、蜜をかくしほほろげて焚き匂はしたる、ひとつかをり匂ひあひていとなつかし。（鈴虫巻374頁）

「なつかし」は植物だけでなく、人工的な薫物に対してもしばしば用いられていることが納得させられる。それが宇治十帖の薫につながっているのであろう。

その薫の芳香については匂宮巻において、

⑳秋の野に主なき藤袴も、もとの薫りは隠れて、なつかしき追風ことにをりなしながらなむまさりける。（27頁）

と絶賛されている。藤袴も香りの強い植物とされているものである。この場合の「追風」は、薫の立ち居振る舞いによる空気の動きで薫りが周囲に漂うことである。[13] 媒介としての風もまた嗅覚に欠かせない要素であった。

まとめ――嗅覚の「なつかし」――

こうして「なつかし」と嗅覚の関連をひとわたり探ったところで、あらためて空蟬巻の和歌について考えてみたい。

㉑空蟬の身をかへてける木のもとになほ人がらのなつかしきかな
（129頁）

注目したいのは、この和歌が「空蟬」という巻名の由来となっていることである。従来、「人柄」に蟬の「殻」が掛けられているとされているが、それでは不十分ではないだろうか。先述したように「人香」の用例すべてに「なつかし」が用いられているのであるから、ここも積極的に「人がら」に嗅覚的な「人香」が掛けられているとすべきであろう。

そこで注釈書類を調べてみたところ、「人香」についての言及はなされていなかった。かろうじて『源氏物語の鑑賞と基礎知識⑰空蟬』（至文堂・平成13年6月）の鑑賞欄において、

また、「人香」も「人がら」に隠されているかもしれない。源氏にとっていずれも、「なつかしきかな」であり、小袿を手にして人香を懐かしみ、空蟬を思うのである。
（49頁）

と述べられていたくらいである。表現は「隠されているかもしれない」と消極的であるが、内実は掛詞として読めることを示唆していると見たい。この場合の「空蟬」はもともと比喩表現であり、実際の蟬とも抜け殻ともまったく無縁であった。実体としては最初にあげた「小袿のいとなつかしき人香に染める」なのである。

源氏にとって大切なのは、それが脱ぎ捨てられた空蟬の衣装であるというだけでなく、その衣装に空蟬の「人香」が染みていることであった。そうであれば、曖昧な「人柄」以上にスト

レートな「人香」の方が意味は重いのではないだろうか。[14] そうなると『源氏物語』では掛詞を含めて、用例の少ない「人香」を積極的に用いていることになる。

以上のように「なつかし」の一部の用例には、嗅覚を刺激することで生じる親しみの感情が込められていることが確認された。『源氏物語』ではそういった嗅覚の「なつかし」を多用しており、「香をなつかしみ」という新しい歌語表現まで案出していたのである。それは恋物語の展開に嗅覚の活用が意図されたからであろう。嗅覚的な「なつかし」は、『源氏物語』によって方法化・深化された言葉といえそうである。

注

（1）小嶋菜温子氏「〈空白の身体〉―空蟬と光源氏にみる催馬楽・風俗歌―」『源氏物語の性と生誕』（立教大学出版会）平成16年3月。なお金秀姫氏「空蟬物語の「いとなつかしき人香」考―『古今集』との表現的関連について―」むらさき37・平成12年12月も参考になる。また三田村雅子氏は「方法としての〈香〉―移り香の宇治十帖へ―」『源氏物語感覚の論理』（有精堂・平成8年3月）において、空蟬の人香を「入内への夢破れ、受領の妻として生きる空蟬の女君の、抑圧された思いを、光源氏は、衣に染みた「なつかしき人香」によって嗅ぎとり、汲み取っているのである」（180頁）と分析しておられる。しかし当時十七歳の源氏に、それだけの余裕・洞察力が備わっていたとは到底思えないのだが、その点はいかがであろうか。

（2）吉海「小君の役割」『源氏物語の新考察―人物と表現の虚実―』（おうふう・平成15年10月）。

（3）「人の香」ならば『古今集』に、

　宿近く梅の花うゑじあぢきなく待つ人の香にあやまたれけり　（三四番）

と詠まれているが、これは「人香」とは違っている。また『夜の寝覚』にも、「ただあるちる人の香」（137頁）とあるが、これも「人香」ではなかった。

（4）さすがの『歌ことば歌枕大辞典』（角川書店・平成11年5月）「懐かし」項でも、嗅覚との関連には言及されていなかった。片桐洋一氏『歌枕歌ことば辞典増訂版』（笠間書院・平成11年6月）では項目としても取り上げられていなかった。

（5）「音」に関しては、夙に佐藤孝枝氏「源氏物語の「なつかし」」解釈1―4・昭和30年8月で指摘されている。それは『万葉集』でほととぎすの鳴き声を、「夜声なつかし」（三九三九番）・「なつかしく聞けど」（四二〇〇番）と詠じている点からも首肯される。なお聴覚と嗅覚は重なりを有しており、明石の君の「たをやかにつかひなしたる撥のもてなし、音を聞くよりも、またありがたくなつかしくて、五月待つ花橘、花も実も具して押し折れるかをりおぼゆ」（若菜下巻193頁）などは、琵琶の音に花橘の香が融合していると思われる。

（6）片桐洋一氏『古今和歌集全評釈（上）』（講談社・平成10年2月）。

（7）吉海「「移り香」と夕顔」『源氏物語の新考察―人物と表現の虚実―』（おうふう）平成15年10月（本書所収）。

（8）吉海「「かうばし」考」『「垣間見」る源氏物語　紫式部の手法を解析する』（笠間書院）平成20年7月（本書所収）。

（9）小学館の『古語大辞典』の語誌には、「現在のように、懐古の意味をもつようになったのは、中世以後のことらしい」とあるが、いかがであろうか。

（10）梅野きみ子氏は「香をなつかしみ」表現について、「「野をなつかしみ」を転用した紫式部新造の語法」としておられる（「光源氏の人間像―その「なつかし」を中心に―」椙山女学園大学研究論集人文科学篇30・平成11年3月）。なるほど勅撰集の初出は『詞花集』（『後葉集』に再録）とずっと下っている。合わせて「香をかぐはしみ」から「香をなつかしみ」へという変化も想定できそうである。

（11）Gの『万葉集』歌にあったように、もともと梅の香は嗅覚的になつかしいものであった。それが平安朝以降の紅梅となると、「色も香もなつかしき」と視覚と嗅覚の両方からなつかしとされるようになる。なお早蕨巻と類似した描写が手習巻に、「閨のつま近き紅梅の色も香も変らぬを、春や昔のと、こと花よりもこれに心寄せのあるは、飽かざりし匂ひのしみにけるにや」（356頁）とある。紅梅の「なつかし」では、視覚と嗅覚の融合も可能だったようである。

（12）中西良一氏「源氏物語の「なつかし」について」和歌山大学教育学部紀要人文科学17・昭和42年12月。ただし具体的な用例はあげられていない。本章では二十一例を対象としている。

（13）吉海「「追風」考―『源氏物語』の特殊表現―」國學院雑誌109―10・平成20年10月（本書所収）。

（14）この小袿は、空蟬の伊予下向に際して返却されている。それについて林田孝和氏は、

光源氏が小袿を返してきた行為は、彼女の魂の返戻であり、それを、空蟬は光源氏の離別のたしかな意思表示と解したからこそ、あえて伊予への下向もできたのであろう。

（『林田孝和著作集第三巻』武蔵野書院・令和3年5月・217頁）

と民俗学的に述べておられるが、その小袿には源氏の移り香が染みついているはずである。それを手にすることによって、今度は空蟬が源氏を想起することになるのではないだろうか（移り香の交換）。それが源氏の狙いであると読みたい。

第八章　「香をなつかしみ」

はじめに

かつて「なつかし」の嗅覚的機能を論じた際、『源氏物語』に「香をなつかしみ」という珍しい歌語表現があることに興味を抱いた。[1] また岸ひとみが卒業論文で「袖の香」を論じた際にも、その中に「香をなつかしみ」が資料としてあがっていた。[2] そこでこの特殊表現について、あらためて考察してみた次第である。

一、紫式部の造語

「香をなつかしみ」の初出例を求めて、『万葉集』及び勅撰集の用例を「新編国歌大観」で検索してみたところ、「香をなつかしみ」の古い用例は見当たらなかった。唯一『詞花集』に、

①吹きくれば香をなつかしみ梅の花散らさぬほどの春風もがな　（九番）

を見つけたが、この一例だけでは歌語として確立しているとはいい難い。しかも勅撰集の初出が『詞花集』（『後葉集』に再録）となると、むしろ『源氏物語』の用例の方がずっと早いことになる。まずはその順番が逆転していること、むしろ『源氏物語』が『詞花集』に影響を与えていると考えられることをおさえておきたい。

次に調査範囲を類似表現にまで広げて再調査してみたところ、

②春の野にすみれ摘みにと来し我ぞ野をなつかしみひと夜寝にける　（『万葉集』一四二八番赤人）
③梅の花香をかぐはしみ遠けども心もしのに君をしぞ思ふ　（『万葉集』四五二五番）
④春雨に匂へる色も飽かなくに香さへなつかし山吹の花　（『古今集』一二二番）
⑤榊葉の香をかぐはしみとめ来れば八十氏人ぞまどゐせりける　（『拾遺集』五七七番）
⑥散るは憂く香はなつかしき花のえにいとひいとはぬ春の山風　（『玉葉集』二二六番）
⑦ちはやぶるみかみの山の榊葉は香をかぐはしみとめてこそ見れ　（『続千載集』九二三番）
⑧霞しく野をなつかしみ春駒のあるとも人の見ゆるころかな　（『新千載集』一四九六番）

といった参考歌が七首見つかった。ここで特に注目したいのは、『万葉集』に「野をなつかしみ」と「香をかぐはしみ」表現が各一例所収されていることである。というのも、かつて梅野きみ子氏が、「香をなつかしみ」は「「野をなつかしみ」を転用した紫式部新造の語法」と述べ

ておられたからである。(3)

なるほど「野」を「香」に転用したということも十分考えられそうである。しかもこの歌は『古今集』仮名序に引用されているのみならず、『古今六帖』三九一六番にも収録されており、さらに後の『続古今集』一六〇番にも再録されるなど、かなり人口に膾炙した歌であった。加えて『源氏物語』真木柱巻にも、冷泉帝が玉鬘に向って「野をなつかしみ明かいつべき夜を」（388頁）云々と『万葉集』を踏まえて述べており、物語作者がこの歌を意識していたことは間違いあるまい。ただし「野」が嗅覚表現とかかわっていないことが気にならないでもない。ついでながら『狭衣物語』にも、「まして菫摘みには野をなつかしみ旅寝したまふ辺りもあるべし」（巻一25頁）と引用されている。

嗅覚ということを重視すれば、もう一つの表現である「香をかぐはしみ」からの転用という方がふさわしい。こちらは『拾遺集』（神楽歌）に再録されているだけでなく、『うつほ物語』の中にも、

⑨榊葉の香をかうばしみ求《と》め来れば八十氏人ぞまとゐせりける　（嵯峨の院巻337頁）

⑩榊葉の香をかうばしみ求めくれば八十氏人ぞまとゐしにける　（菊の宴巻29頁）

と二度にわたって引用されており、やはり神楽歌として当時よく利用された（耳にした）歌だったことがわかる。あるいは梅野氏のように一つの表現に限定するのではなく、「香をかぐはし

み」と「野をなつかしみ」の両方から影響を受けて、「香をなつかしみ」という新表現が成立した（作られた）とすべきかもしれない。

いずれにせよ、梅野氏の「紫式部新造の語法」という興味深い見解について、もう少し詳しく検証してみたい。

二、「榊葉の香をなつかしみ」

一通り関連しそうな和歌の流れを把握したところで、次に肝心の『源氏物語』の用例を検討してみたい。『源氏物語』には「香をなつかしみ」を詠みこんだ歌が二首見られる。それは、

⑪少女子があたりと思へば榊葉の香をなつかしみとめてこそ折れ　（賢木巻87頁）

⑫橘の香をなつかしみほととぎす花散る里をたづねてぞとふ　（花散里巻156頁）

である。賢木巻と花散里巻は連続した巻であるから、近くに集中して用いられていることになる。

歌を一見してわかるように、賢木巻の⑪歌は『拾遺集』あるいは『うつほ物語』所収の神楽歌「榊葉の」を踏まえて詠まれたものである。この場合は、神楽歌にある「香をかぐはしみ」あるいは「香をかうばしみ」という表現がヒントになっているといえそうだ。(4)

そこで念のために『源氏物語』における「榊・榊葉」の用例を調べてみたところ、

葵巻　一例　　賢木巻　五例　　若菜下巻　二例(5)

という結果になった。全用例八例と案外少ない中で、やはり賢木巻に用例が集中していることがわかる。しかも葵巻の用例にしても、

斎宮のまだ本の宮におはしませば、榊の憚りにことつけて、心やすくも対面したまはず。（26頁）

とあるように、斎宮とのかかわりで用いられたものなので、次の賢木巻と関連していることになる。なお葵巻の「榊の憚り」という表現は、これも清水好子氏によって紫式部の造語とされているものである。(6)どうやら葵・賢木巻には造語あるいは初出の珍しい言葉が用いられているようである。

その葵巻の表現を受けて、賢木巻において嵯峨野を訪問した光源氏は、折り取った榊を御息所に差し入れ、

榊をいささか折りて持たまへりけるをさし入れて、「変らぬ色をしるべにてこそ、斎垣も越えはべりにけれ」（87頁）

と述べ、問題の⑪「少女子が」歌を詠じている。常緑の松と同様、常緑の榊によって不変の心を象徴させているわけだが、それだけでなく葵巻の「榊の憚り」をも意識しているとすれば、源氏は「斎垣を越え」る（禁忌を破る）覚悟をして野宮を訪ねていることが看取される。(7)

三、「橘の香をなつかしみ」

ところで花散里巻の歌⑫は、『万葉集』にある、

⑬橘の花散る里のほととぎす片恋しつつ鳴く日しぞ多き　（一四七三番）

を踏まえて詠まれたものであろう（本歌取り）。ただし『万葉集』の歌は聴覚重視であり、嗅覚的な「香」は詠まれていないので、その点は⑬からの引用とはいえそうもない。むしろ前述の③「梅の花香をかぐはしみ」歌の「梅」を「橘」に転用して成立しているとも考えられる。また『古今集』にある有名な、

⑭五月待つ花橘の香をかげば昔の人の袖の香ぞする　（一三九番）

も、嗅覚表現として踏まえられていると考えたい。

こういった和歌の重層的な引用とは別に、「橘の香をなつかしみ」歌が詠まれる直前の文章に、

二十日の月さし出づるほどに、いと木高き影ども木暗く見えわたりて、近き橘のかをりなつかしく匂ひて、女御の御けはひ、ねびにたれど、飽くまで用意あり、あてにらうたげなり。　（花散里巻156頁）

とあり、すでに地の文で橘の香が「かをりなつかし」と表現されていた。この点を重視すると、

これが「香をなつかしみ」という新歌語の成立に直接つながっているとも考えられる。ただし「かをりなつかし」にしても非歌語であり、『源氏物語』の造語かもしれない。(8)

ついでながら橘の香は幻巻にも、

花橘の月影にいときはやかに見ゆるかをりも、追風なつかしければ、「千代をならせる声」もせなんと待たるるほどに、（幻巻539頁）

と出ている。「追風なつかし」というのは、追い風が花橘の薫りを運んでくるからである。(9) さらに宇治十帖においても、

御前近き橘の香のなつかしきに、ほととぎすの二声ばかり鳴きてわたる、「宿に通はば」と独りごちたまふも飽かねば、（蜻蛉巻223頁）

とあり、「橘の香」と「なつかし」は『源氏物語』の中で繰り返し用いられていることがわかる。

『源氏物語』はそれにとどまらず、積極的に人工的な「香」と「なつかし」を結びつけることも行なっていた。もともと『古今集』の「五月待つ」歌は、植物の「橘の香」から人工的な「袖の移り香」を想起させるものだった。それもあって『源氏物語』で人工的な「移り香」が展開するのは容易であったろう。たとえば、

・ゐざり寄りたまへるけはひしのびやかに、えひの香いとなつかしう薫り出でて、おほどか

なるを、さればよと思す。　（末摘花巻282頁）

・この人々の香の御唐櫃に入れたりけるがいとなつかしき香したるを奉りければ、　（蓬生巻349頁）

・侍従は、大臣の御は、すぐれてなまめかしうなつかしき香なりと定めたまふ。

のように、衣裳に焚き染められた「移り香」もあれば、調合された「香」自体についても、　（梅枝巻409頁）

・雨のなごりの風すこし吹きて、花の香なつかしきに、殿のあたりいひ知らず匂ひみちて、人の御心地いと艶なり。　（同410頁）

とあり、『源氏物語』が「なつかしき香」（香なつかし）を積極的に物語に活用していることがわかる。そこから「香をなつかしみ」表現が案出されるのも自然ではないだろうか。

四、「色も香もなつかしき」紅梅

最後に梅の花についても検討してみたい。考えようによっては『万葉集』の、

③梅の花香をかぐはしみ遠けども心もしのに君をしぞ思ふ　（四五〇〇番）

と『詞花集』の、

①吹きくれば香をなつかしみ梅の花散らさぬほどの春風もがな　（九番）

の間隙を、『源氏物語』が埋めていると見ることもできる。
『源氏物語』の用例としては、梅枝巻に、

雨のなごりの風すこし吹きて、花の香なつかしきに、殿のあたりいひ知らず匂ひみちて、人の御心地いと艶なり。（410頁）

とあり、「花の香なつかし」と表現されている。この花はもちろん梅であるが、ここでは室内の薫物（人工）と前栽の梅の花（自然）とが混じり合って、あたり一面に複合的な匂いが満ちていた。

もう一例、早蕨巻の大君亡き宇治の春の情景には紅梅が用いられている。

御前近き紅梅の色も香もなつかしきに、鶯だに見過ぐしがたげにうち鳴きて渡るめれば、ましで「春や昔の」と心をまどはしたまふどちの御物語に、をりあはれなりかし。風のさと吹き入るるに、花の香も客人の御匂ひも、橘ならねど昔思ひ出でらるるつまなり。（356頁）

これは「色も香もなつかしき」紅梅が引き金になって、『伊勢物語』四段の「月やあらぬ」歌が想起（引用）されることで、薫が大君不在（喪失感）を嘆いているところである。加えてここでは梅の香に薫の芳香（体臭）が交じることで、「橘ならねど昔思ひ出でらるるつまなり」と、『古今集』の⑭「五月待つ」歌が引用されており、それによって薫の大君思慕が一層深められている。

ここにおいて典型的な「橘・ほととぎす」という取り合わせが、「紅梅・鶯」で代用されていることにも留意したい。これによって「橘にほととぎす」のみならず、「梅に鶯」という嗅覚と聴覚の組み合わせも、「なつかし」の重要な要素になっているからである。

まとめ

以上、「香をなつかしみ」表現に注目して検討した結果、梅野氏のいわれることを超えて、『源氏物語』において新しい歌語表現として創案されていることが確認できた。それは『源氏物語』が嗅覚的な「なつかし」を、物語の展開に多用していることと連動してのことと思われる。

いずれにしても「香をなつかしみ」をはじめとする嗅覚表現は、『源氏物語』によって方法化・深化され、和歌のみならず地の文にまで拡大されたといえそうである。ただし『源氏物語』以降の物語や和歌にほとんど引用されていない点、なかなか再活用しにくい表現だったのではないだろうか。

注

（1）吉海「嗅覚の「なつかし」―『源氏物語』空蟬の例を起点として―」日本文学論究71・平成24年3月（本書所収）参照。また吉海「「かうばし」考」『「垣間見」る源氏物語』（笠間書院）平成20年7月（本書所収）でも触れている。

（2）岸ひとみ「『源氏物語』における「袖の香」考―「花橘」とのかかわりを中心に―」同志社女子大学日本語日本文学科二〇一二年度提出の卒業論文。

（3）梅野きみ子氏「光源氏の人間像―その「なつかし」を中心に―」椙山女学園大学研究論集人文科学篇30・平成11年3月。

（4）ただし真榊という植物に「香をかぐはしみ」というほどの強烈な香りは認められないようである。そのため「なつかしみ」に改訂・変更されたのかもしれない。

（5）若菜下巻の二例は、住吉参詣に伴うものである。そこに斎宮との関連は認められないものの、神とのかかわりはあるので、榊の全用例は「神の木」として統一されているといえる。

（6）清水好子氏「作り物語から源氏物語へ」国文学17―15・昭和47年12月。

（7）この歌は謡曲「野宮」にも引用されている。なお「夕月夜」と「斎垣」については、『万葉集』二六六三番（神の斎垣）・二六六四番（夕月夜）を踏まえているのであろう。

（8）わずかに『浜松中納言物語』巻二の地の文に「かをりなつかしげなり」（146頁）と用いられている程度である。

（9）吉海「「追風」考―『源氏物語』の特殊表現―」國學院雜誌109―10・平成20年10月（本書所収）。

第三部　用語編

第九章　若紫巻の「伏籠」

はじめに

高校古文（今は言語文化）の教科書に、必ずといっていいほど採用されているのが「北山の春」であった。私自身、垣間見論で詳しく論じている。ところがそこに出てくる「伏籠」については、まったく見向きもしなかった。それは私だけではなく、ほとんどの人も同様であろう。そのため「伏籠」の用例を調査することを怠っていた。まさか「伏籠」が『源氏物語』初出の語であったとは、思いも及ばなかった。

一、若紫巻の垣間見場面

『源氏物語』若紫巻には有名な垣間見場面がある。高校古文の教科書では「北山の春」として頻出しているところであるが、そこに小道具として「伏籠」が登場している。有名なので本文を諳んじている人も多いかと思われるが、紫の上が祖母尼君に泣きながら訴えに来るところである。

雀の子を犬君が逃がしつる。伏籠の中に籠めたりつるものを。（206頁）

この「伏籠」については、古文の教科書の注に挿絵入りで紹介してある。その挿絵を見ると、どうやら竹製の「伏籠」が描かれているようである。これは新編全集の頭注一四でも、

香炉や火鉢の上にかぶせ、衣を掛けて香をたきしめたり暖めたりする竹の籠。それを鳥籠に代用した。（206頁）

と「竹の籠」と書かれているので、古文の教科書では竹製とするのが常識なのであろう。ということで、「伏籠」には何の問題もないと思われているようで、それ以上深く考えられることはこれまでなかった。

二、「伏籠」の意味

それに対して、かつて貴族の使用する「伏籠」は金属製だとする少数意見もあるにはあった。私はそのことがずっと心に引っかかっていた。もし「伏籠」にも身分差というか品の上下（等級）があるとすれば、紫の上は貴族（按察使大納言の姫君）なので、当然金属製の「伏籠」の方がふさわしいのではないかと思ったからである。

その上で、紫の上の経済的不如意を強調したいのであれば、それこそ竹製の「伏籠」に意味が持たされていることになる。しかしながら古文の教科書や新編全集の頭注は、そこまで深く考えた上でのコメントではなさそうだ。

とはいえ私は、それ以上この問題を深める（追究する）こともしないまま、今日まで長く放置してきた。最初に疑問を持った時に、せめて用例だけでも調べておけば、もっと早く「伏籠」の内包する問題点に気づいていたのに、と悔やまれてならない。「灯台下暗し」とはこのことである。

もうおわかりかと思うが、「伏籠」というのは古典にほとんど用いられていない珍しい言葉だったのだ。『源氏物語』にしても、若紫巻以外に用例は認められない。という以上に、『源氏物語』以前の用例も見つかっていないし、『源氏物語』以降の用例も、『大鏡』の一例、『狭衣物語』の二例、『弁内侍日記』の二例、『宇治拾遺物語』の一例くらいしか見つけられなかった。

「伏籠」とはないが、『うつほ物語』蔵開上巻に、

大いなる火取によきほどに埋みて、よき沈、合はせ薫物多くくべて、籠覆ひつつ、あまた据ゑわたしたり。（349頁）

と出ている。「火取」に薫物をくべてそれを「籠覆ひ」しているのであるから、これは「伏籠」と同じではないだろうか。また『源氏物語』真木柱巻にも次のようにある。

にはかに起きあがりて、大きなる籠の下なりつる火取をとり寄せて、殿の背後《うしろ》に寄りて、さと沃《い》かけたまふほど、（365頁）

ここは鬚黒の衣装に香を焚き染めているところなので、「大きなる籠の下なりつる火取」というのは、「火取」にかぶせた「伏籠」のことと見てよかろう。

肝心の若紫巻は香を焚き染めるための道具という本来の用法からは大きくかけ離れており、鳥籠の代用品としてのやや特殊な使用例となっている。これが『源氏物語』の手法なのかもしれないのだが、このことに疑問を抱く人はいなかったのだろうか(1)。

三、「伏籠」の用例

前に古い「伏籠」の例はないといったが、参考になるものとして『宇治拾遺物語』巻三―一八には平中説話が掲載されている。これは有名な平中と本院侍従の一件であるが、平中が侍従に騙される直前に、

物の後ろに火ほのかにともして、宿直物とおぼしき衣、伏籠にかけて薫物しめたる匂ひ、なべてならず。いとど心にくくて、身にしみていみじと思ふに、（140頁）

と書かれていた。これは宿直物（夜着）に香を焚き染めている例であり（移り香）、いわゆる薫衣香である。これなら正しい伏籠の使い方といえる。もちろんその後、平中はまんまと侍従に

逃げられてしまうという展開になっている。

せっかくなので、ついでに『狭衣物語』の用例も検討しておこう。一品の宮との婚儀が間近に迫った狭衣は、

常の御匂ひも人に似たまはぬを、昼より、さまざまの香ども取り出でて、これはかれはと、伏籠にあまたして、焚きしめらるる、いと辺り熏《くゆ》り満ちたり。（巻三103頁）

と、衣服に香を焚き染めている。これも伏籠として普通の用法であろう。もう一例は、狭衣が出家した女二の宮のいる御堂に忍び込むところに用いられている。ただしこれは現実の「伏籠」ではなく、

今宵さへ、さあらば、やがて伏籠の中将のやうになりなんかしと、御心惑ひも世の常ならぬに、（巻二177頁）

とあるように、「伏籠の中将」という散逸物語の書名としてあげられている特殊な例であり、小道具としての「伏籠」ではなかった。頭注一九によれば、

「伏籠」は散逸物語の名。同系の内閣文庫本、鈴鹿本など、多くの本文が「伏籠の少将」。『伏籠』の主人公は少将から頭中将になっている。『伏籠』は烏滸物語で、少将（頭中将）は、女の許に忍び入るが、騒ぎとなり、仕方なく女の衣を被り、まるで伏籠のような格好で身を隠したらしい。（177頁）

と説明されている。これは失敗譚を背景にした珍しい「伏籠」の例であった。その意味では平中の失敗譚とも響きあっていることになる。

また『弁内侍日記』にも、

火取りを伏籠にすかしたるを、（249頁）

とある。残念ながら本文に欠落が生じており、はっきりしたことはわからないが、直後の内侍の歌に「薫物の匂ひを袖に移し」云々とあるので、これも一般的な薫衣香の例としてよさそうである（もう一例は後に紹介したい）。

四、「伏籠」の分析

ここであらためて若紫巻の頭注一四の説明に耳を傾けてみたい。どうやら「伏籠」には基本的に二つの用法があったことがわかる。一つは香炉にかぶせてその上に衣服を掛け、香を焚き染める用法である。もう一つは火鉢にかぶせ、その上に衣服を掛けて暖めたり乾かしたりする用法である。その説明は『日本国語大辞典第二版』でも同じように記してあった。

(1)伏せておいてその上に衣服をかける籠。中に香炉を置いて香を衣服に移したり、火鉢などを入れて服を乾かしたり暖めたりするのに用いる。竹または金属でできている。

ここには材料について「竹または金属」とあり、ようやく金属製の「伏籠」の存在にも触れ

られている。同様に小学館の『全文全訳古語辞典』にも、

〔名詞〕伏せておいて、その上に衣服をかける金属製・竹製の籠《かご》。その中に香炉《こうろ》・火鉢などを置いて、衣服に香をたきしめたり、衣服を乾かしたり暖めたりするのに用いる。

とまとめられている。ただし、どの用例が竹でどれが金属なのかまでは言及されていない。また説明文からは、香を焚き染めるのが香炉で、衣服を乾かしたり暖めたりするのが火鉢のようにも読める[2]。

また『日本国語大辞典第二版』には(2)として、「伏せて中に鶏を入れておく籠」ともあった。しかしながら用例として江戸時代の浄瑠璃「新版歌祭文」があげられているので、かなり後世の用法ということになる。ただしそれよりずっと古い『弁内侍日記』に、

初雪・なかあか・小黒などいふ御鳥ども、かねてより伏籠につきて、（203頁）

とあるので、これが「伏籠」で鶏を飼う初出例ではないだろうか。しかも鶏を飼う「伏籠」であるからには、サイズもそれなりに大きいに違いないので、これこそ竹製の「伏籠」の例であろう。というよりこの「伏籠」は香とは無縁のものではないだろうか。

五、鳥籠としての使用

遡って若紫巻にしても、香を焚き染める道具としてではなく、雀の子を養う鳥籠代わりに用

いられているのだから、それで竹製が想定されていると読むこともできる。もちろん雀だからそんなに大きな籠でなくても、金属製の「伏籠」でも十分飼育可能とも思える。

前に戻って、衣服を乾かしたり暖めたりする用例は、辞書には掲載されていないようである。調べてみると、衣服を暖める例としては、『大鏡』兼通伝の朝光の話に、

大将歩きて帰りたまふ折は、冬は火おほらかに埋みて、薫物大きにつくりて、伏籠うち置きて、褻《け》に着たまふ御衣をば、暖かにてぞ着せたてまつりたまふ。（216頁）

と書かれている。ここに「暖かに」とあることで、衣服を暖めていることがわかるが、そうでなければ単に衣服に香を焚き染めている例にされてしまうところである。もしそうなら、香を焚き染める例の中に、衣服を暖める例が紛れ込んでいる可能性もある。というより、その二つは同時にやれるのではないだろうか。

次に乾かす例はどうだろうか。その古い例は見当たらなかった。時代は下るが『沙石集』巻第八ノ一「眠り正信房の事」を見ると、

ある時、御湯の汗に濡れたる御小袖を、伏籠に打ち掛けて、例の物忽《ぶっさう》は、濡れたる方を上にして、盛りなる火にあぶりて、眠り居たる程に、「疾く参らせよ」と、仰せの有りけるに、驚きて見れば、白き小袖に、伏籠の形つきて、香色に焦がれてけり。（398頁）

と出ているので、これが濡れた衣服を乾かす例になりそうだ。ただしこの例では、居眠りして

小袖を焦がしている。「伏籠の形」に焦げついたとあるが、これが竹製であれば「伏籠」そのものが焼けるであろうから、ここは金属製の「伏籠」であり、その金網の網目が衣服に焦げついたのであろう。もしそうなら、これこそ金属製の「伏籠」と見てよさそうである。

まとめ

以上、今回の調査によって「伏籠」は、今のところ『源氏物語』ではじめて登場した言葉だったことになる。(3) 香を焚き染める道具であるからには、必ずしも紫式部の造語というわけでもなかろうが、盛んに香が焚かれている割には用例の少ない語であることには留意しておきたい。「伏籠」は貴族の生活からは遠いものなのだろうか、あるいは物語には必要ない小道具なのだろうか。

こんなことに今頃になってようやく気づいたのだから、『源氏物語』の中にはまだ読めていないことやものがたくさんあるに違いない。用例を調べることの大切さと有効性をあらためて思い知らされた。

注

（1）吉海「紫式部と源氏文化―若紫巻の「雀」を読む―」『〈紫式部〉と王朝文藝の表現史』（森話

社）平成24年2月。とかく『源氏物語』というのは、本来の用法以外での用いられ方が多いようである。

（2）逆に火鉢や火桶でも香は焚けるはずである。

（3）吉村研一氏『『源氏物語』初出語一覧」『『源氏物語』を演出する言葉』（勉誠出版・平成30年2月）に名詞の「伏籠」は掲載されていない。

第十章　「心にく」い薫り

はじめに

「心にくし」は「奥ゆかしい」意味であり、必ずしも嗅覚に用いられるものではなかった。むしろ無関係にも思われる。ところが用例を調べてみると、意外に嗅覚というか「薫物」にかかわる場面にしばしば登場していることに気づいた。そこで薫物とかかわりのある「心にくし」だけを切り取ってみることにした次第である。

一、「心にくし」について

薫りの用例を調べているうちに、「心にくし」という形容詞がしばしば隣接したところに用いられていた。ひょっとするとこれは薫物に関係する用語ではないだろうか。

まず辞書の説明に耳を傾けてみたい。小学館『全文全訳古語辞典』の「心憎し」項には、

「参考」として以下のように説明されている。

『枕草子』の「心にくきもの」の段では、次のようなものに「心にくし」という評語を付けている。

（ア）人を呼ぶ手の音に応じて侍女らしい人の参上する、物陰の気配。

（イ）光沢のある衣の上に広がる髪から、髪の長さが推測されること。

（ウ）人が寝静まっている時に殿上人《てんじょうびと》が話したり、碁石の音を立てている。

（エ）女官達の話声や衣ずれの音から、だれそれと見当がつく。

（オ）薫物《たきもの》の香。

いずれも、❶の意味があてはまる場合であり、作者は分からない部分に興味を持ち、空想力を働かせて楽しんでいる。（ウ）に続けて「なほ、寝《い》ねぬ人は心にくし」という短文を置いている。「何といってもやはり、寝ない人は心にくし」というのも、起きていて何をしているのだろうか、それが知りたいという気持ちである。

ここでいう❶の意味とは、

（人柄・態度・様子に）底知れない深みがあって心ひかれる。奥ゆかしい。

である。辞書の「心憎し」の項に、「薫物」の香りについては記されていないが、『枕草子』の中で触れられていることもあって、（オ）として掲載しているのであろう。

この説明を見る限り、「心憎し」における「香り」との関連は、たいして重視されていないように読み取れる。それは『日本国語大辞典第二版』の説明も同様であった。果たしてそうであろうか。もう少しこだわってみたい。

二、『枕草子』一九〇段「心にくきもの」

あらためて『枕草子』一九〇段「心にくきもの」で、「薫物の香」がどのように記述されているかを検証しておきたい。

前述の『全文全訳古語辞典』の「参考」にあったように、『枕草子』では「心にくきもの」を連想的に書き連ねている。その中の一つが「薫物の香」であった。該当部分を抜き出してみると、

　薫物の香、いと心にくし。

　五月の長雨のころ、上の御局の小戸の簾に斉信の中将の寄りゐたまへりし香は、まことにをかしうもありしかな。その物の香ともおぼえず、おほかた雨にもしめりて、艶なるけしきのめづらしげなき事なれど、いかでか言はではあらむ。またの日まで御簾にしみかへりたりしを、若き人などの世に知らず思へる、ことわりなりや。（332頁）

となっており、具体例として藤原斉信の衣装に焚き染められた香の残香性が高く評価されてい

た。御簾に薫りが染みていたのは、斉信の衣装に触れたことによる「移り香」であろう。これは「移り香」が「心にくい」というより、斉信その人が清少納言にとって「心にくい」とも読めそうだ。

なお『枕草子』にはもう一例、薫りにかかわる「心にくし」が認められる。それは一八四段「南ならずは」に、

火取に火ふかう埋みて心ぼそげににほはしたるも、いとのどやかに心にくし。（322頁）

と出ている。こちらは強烈な薫りではなく、火を香炉に深く埋めることで、香が立ちすぎないようにおさえてある。それがかえって奥ゆかしいとされているのである。

これが『枕草子』において、薫りと「心にくし」が結びついている例である。わずか二例ではなんともいえないので、他の作品についても調べてみたい。

三、薫物との関わり

「心にくし」の用例を有する『伊勢物語』・『蜻蛉日記』・『うつほ物語』・『落窪物語』には、残念ながら薫りと共起している例は認められなかった。続く『源氏物語』にしても、多くは無関係であったが、何例かには薫りにかかわる例が認められた。まず若紫巻には、

そらだきもの心にくくかをり出で、名香の香など匂ひ満ちたるに、（211頁）

と出ていた。(1)ここでは「空薫物」の薫りを「心にくし」としている。また蛍巻にも用例があった。

いといたう心して、そらだきもの心にくきほどに匂はして、つくろひおはするさま、（198頁）

ここでは源氏が玉鬘の部屋の「空薫物」を「心にく」く演出している。前の『枕草子』一八四段も含めて、「心にく」い薫りというのは、大方「空薫物」のことのようである。これらは遠慮がちに焚かれているものである。反対に花宴巻では右大臣家の「空薫物」が、

そらだきものいとけぶたうくゆりて、衣の音などいとはなやかにふるまひなして、心にくく奥まりたるけはひは立ちおくれ、（365頁）

と、香が過剰に（煙たいほど）焚かれている。それはかえって無風流であり、「心にく」い気配が遅れていると批判（否定）されている。

こうしてみると「心にく」いとされる香は、用例が「空薫物」に集中していることがわかった。斉信の例は「薫衣香」なのかもしれないが、それにしても直接的な「薫物」ではなさそうだ。というより、必ずしも嗅覚に「心にく」く感じられる香があるのではなく、その裏にある人の奥ゆかしい気配りを感じ取るからこそ、「心にく」い香とされるのではないだろうか。

まとめ

これ以外にも『源氏物語』には、
・さらにいづれともなき中に、斎院の御黒方、さいへども、心にくく静やかなる匂ひことなり。（梅枝巻409頁）
・御座のあたりもの清げに、けはひ香ばしう、心にくくぞ住みなしたまへる、（柏木巻314頁）
・衣の音なひも、おほかたの匂ひ香ばしく、心にくきほどなり。（横笛巻352頁）
などといった用例が見られる。梅枝巻は朝顔の斎院からの「黒方」が高く評価されている。柏木巻は病の床についている柏木の様子であるが、必ずしも香の薫りを形容しているものではなさそうだ。横笛巻は柏木亡き後の落葉の宮邸であるが、これも香りだけではなく総合的なものであろう。

肯定的なプラスの「心にくし」は、いずれも控えめで奥ゆかしさが際立っており、それこそが「薫物」を焚く人のセンスであろう。「心にくし」は「薫物」そのものではなく、それを焚く人に対する美的評価と見ておきたい。

注

（1）『十訓抄』巻一にも侍従大納言（藤原成通）邸では、
　空薫きの香、こころにくく薫りて、まことに優なり。　（54頁）
と「空薫物」の薫りが心にくく薫っていると記されている。

第十一章　「くゆる」薫り

はじめに

「くゆる」という言葉は、必ずしも「薫物」に特化して用いられるわけではない。燃えて煙の出るものならなんでも使えるからである。ただし多くの例が「薫物」と共起していることも疑いのない事実である。というより、「薫物」を考える上でのキーワードだと思えてきた。そこで「くゆる」に注目して調べてみた次第である。

一、「くゆる」と薫物

「薫物」に関する用例を調べている際、「くゆる」という動詞がしばしば近くにあることに気づいた。もちろん「くゆる」は香以外の用例も少なくない。富士山など煙が出るものには何にでも使えるからである。ただし「くゆる」の意味は炎が見えないで煙が出ることである。それに近い「ふすぶ」も使われている。また「くすぶる」ともいうが、こちらはやや新しい動詞らしく、平安中期の作品には用例が見当たらなかった。ということで、「くゆる」も薫物関係用語の一つに認定できそうである。

ところで「くゆる」は、何故か薫物関係用語の多い『うつほ物語』には見られなかった。『源氏物語』以前の用例としては、『大和物語』と『後撰集』があげられる。『大和物語』も案外薫物関係用語が多い作品のようである。

『大和物語』一三五段では、三条右大臣の娘が、

たき物のくゆる心はありしかどひとりはたえて寝られざりけり

という歌を詠んでいる。ここでは薫物用語としての「火取り」に「独り寝」が掛けられている。もちろん「くゆる」は「燻る」と「悔ゆる」の掛詞となっている。薫物用語は掛詞として使えることで歌に詠まれるのである。それだけでなく、「くゆる」「火」は「薫物」の縁語になっている。

また『大和物語』一七一段には、

大和、

人知れぬ心のうちにもゆる火は煙もただでくゆりこそすれ

といひやりければ、返し、

富士の嶺の絶えぬ思ひもあるものをくゆるはつらき心なりけり

とありけり。（414頁）

という贈答があった（『続後撰集』所収）。ここでも「悔ゆる」の掛詞となっている。また「思ひ」には「火」が掛けられている。これは恋歌によく用いられる用法であり、だからこそ「くゆる」がしばしば詠まれているのであろう。

『源氏物語』以降の『狭衣物語』には奇瑞の現れとして、

言ひ知らず香ばしき匂ひ、世の常の薫りにあらず、さと燻《くゆ》り出でたるに、（巻三198頁）

とある。また『無名草子』には、

不断香の煙、けぶたきまで燻り満ちて、名香の香などかうばし。（176頁）

と、仏事の際に用いられる「不断香・名香」が出ている。「くゆる」は「香ばし」とも相性がいいようだ。

二、和歌の「くゆる」

前述のように、「くゆる」は和歌に用いられることが多いが、『後撰集』の紀貫之歌にも、

風をいたみくゆる煙の立ちいでても猶こりずまの浦ぞ恋しき（八六五番）

とある。ただしこれは薫物ではなさそうだ。同様の例は『平中物語』にも、

くゆる思ひ胸にたえずは富士の嶺のなげきとわれもなりこそはせめ　（473頁）

とあり、これは富士の煙である。また『蜻蛉日記』にも、

藻塩やく煙の空に立ちぬるはふすべやしつるくゆる思ひに　（105頁）

と藻塩の煙が出ている。また『源氏物語』須磨巻にも、朧月夜の歌に、

浦にたくあまだにつつむ恋なればくゆる煙よ行く方ぞなき　（192頁）

と詠まれていた。

「くゆる煙」という表現は、『元良親王集』に、

女、宮ゐじて寄せ奉り給はざりけるころ　四宮

身をつみて思ひ知りにき薫物のひとりねいかにわびしかるらん　（一四六番）

御返し

心から今はひとりぞ炭窯のくゆる煙を消つ人ぞなき　（一四七番）

と「薫物」の例としても詠まれている。また『赤染衛門集』にも、息子大江挙周《たかちか》の代作として、

通ふ女のもとに薫き物乞ひたる、おこすとて「くゆる煙」などやうに言ひてある返ししてと言ひしに、

薫物のくゆるばかりのことやなぞけぶりにあかぬ心なりけり　（五九二番）

と引用されていた。

『後拾遺集』には清原元輔の歌として、

移り香の薄くなりゆく薫物のくゆる思ひに消えぬべきかな　（七五六番）

が出ている。「薫物の」は「くゆる」を導く枕詞的用法を有している。その「くゆる思ひ」の「思ひ」は「火」の掛詞となっている。またここでは「くゆる」だけでなく「移り香」も用いられている。

『公任集』の四六四番は、宮中における「薫物合せ」が詠じられている。

たき物合せて、上に置きいでたまひにければ、すこしとどめたまふとて、女御の御、

残りなくなりぞしにけるたき物の我ひとりにしまかせてしかば　（四六四番）

とありければ、

くゆるべき人にかはりて夜もすがらこのわたりこそしたこがれつつ　（四六五番）

この「たき物合せて」は歌合のようなものではなく、みんなで「練香」を作ることのようである。

三、『源氏物語』の「くゆる」

『源氏物語』には薫物の「くゆる」が六例用いられている。まず帚木巻には、光源氏の衣装から、

いみじく匂ひ満ちて、顔にもくゆりかかる心地するに、（100頁）

と香の薫りが「くゆり」かかっている。これなど衣服の「移り香」であるし、しかも闇の中であるから、実際に見えるはずはあるまい。「心地する」とあることからも、あくまで比喩表現と見ておきたい。なお「くゆりかかる」は『源氏物語』の初出語とのことである。

同様の例は総角巻にも、

ところせき御移り香のまぎるべくもあらずくゆりかをる。（241頁）

とあった。これも移り香である。なお「くゆりかをる」も初出語のようである。

次に花宴巻には、

そらだきものいとけぶたうくゆりて、衣の音などいとはなやかにふるまひなして、心にくく奥まりたるけはひは立ちおくれ、（365頁）

と「空薫物」が過剰にくゆっていることが否定的に記されている。梅枝巻の、

火取りどもあまたして、けぶたきまであふぎ散らせば、（375頁）

にしても、やはり過剰に焚かれていた。それについて光源氏は、

空に焚くは、いづくの煙ぞと思ひわかれぬこそよけれ、富士の峰よりもけにくゆり満ち出でたるは、本意なきわざなり。（375頁）

と批判している（マイナス評価）。この「くゆり満ち出づ」も初出語である。

また真木柱巻には、北の方に火取りの灰をかけられた鬚黒大将が、

うきことを思ひさわげばさまざまにくゆる煙ぞいとど立ちそふ　（369頁）

と詠んでいる。その「くゆる」の再活用として「くゆらかす」がある。これは初音巻に、

わざとめきよしある火桶に、侍従をくゆらかして物ごとにしめたるに、裛被香《えひかう》の香の紛へるいと艶なり。　（149頁）

とあって、明石の君は「侍従」を焚き染めている。

普通「侍従」は秋の香とされているが、今は正月なので季節外れになる。それでも明石の君が「侍従」にこだわっているのは、かつて明石で源氏を迎える際に焚いていたからではないだろうか。いい換えれば侍従を嗅ぐことによって、源氏に明石での愛の日々を思い出してほしかったのではないだろうか。(1)

ただしこの「くゆらかす」の用例は他に認められない孤例なので、『源氏物語』の造語かもしれない。いずれにしても『源氏物語』初出語は、薫物用語に案外多いことがわかった。

まとめ

以上「くゆる」という言葉に注目して用例を検討してきたが、これは薫物関連用語として認定してもよさそうである。用法としては「火取り」「煙」「焦がる」などと一緒に用いられて、

和歌の縁語のようなものを形成することが多かった。特に『源氏物語』の「くゆらかす」は他に用例の認められない特殊用語であることが判明した。

注

（1）吉海「明石の君のしたたかさ」『源氏物語の新考察』（おうふう）平成15年10月。なお梅枝巻において、明石の君は「薫衣香」を調じている。「侍従」は源氏が調合しているが、本来なら明石の君が担当してもよさそうである。ここでは、

冬の御方にも、時々によれる匂ひの定まれるに、消たれんもあいなしと思して、（409頁）

とあって、源氏は冬の香ではなく無季の香を調じさせている。

第十二章　「百歩香」

はじめに

「百歩香」がどれくらい使われているのか用例を検索してみたところ、「百歩香」では一例もヒットしなかった。そこであらためて「百歩」で検索したところ、多少の用例が出てきた。それを見てまず驚いたのは、『源氏物語』以前の用例が見当たらないことであった。同時に、『源氏物語』には四例も用例があったものの、『源氏物語』以降になると『浜松中納言物語』に二例、『夜の寝覚』に一例しか用例が見当たらなかった。

そうなると「百歩香」は、『源氏物語』で複数用いられたことにより、それなりの知名度を獲得しているが、必ずしも一般的な香というわけではなかったようだ。それにもかかわらず、これまで薫物の説明では、いかにも一般的なものとして扱っていたのではないだろうか。むしろ用例的に少ないことを強調すべきではないだろうか。

一、『源氏物語』の用例

では早速、『源氏物語』の用例を見てみよう。

1香壺の箱ども世の常ならず、くさぐさの御薫物ども薫衣香またなきさまに、百歩の外を多く過ぎ匂ふまで、心ことにととのへさせたまへり。（絵合巻369頁）

2公忠朝臣の、ことに選び仕うまつれりし百歩の方など思ひえて、世に似ずなまめかしさをとり集めたる、（梅枝巻409頁）

3名香には唐の百歩の衣香を焚きたまへり。（鈴虫巻373頁）

4香のかうばしさぞ、この世の匂ひならず、あやしきまで、うちふるまひたまへるあたり、遠く隔たるほどの追風も、まことに百歩の外も薫りぬべき心地しける。（匂宮巻26頁）

1を見ると、「薫衣香」の説明に「百歩の外」とある。それもあって2の頭注四〇には、「薫衣香の一種。百歩離れた所までにおう、の意。」（410頁）と説明されている。この中では「百歩の外」という言い方が1と4の二例に認められる。また2に源公忠という固有名詞が用いられていること、3は「名香」に用いられているが、「衣香」は「薫衣香」と同義であろう。2の公忠は薫物の名手であり、本康親王からの秘伝を継承した人物とされている。ここではその公忠を「百歩香」の名手としているのであろうか。また3に「唐の」とあるのは、「百歩香」が中国伝来の香ということであろうか。

二、『源氏物語』以降の用例

次に『源氏物語』以降の例として、『浜松中納言物語』・『夜の寝覚』の例を見ておこう。

5その夜通ひし袖の移り香は、百歩のほかにもとほるばかりにて、世のつねの薫物にも似ず、あかずかなしき恋のかたみと思ふにほひにまがへる心地するに、（『浜松中納言物語』巻一85頁）

6世に知らぬ御にほひ、百歩のほかもかをるばかりにて、（『浜松中納言物語』巻二174頁）

7うち匂ふ風も、世のつねの薫物、香に入れしめ、百歩の外まで止まれる心地して、（『夜の寝覚』256頁）

この三例の特徴はすべて「百歩の外」になっていることである。それこそ「百歩香」にふさわしい表現といえよう。

まとめ

『うつほ物語』には薫物関連用語が多かったが、「百歩香」に関しては、『うつほ物語』のみならず『枕草子』にも『栄花物語』にも用例がないことがわかった。

むしろ「百歩香」は一般に広く流通していたのではなく、『源氏物語』特有の薫物用語だったとすべきであろう。特に『源氏物語』以降、「百歩の外」という表現が用いられている。これまで「百歩香」を安易に一般例のように見ていたことを反省すべきである。

付、「百和香」は練香か？

「百歩香」と類似した「百和香」についても言及しておきたい。これも用例が少ないのだが、『源氏物語』以前の『古今集』に用例が認められる。ただし「物名」として、

百和香　　　　　　　　　　読人しらず

花ごとに飽かず散らしし風なればいくそばくわが憂しとかは思ふ　（四六四番）

と出ている。単に「はくわかう」を詠みこんだだけなので、「百和香」の内実はわからない。

ただし『日本国語大辞典第二版』では、

薫物の名。種々の香料を合せた練香《ねりこう》。

と練香の一種としている。それに対して『古今集』の頭注では、

百草を取って合わせた香またはその原料となる草花。

と説明しており、練香とはしていない。これを練香としているのは『薫集類抄《くんじゅうるいしょう》』や『河海抄』などの注である。

それとは別に「百和香」は、和歌関係の用例が見出せる。まず、

侍所之人々百和香進、左右方別読集歌

とある「鷹司殿倫子百和香歌合」が知られているし、『大斎院御集』にも、

少納言の亡くなりし、あはれなることなど人々いひて、百わかうしおきたりけるを取りいでて、せうとのえさうにつかはす

のりのためつみたる花をかずかずに今はこの世のかたみにぞする　（三〇番）

とある。また『伊勢大輔集』にも、

院の、御堂にて百和香摘まれしに、名も知らぬ花を、見知りたるやと問はせ給ひしに、

衣手におし開きてをみそなはせ塔廟に咲く宝鐸の花　（一三五番）

とある。他に『経信母集』にも「百和香あつめて、歌よまする人の」（一〇番）や、『顕綱朝臣集』にも「百和香にくららの花をくはふとてよめる」（三三番）とあって、多くは草花を摘んでいるので、練香との関連は未詳とせざるをえない。

第十三章　「香染」と「丁子染」

はじめに ――「香染」について ――

衣装に香を焚き染めるより手っ取り早いのが、衣装そのものを香で染めてしまうことである。その際に用いられるのが「丁子」なので、「丁子染」ともいう。具体的には「丁子」の蕾の煮汁で赤みを帯びた薄黄色に染めるわけだが、そこに芳香が伴うことから「香染」とも称されている。色は「香色」だが、平安時代の用例は見当たらない。

『国史大辞典』（吉川弘文館）の「香染」項には、

香染は丁子《ちょうじ》の花を蕾の緑色の時に採取して乾燥させ、それを煎じて用いる。丁子染のやや色の薄いもの。丁子の花は芳香を持っており、香料となる丁子の煎汁で染めるところから香染の名称が付されたようである。香染の色は赤味を帯びた薄黄色（黄を帯びた薄赤色ともいえる）で、控え目な品格の高い色調である。丁子はカエデ科、アジアのモルッカ諸島原産の常緑喬木で高さは数メートルに達する。丁子の花（蕾）の干したものからは、丁子油も取られる。染料にする場合は、煎汁に媒染材は必要ないが、染料の吸収をよくするために明礬を少量入れるようである。（神谷栄子氏）

と説明されている。ここでは「丁子」をカエデ科としているが、最近はフトモモ科とされている。

この説明を見ると、「香染」と「丁子染」は同じもののようでもあるが、色彩的には「丁子染」の方が濃く、「香染」の方が薄いようだ。

一、「香染」の用例

本来は仏教とのかかりで、主に法衣を染めるもののようである。『枕草子』や『源氏物語』に用例があるので、あらためて調べてみた。まず「香染」だが、上代や平安前期の作品には用例が見当たらず、平安中期の『枕草子』に四例、『源氏物語』に二例、『浜松中納言物語』に二例、『狭衣物語』に二例、『栄花物語』に六例、『大鏡』に一例となっている。

具体的に例をあげると、『枕草子』には、

香染の単衣（三四段・84頁）

香染（二六〇段・407頁）

香染の薄き　（二六四段・418頁）
香染の扇　（増二三段・460頁）

とある。このうち「香染の扇」だけは衣装ではなく調度品である。
次に『源氏物語』を見ると、

香染なる御扇　（鈴虫巻376頁）
香染の御几帳　（夕霧巻481頁）

と、二例とも衣装以外であった。なお夕霧巻は忌中に用いられている。
『浜松中納言物語』では、尼姫君の衣装として、

鈍色、香染など　（巻三171頁）

とあり、同じく尼姫君の衣装として、

香染の御衣八つばかり　（巻四344頁）

とある。『浜松中納言物語』では尼姫君の衣装として統一されていることになる。次に『狭衣物語』では、喪中の今姫君が

香染に鈍色の単衣　（巻一110頁）

を着ている。また一品の宮も、

香染の御衣　（巻一115頁）

の衣装であった。頭注一七には、

　僧尼や喪中の女性の内着に用いられることが多く、地味な色である。（116頁）

と解説されていて参考になった。ただし「香染」に関しては色の印象ばかりで、匂いについてはほとんど言及されていない。

　用例の多い『栄花物語』を見ると、たまのうてな巻に、

　香染の御衣を被けさせたまふ。（308頁）

とある。これは僧侶に与えるものなので袈裟のようなものであろう。こまくらべの行幸巻には、

　包ませたまへる包、香染の薄物の包どもなり。（430頁）

とある。これも僧侶に与えるものを包むものであった。ころものたま巻には行成の書いた屏風について、

　裏には香染の固紋の織物なり。御几帳をも薄香染なり。（58頁）

と裏に「香染」の織物が用いられており、また几帳も「薄香染」であった。これは彰子の出家に用いる調度品だからである。

　根あはせ巻は後朱雀院崩御の記事であり、

　一品宮の女房などは、鈍色、香染などをぞ着たりける。何の栄なし。（343頁）

は喪服であろう。同じく根あはせ巻の内裏歌合では、

香染の薄様に紅葉を透かし、（357頁）

は、薄様なので、下に来ている打衣の紅葉の刺繍が透けて見えている。[1] 同じく根あはせ巻の五節臨時祭には、

香染、紅梅の紅に匂ひたるなどなり。（387頁）

とある。『栄花物語』の用例の過半数は仏教にかかわりのある衣装であり、鈍色との結びつきが強い。

『大鏡』の例は藤原義孝の衣装について、

白き御衣どもに、香染の御狩衣、鈍色の御指貫、いとはなやかならぬあはひにて、さし出てたまへりけるこそ、（180頁）

と記されている。ここにも鈍色とある。義孝は平常から道心深かった。

なお『うつほ物語』楼の上上巻に「香の扇」とある。これについて頭注三三では「香木を骨にした扇か」とあるが、現代語訳では「香をたきしめた扇」とあって、解釈が割れている。これを「香染の扇」とはとれないだろうか。たとえば『大鏡』にある「香なる御扇」（398頁）は「香染」のこととされている。これが認められれば用例が一つ増える。

二、「丁子染」の用例

一方の「丁子染」の方は用例が少なく、『源氏物語』に二例、『浜松中納言物語』に一例見られるだけである。

『源氏物語』藤裏葉巻では、夕霧の衣装が、

宰相殿は、すこし色深き御直衣に、丁子染の焦がるるまで染める、白き綾のなつかしきを着たまへる、ことさらめきて艶に見ゆ。（444頁）

と書かれている。これは灌仏会とかかわるのであろうか。

もう一例は宿木巻に、

丁子染の扇のもてならしたまへる移り香などさへたとへん方なくめでたし。（423頁）

とあり、薫は「丁子染」の扇を所持していた。

『浜松中納言物語』では吉野の尼上への贈り物として、

鈍色の御衣に、丁子染の薄物の袿、（巻三229頁）

などが贈られている。これも出家した尼用であった。

これとは別に、『源氏物語』蜻蛉巻には匂宮の夏の衣装について、

丁子に深く染めたる薄物の単衣をこまやかなる直衣に着たまへる、いとこのましげなり。

とあって、必ずしも「丁子染」ではないが、これも数に入れておきたい。「丁子染」は薄様の用例が多いが、それは夏用の衣装だからであろう。

同様に『狭衣物語』巻一には狭衣の衣装について、

　丁子に黒むまでそそきたる御衣一襲、（35頁）

とあって、これも「丁子染」とはないものの、「丁子染」のことと見てよさそうである。

なお『今昔物語集』巻三十に所収されている平中と本院侍従の話（平定文仮借《けさう》本院侍従語第一）を紹介したが、その中にも、

　尿《ゆばり》とて入たる物は丁子を煮て、其の汁を入れたる也けり。（425頁）

と「丁子」が用いられていたし、同話を所収している『宇治拾遺物語』巻三―一八にも、

　見れば、沈、丁子を濃く煎じて入れたり。（141頁）

とあった。「丁子」を煎じたものは香ばしい薫りがしていたことがわかる。

三、「紫香《むらさきかう》」について

その他、『栄花物語』に「紫香」という珍しいものが出ていた（「青香」もある）。これは念仏僧の着ている法衣の描写に用いられているものだが、

薄物の衣どももあるは薄鈍、紫香などしても染めたり。香のかうばしきことかぎりなし。（250頁）

と書かれている。普通には法衣に香を焚き染めていると解釈されているが、「紫香」で香色に染めたとももとれなくはなかろう。香で染めるのであるから、当然薫りもする。

これに関しては、「染」が色を染める意味だけでなく、香を焚き染める意味もあることが原因のようである。たとえば『うつほ物語』蔵開上巻の、

御帳の帷子、壁代などは、よき移しどもに入れ染めたれば、そのおとどのあたりは、よそにてもいと香ばし。（349頁）

は、帷子や壁代などに香を染みこませていたのであろう。

残念なことに、用例がこの一例（孤例）のようなので、これ以上深めることはできないが、「香染」である可能性だけは指摘しておきたい。

ついでに「葡萄《えび》染」を調べてみたところ、『うつほ物語』に五例、『枕草子』に六例、『源氏物語』に十一例、『紫式部日記』に六例と案外多いことがわかった。

まとめ

以上、「香染」と「丁子染」について、用例と辞書の説明を手掛かりに調べた結果を述べて

みたが、なにしろ情報不足なので、これ以上深めることは困難なようである。

注

（1）『源氏物語』にも源氏の衣装について、

大臣は、薄き御直衣、白き御衣の唐めきたるが、紋けざやかに艶々と透きたるを奉りて、

（藤裏葉巻 444頁）

とあった。

第十四章　平安時代以降の「薫物」

一、「香道」の誕生

中国伝来の「香」は、日本で独自の発展を遂げている。最初は仏教の供香だったものが、仏教とはつかず離れずの関係を保ちながら、平安朝の貴族文化の中に入りこんでいった。そして鑑真が製法をもたらしたとされる「煉香」（練香）へと移行する。それが雅な薫物文化の始発である。

ところが鎌倉時代以降、貴族文化の衰退と引き換えに、新たな支配階級である武家の文化の中で、新たに発展している。というのも複数の「香」をまぜた「薫物」から、単体の「香木片」を焚く文化へと変化しているからである。さらに室町時代以降には、芸道としての「香道」が確立した。そこで新たに案出されたのが「組香」であった。要するに、同じ「香」であっても、平安時代と室町時代以降では大きく異なっているのである。

必然的に平安時代の「練香」については、貴族でさえ継承できなくなっており、もはや古典文学の中にその名称をとどめるだけになっている。もちろん『薫集類抄』なども残されてはいるが、そこに記されていることがどこまで平安中期の薫物を忠実に伝えているのかは疑わしい。逆に『源氏物語』を一等資料としているとしたら、それを『源氏物語』の解釈に利用することは危険である。

もっといえば、室町時代や江戸時代の香道の知識で、安易に古典を解釈してはならないということである。そこに埋められない断絶が存するからである。

二、「源氏香」

「源氏香」についてはどの程度ご存じだろうか。これには大きく二つの意味がある。一つは、香道における「組香」の一種というか、主流となっているものである。五種類の香を五袋ずつ計二十五袋準備し、そこから任意に五袋を取り出し、その香を五回焚いてそれぞれの匂いを嗅ぎ分ける遊びである。ただし何の「香」を焚いているのか、その名称を当てるゲームではなく、同じ匂いか違う匂いかを嗅ぎ分けるものである。具体的には五種類とも同じ匂いの場合もあるし、逆に五種類とも異なる場合もある。

なお香道では、「嗅ぐ」といわずに「聞く」といっているようだが、平安時代にこの用法は確認できない。というより、中世の作品では「聞」という漢字を「かぐ」と読んでいる例があるので、両方の読みがあったと考えるべきであろう。逆に本居宣長など、「香」は嗅ぐというのが雅言で、聞くは漢言だとまでいっている（『玉勝間』）のだから、むしろ「聞く」は後から付け加えられた香道用語の可能性が高いようである。

さて五種類の「香」を嗅いだ後、その結果を紙に書き出す。紙に縦棒を右から左に五本引き、右から順に初炉〜五炉とし、違うものはそのまま、同じ匂いだと思ったら横棒でつなぐという単純なものである。みんな違っていれば縦棒五本のままで、みんな同じなら縦棒がすべて一本の横棒で連結されることになる。

数学の順列組合せを使ってこれを計算すると、全部で五十二通りになる。(1) それを『源氏物語』五十四帖にあてはめるわけだから、どうしても二帖分足りない。そこで最初の桐壺巻と最後の夢浮橋巻を除外し、帚木巻から手習巻までにその記号をあてはめることで、優雅な「源氏香」の模様（コード）が誕生した。もちろん参加者は、巻名を諳んじていなくても、巻名の書かれた一覧表か冊子で確認すればいいようである。

ではこの「源氏香」は、一体いつ誰が考案したのだろうか。一説には三条西実隆だといわれ、また後水尾院ともいわれている。近衛政家の『後法興院記』の明応十年（一五〇一年）二月七日条に、「一昨日之源氏香之勝負」とあることを重視すれば、三条西実隆の活躍時期とぴったり合致している。この「源氏香」が同じ内容のものであれば、「香道」の流派に三條西家の御家流があることも首肯できる。

もっとも香道は単独成立ではなく、足利義政が築き上げた東山文化の一環として、複合的に成立したものと考えられている。その流れを汲む武家の志野流も存在する。もちろん「源氏香」は「組香」の一つなので、他に三種香・四種香もあれば、六種香も存する。ただしこういったやり方は、平安時代には一切存在していない。「香道」は作法を重んじる芸道として成立しているのであり、『源氏物語』の「薫物」とは根本的に違っていることを理解していただきたい。というより、源氏でそういった遊びは存在していない。ということで、「香道」から『源氏物語』の読みは深まりそうもないのである。

もう一つ「香道」ではなく、デザインとしての「源氏香之図」がある。帚木巻から手習巻までの「源氏香」の記号が、意匠としてさまざまなところで活用されている。たとえば着物の柄とか工芸品、あるいは浮世絵・源氏かるたなどに描かれている（和菓子もある）。それだけでなく、『源氏物語』の究極のダイジェスト版として、「源氏香之図」と「巻名和歌」が融合され、そこに巻名に因む簡単な絵が添えられたものが、木版で大量に製造販売されている。また「源氏物語かるた」としても利用されている。

もっとも多いのは版本の頭書掲載であろう。全体の分量が少ないので、特に百人一首の絵入版本の頭書には、たいてい「源氏香之図」が掲載されている。その版種は優に五百を超えていると思われる。ただし時代が下ると徐々に取り扱いが雑になり、いつしか桐壺巻・夢浮橋巻にも「源氏香之図」が付けられたりしている。ただしもともと五十二通りしかないのだから、よく見ると必ず他の巻の香図と重複していることがわかる。

要するに「源氏香之図」（源氏模様）はあくまで意匠であり、『源氏物語』とはまったく無縁の記号なのである。仮に紫式部がこれを見ても、そこから『源氏物語』を想起することはあるまい。それに対して江戸時代以降の人々は、この巻名のついた記号によって『源氏物語』を身近に感じていた。これは『源氏物語』からは離れた『源氏物語』を読まない文化史的享受〈もう一つの『源氏物語』〉だといえる。

注

（1）数学的なことは矢野環氏「源氏香(1)有限集合の分割」数学セミナー・平成7年11月、同「源氏香(2)有限集合の分割」平成7年12月に解説されている。

三、「白菊」（一木三銘）

もともと伽羅を主とする「香木」は、東南アジアからの貴重な輸入品だったので、いい「香木」をめぐる奪い合いも生じている。日本で一番有名な「香木」は、正倉院に収められている

「蘭奢待」（漢字の中に「東大寺」が隠されている）であろう。これなど信長を含めて、時の権力者による切り取りが話題になっている。

もう一つ有名な「香木」がある。それは熊本の細川家が現在も所有している「白菊」である。これについては神沢杜口《かんざわとこう》（貞幹）の随筆『翁草』に「一木三銘」として書かれている。それによると、寛永元年（一六二四年）のこと、「香木」を積んだ安南国（ベトナム）の船が長崎に寄港した。それを知った細川三斎（忠興）は、家臣の興津弥五右衛門と横田清兵衛に買い付けを命じた。ところが仙台の伊達政宗も家来を買い付けに遣わしており、両藩が競り合ったことで値段がどんどん吊り上がっていった。

その時、横田は、「香木」が本木と末木に分かれていたので、価値の高い本木を伊達藩に譲って、安い末木を購入しようと提案した。それに対して興津は、本木を手に入れることこそが主命だといって妥協しなかった。そのため言い争いとなり、なんと興津は横田を切り殺してしまったのだ。そして首尾よく本木を手に入れた興津は、三斎に切腹を願い出る。しかし三斎はそれを聞き入れなかった。その後、興津は三斎が亡くなった三回忌に、切腹して殉死したという話である。

さて、三斎は手に入れた「香木」に「初音」という銘を付ける。それは、聞くたびにめづらしければほとときすいつも初音の心地こそすれという和歌に因んで付けられたものであった（「聞く」が掛詞）。この歌は永縁という僧が詠んだ『金葉集』一一三番の歌である（『平家物語』にも出ている）。その二年後の寛永三年、「香木」の一部が後水尾院に献上された。喜んだ院はそれに「白菊」という名を付ける。それは、

たぐひありと誰かはいはん末匂ふ秋よりのちの白菊の花

という和歌に因んだものであった。これは『和歌一字抄』一〇二三番に行宗の歌として出ているものである。

もう一つは伊達家に渡った「香木」であるが、これには「柴舟」という銘が与えられている。これは、

世のわざのうきを身につむ柴舟はたかぬさきよりこがれゆくらん

という和歌（謡曲「兼平」の詞章）に因んだものである（「こがれ」に「漕がれ」と「焦がれ」が掛かっている）。

これが「一木三銘」のいわれである。一つの「香木」に三つの銘が付けられているわけだが、もとは一つでも三つに分けられているのだから、それぞれに銘があってもおかしくはあるまい。同じ「香木」なので、薫りは同じだという人もいるが、同じ「香木」でも場所によって薫りは異なるとする説が有力である。

なお、この「香木」にまつわる逸話（興津の殉死）に注目したのが森鷗外であった。鷗外は

『翁草』をもとにして、歴史小説「興津弥五右衛門の遺書」を書き、大正元年十月の「中央公論」に発表している。そのためこの話が広く流布しているのである。これによると細川家は「初音」所持となっている。それについて、買い付けに加賀の前田藩も来ており、前田藩が本《もと》木《き》（初音）を買い、細川藩が中木（白菊）を、そして伊達藩が末木《うらき》（柴舟）を買ったという説もある。さらに宮中に献上されたものは「藤袴」（蘭）という銘に変更されている。それは、

　藤袴ならぶ匂ひもなかりけり花は千草の色まされども

という和歌から命名されたとされているからである（出典未詳）。ただこれだと銘が四つになるので、「一木四銘」になる。

　その他にも、「初音」は小堀遠州が所持し（院は命名しただけ）、「白菊」を細川家が所持していたとか、伊達藩の「柴舟」は競い合って入手したのではなく、忠利（三斎の子）から譲ってもらったという説もある。決定的な証拠資料がないので、どれが真実なのかわからないが、今も細川家に「白菊」が伝わっていることだけは確かであった。

第四部　事典編

第十五章　薫物用語事典

一、「合せ薫物」

『栄花物語』月の宴巻には、次のような奇妙な歌が出ている。

逢坂もはてはゆききの関もゐずたづねて訪ひこ来なば帰さじ　（28頁）

村上天皇が後宮の女性たちにこの歌を送ったところ、ほとんどの人は歌の真意がわからず、頓珍漢な返事を寄こした。唯一、広幡の御息所（計子）だけが何もいわずに「薫物」を届けてきた。さてこの歌の意味がわかるだろうか。

実は歌の意味は単純で、あなたとの仲を妨げる関守はいないので、どうぞ私を訪ねて来てください。来てくれたら返しませんよというものである。平安時代は通い婚なので、男性が女性の家を訪ねるものだが、後宮だけは別で、女性の方が帝のもとを訪れることもあった。しかしそんなことが問題なのではない。帝の真意は歌の内容ではなく、歌の技法にあったからである。

「折句」という技法をご存じだろうか。『伊勢物語』九段の「かきつばた」を句の頭に詠みこんだ歌は「冠歌」であった。この歌は冠だけでなく末も使って「あはせたきものすこし」と十文字が詠みこまれており、これを「沓冠折句」と称している。

要するに村上天皇は、後宮の女性たちに「合せ薫物を少し下さい」と依頼したのである。しかしながらほとんどの女性は歌の技法がわからなかった。広幡の御息所（源計子）だけはそれを察して「薫物」を送っているのだから、その教養の高さが際立っている。「薫物」は朱雀・村上天皇の時代に急速に発達したとされているので、こんな説話が残っているのだろう。

優雅な「薫物」となると、どうしても『源氏物語』を例にしたくなるが、『源氏物語』に描かれているものが当時の一般例となることはほとんどない。何故なら、当たり前のことは書かれない作品だからである。『源氏物語』はむしろ特殊な例の方が多いと考えるべきである。「香」についてもそういう目で見た方がよさそうだ。

その上で「薫物」という言葉を検索すると、『源氏物語』に十三例見つかった。『源氏物語』は長編なので、たいていの言葉は『源氏物語』が一番用例が多くて、他の作品は『源氏物語』よりずっと少ないものである。ところが「薫物」の場合、『うつほ物語』に二十例、『栄花物語』に十例あることがわかった。特に『うつほ物語』には「合せ薫物」の例がたくさん出ている。

たとえば蔵開上巻には、

大いなる火取によきほどに埋みて、よき沈、合はせ薫物多くくべて、籠覆ひつつ、あまた据ゑわたしたり。（349頁）

と出ている。これを見ると一種類の「沈」だけでなく、いろいろな香を複合した「合はせ薫物」も用いられていることがわかる。しかも、

合はせ薫物を山の形に作りて、（吹上上巻401頁）

合はせ薫物を島の形にし、（吹上上巻413頁）

黒方を鶴の形にて、（菊の宴巻49頁）

同じ火取据ゑて、香の合はせの薫物絶えず焚きて、御帳の隅々に据ゑたり。（蔵開上巻349頁）

大いなる火取によきほどに埋みて、よき沈、合はせ薫物多くくべて、籠覆ひつ。（蔵開上巻349頁）

などとあって、「練香」で洲浜を作っていた（『天徳内裏歌合』にも例がある）。こういった趣向は何故か『源氏物語』には出てこない。これは「沈」の活用とともに『うつほ物語』独自のものといえる。

もう一つ、「練香」の中で「黒方」が気になったので調べてみたところ、『源氏物語』には二回しか使われていないのに、『うつほ物語』には十四例もあることがわかった。どうやら「黒

方」は、六種香の中でも突出して使用頻度が高いようだ。当然、冬以外の使用例もたくさん認められる。こうなると「薫物」のことを考えるためには、『源氏物語』よりも『うつほ物語』の方が資料的価値が高そうに思えてきた。「かうばし」も含めて、こんな大事なことを、今まで見過ごしていたことを反省したい。

二、「移り香《が》」――感染する薫り――

「移り香」について短くまとめてみたい。[1] これは衣装に焚き染められた「香」の匂いが、誰かと接触することで相手の衣装に移る（感染する）という意味である。人と人とが直接接触するので、大抵は男女の交わりということになる。その意味では、官能的なニュアンスも内包している。

「移り香」の初出は『古今集』で、上代の『万葉集』には出ていない。やはり「練香」が普及し、「薫衣香」が一般化した後でないと出てこないのだろう。ただし『古今集』では、紀友則と友人（男同士）の間で交わされている。

蝉の羽に夜の衣はうすけれど移り香こくもにほひぬるかな　（八七六番）

これは男女の仲のように、あなたの貸してくれた夜着の「移り香」が濃かったので、私の衣装にもいい薫りが匂っています、と見立てて遊んでいる（疑似恋愛）。留意すべきは、『古今集』

にもこの一例しかなく、その後もほとんど用いられていないことである。『うつほ物語』にも用いられていない。それが『源氏物語』では突然十五例も使われている。ということで、現在の「移り香」のイメージは、『源氏物語』によって恋物語の小道具として醸成されたといえそうだ。

たとえば若紫巻では、光源氏に抱かれたことで、紫の上の衣装に光源氏の「移り香」が染みていた。また光源氏が斎宮女御と対面した際に座った敷物にも「移り香」が染みており、それを女房たちは、

この御褥《おんしとね》の移り香、言ひ知らぬものかな。（薄雲巻463頁）

と賛美している。これが感染する「移り香」である。続編の主人公である薫の「移り香」は強烈なもので、薫に抱かれた宇治の大君が妹の中の君の寝所に戻ってくると、大君の体からは、

ところせき御移り香のまぎるべくもあらずくゆりかをる。（総角巻241頁）

と、薫の「移り香」が薫ってくる。それによって中の君は、大君が薫に抱かれたことを想像する。

こうしてみると、男性はお目当ての女性に逢いに行く際に、衣装に「香」を焚き染めていたことがわかる。ただし真木柱巻の鬚黒大将など、やっと手に入れた玉鬘に逢うための準備は自分でやっておらず、北の方にやらせていた。

御火取召して、いよいよたきしめさせたてまつりたまふ。　（364頁）

そのため嫉妬に狂った北の方は、その「火取」の灰を鬚黒の頭からかけてしまう。これなどは滑稽な例といえよう。

もちろん女性の衣装にも「香」は焚き染められている。常夏巻の近江の君の場合、

いとあまえたる薫物の香を、かへすがへすたきしめゐたまへり。　（251頁）

とある。ところでこれは褒めているのだろうか、貶《けな》しているのだろうか。決め手は「あまえたる」である。「練香」は粉にした「香」を蜂蜜などで練って丸めたものである。蜂蜜の量が多いと甘くなる。ただしそれは下品な薫りとされており、近江の君は貶されていることになる。

それに対して鈴虫巻で光源氏の用意した「香」は、

荷葉の方を合はせたる名香、蜜をかくしほほろげて焚き匂はしたる、　（374頁）

と、蜜を少なめにした上品なものであった。「ほほろぐ」というのは、ばらばらにすることとされているが、この鈴虫巻だけしか用例のない言葉（造語）なので、確かなことは未詳といわざるをえない。

『源氏物語』の「移り香」は、登場人物の嗅覚能力や調合能力が試されるだけでなく、男女間の悲喜劇の小道具としても機能していたのである。もちろん読者の教養もこっそり試されていた。

〔注〕

（1）同じような言葉に「残り香」があるが、これは平安時代はおろか江戸時代まで使用例が見つからなかった。今のところ明治以降に使われた言葉ということになる。吉海「男性から女性への「移り香」」『源氏物語』「後朝の別れ」を読む』（笠間書院）平成28年12月（本書所収）参照。

三、「追風《おひかぜ》」——紫式部による薫りのみやび化——

薫物のキーワードとして「追風」を短くまとめてみたい。まず「追風」については三段階の意味の変遷があった。原初的な意味として、『古事記』や『日本書紀』などでは、海上の帆船を前へ進める順風のこととして記されている（『万葉集』に用例はない）。帆船には必須の実用的な風の意味だったのだ。

平安時代になっても同様で、『竹取物語』の用例、

船に乗りて、追風吹きて、四百余日になむ、まうで来にし。（33頁）

は、上代と同じく順風の意味で使われていた。『土佐日記』にも、

追風の吹きぬるときは行く船の帆手うちてこそうれしかりけれ（39頁）

と詠じられており、船旅における「追風」の有難さが歌われている。もちろん平安京周辺に海はないが、『源氏物語』須磨巻では光源氏が船で須磨に下向しているので、

御舟に乗りたまひぬ。日長きころなれば、追風さへ添ひて、まだ申の刻ばかりに、かの浦に着きたまひぬ。（186頁）

と用いられている。船で移動する際に「追風」が吹くと、かなり早く目的地に到着することができる。

それに対して『伊勢集』には、

追風のわが宿にだに吹き来ずはゐながら空の花を見ましや（一一二番）

という歌がある。外から家に向って吹いてくる風が、梅の花びらと薫りを運んでくるというのだから、用法が上代とは大きく様変わりしていることになる（誤用ともいえる）。ここで「追風」に、はじめて嗅覚的要素が付加されたのである。また『恵慶法師集』の、

追風のこしげき梅の原行けば妹が袂の移り香ぞする（二一〇番）

もあげられる。『万葉集』でほとんど問題にされていなかった梅の薫りが、平安時代になってようやく重要なモチーフとして歌に詠まれるようになった。ただし、まだ自然の花が主流で、人工的な薫物の「香」は登場していない。

それが『源氏物語』になると、一気に盛り上がっている。たとえば若紫巻に、

君の御追風いとことなれば、内の人々も心づかひすべかめり。（211頁）

とあって、光源氏の衣装に焚き染められた「香」が、光源氏が歩くわずかな空気の動きによっ

て、あたりにいい薫りを漂わせるというみやびなものとして用いられている。これなど『伊勢集』からさらに進化した新しい用法なので、当時の読者も驚いたことだろう。「薫物」が頻出している『うつほ物語』にもこういった用いられ方はしていない。ということで、これは『源氏物語』の特殊表現、あるいは紫式部が「追風」に新たな意味・用法を付与しているといっても過言ではあるまい。

それに敏感に反応したのが『徒然草』だった。四四段に、

　寝殿より御堂の廊にかよふ女房の追風用意など、人目なき山里ともいはず、心づかひしたり。（116頁）

と、「追風用意」という言葉が用いられている。ありきたりの言葉のように思われるかもしれないが、『徒然草』(1)以外に用例が認められないので、これは兼好法師が『源氏物語』から考案した造語だと考えておきたい。来客がある時だけではなく、「人目なき山里」でもそうして用意していることが嗜みとして評価されている。「追風」の効果を知った上で、普段から衣装に「香」を焚き染めていたことが察せられる。これは「空薫物」のことなので、

　夜寒の風にさそはれくる空だきものの匂ひも、身にしむ心地す。（116頁）

とあるのも若紫巻を踏まえて描かれていることがわかる。

『源氏物語』にはこういった嗅覚にかかわる、しかも人工的な「追風」が七例も用いられて

いるので、積極的に嗅覚を物語展開に取り込んでいるといえる。こうして「追風」は、自然の順風から『源氏物語』において人工的なみやびへと変身・昇華していったのである。と同時に、人工的な「香」が文学に描かれるようになった。

〔注〕

（1）『徒然草』は『枕草子』と比較されることが多いが、兼好法師は二条流歌道を修めた人なので、当然『源氏物語』を踏まえた記述もたくさんある。私など『徒然草』を『源氏物語』の注釈書と見ている。吉海「漂う香り「追風」」『『源氏物語』「後朝の別れ」を読む』（笠間書院）平成28年12月（本書所収）参照。

四、「香壺《かうご》」

調合された「練香」は、どんな容器に入れられるのだろうか。乾燥を防ぐため、あるいは熟成させるためには、密閉した容器がふさわしいはずである。

古い例を探すと、『うつほ物語』蔵開上巻に、犬宮の七日の産養の祝いとして、

　合はせ薫物三種、龍脳香、黄金の壺の大きやかなるに入れて一折櫃、（355頁）

とあるし、九夜の産養でも、

　一つには瑠璃の壺四つに合はせ薫物入れて、（391頁）

と壺に薫物を入れて贈られている。どうやら「練香」は黄金や瑠璃の壺に入れられていたようである。

そのことは『源氏物語』行幸巻に、

例の壺どもに、唐の薫物、心ことに薫り深くて奉りたまへり。（313頁）

とあることでもわかる。これは玉鬘の裳着へのお祝いとして届けられたものだが、やはり「薫物」が壺に入れられている。これなら蓋さえすれば密閉容器になりそうだ。

続いて蓬生巻では末摘花が去っていく侍従に、

昔の薫衣香のいとかうばしき一壺具してたまふ。（341頁）

と餞別に「薫衣香」を壺に入れて贈っている。また絵合巻では、冷泉帝へ入内する前斎宮に対して、朱雀院から、

香壺の箱ども世の常ならず、くさぐさの御薫物ども薫衣香またなきさまに、百歩の外を多く過ぎ匂ふまで、心ことにととのへさせたまへり。（369頁）

と豪勢な贈り物が届けられている。「香壺」というのは、まさしく「練香」を入れておく壺のことである。梅枝巻でも、

香壺の御箱どものやう、壺の姿、火取りの心はへも目馴れぬさまに、いまめかしう、様変へさせたまへるに、（405頁）

とある。これは明石姫君の裳着と入内準備のために集められたものである。

同じく梅枝巻にある、

手ふれたまはぬ薫物二壺添へて、御車に奉らせたまふ。（412頁）

は、源氏から蛍兵部卿宮に贈られたものであった。

『栄花物語』つぼみ花巻では、倫子の母一条の尼上（穆子）が孫の禎子内親王との対面に際して、乳母たちに、

御贈物、この年ごろ誰にも知らせたまはで持たせたまへりける香壺の筥一双に、古のえもいはぬ香どもの今は名をだにも聞えぬや、そのをりの薫物などのいみじきどもの数をつくさせたまへり。（43頁）

と壺に入った薫物を贈っている。

「香壺」とはないものの、『このついで』にある、

「東の対の紅梅の下に、埋ませたまひし薫物、今日のつれづれにこころみさせたまへ」とてなむ」とて、えならぬ枝に、白銀の壺二つ付けたまへり。（397頁）

の「白銀の壺」も「香壺」であろう。

ただし注意が必要な例もある。『うつほ物語』国譲中巻では右大臣兼雅から女宮たちに、

女宮たちには、黄金の香壺の箱に、よろづありがたき物どもいれて、（214頁）

と「香壺の箱」が贈られている。ここは「香壺」ではなく「箱」の方が主体になっているので、必ずしも薫物が贈られたわけではなさそうだ。同様のことは『源氏物語』葵巻でも、

香壺の箱を一つさし入れたり。（74頁）

とあって、惟光は源氏に頼まれた三日夜の餅を、「香壺の箱」に入れて差し入れている。「香壺」と「香壺の箱」は区別した方がよさそうだ。

五、「香嚢《かうなう》」

「匂い袋」は好きだろうか。では「匂い袋」は一体いつ頃から用いられているのだろうか。少しばかり「匂い袋」の歴史をたどってみたい。

例によって『日本国語大辞典第二版』を調べてみると、『乳母の草子』（十四世紀成立）の中に、「昔は帯、たんざく、匂ひぶくろ、みづひきをば、やないばこにすへ候」とあって、これが初出とされている。辞書の説明に「掛香《かけがう》」という別称が出ていたので、それも調べてみると、これは『日葡辞書』に掲載されていることがわかった。また類似した「掛袋」の例は、『御湯殿上日記』永禄元年（一五五八年）五月二十四日条に、「かけふくろ御てうかうあり」と用いられていた。これらは室町時代には使われていたことになる。

他に「香袋」も調べてみたところ、こちらは「香嚢《かうなう》」という古い呼び方があった。これは古

くは平安時代から用いられていたようで、藤原道長の日記『御堂関白記』長和元年（一〇一二年）閏十月二十七日条に見える、

金造の五車、口に螺鈿の薫鑪を据え、自余の十五車、簷《ひさし》に香嚢を懸けたり。

とあるのが初出のようである。また『栄花物語』ころものたま巻には、

その御次に関白殿、香嚢持たせたまへり。（71頁）

とある。これは三条院追悼の法華八講の催しである。もう一例、『大鏡』にも、

大宮の一の車の口の眉に、香嚢かけられて、空薫物たかれたりしかば、二条の大路の、つぶと煙満ちたりしさまこそめでたく、今にさばかりの見物またなし。（47頁）

と出ている。これは三条天皇の大嘗会の御禊なので、先の『御堂関白記』と同じ日の記事になる。というか三例とも道長にかかわる記事であった。

ここに見える「大宮」は彰子のことで、彰子の出車の先頭の庇に「香嚢」が吊るされ、それで「空薫物」をくゆらせていた。ただし「香嚢」というのは今と違って袋ではなく、銀などの金属で毬型を作り、その中で香を焚いて牛車などに吊るすものだった。なお『大鏡』では先頭の牛車だけ吊るしていたように読めるが、『御堂関白記』では「十五車」とあって、十五台の車に「香嚢」が吊るされていたことになる。それだけでなく、金造の車五台には「薫鑪」が据えられていたとある。「薫鑪」の用例は他に見当たらないが、おそらく香炉のようなものだろ

うから、これも五台の車で空薫物が焚かれていたことになる。合わせると二十台もの牛車で惜しげもなく香が焚かれていたのだから、「つぶと煙満ち」という状態になってもおかしくない。

これはかなりやりすぎの感がある。ということは日常的にそうだったというのではなく、この時は例外中の例外だったのではないだろうか。その証拠に、これ以外に「薫鑪」の用例も「香嚢」の用例も一切見られない。

平安時代は「練香」とばかり思っていたが、いわゆる「匂袋」のようなものもあるにはあったことがわかった。ただし「香嚢」は金属製の球体ということで、むしろ五月五日の「薬玉」に近いものだった。

では布製の「匂袋」はないのかと思って調べてみたところ、『日本国語大辞典第二版』には二番目の意味として、「金襴で作った香を入れる袋」とあった。また「中に薫衣香を入れて用いた」ともあるので、これなら今の匂袋に近い。ただし古い用例は一切掲載されていなかった。どうやら「匂袋」という名称は使われていなかったようだが、さらに古く正倉院に収蔵されていることまでわかった。

ただしそれは決して薫りを楽しむ類のものではなく、邪気払いとか衣装や書物などを虫食いから守るためのものだった。というのも、香の材料である白檀や丁子には高い防虫効果があるからである。今の防虫香あるいは樟脳やナフタリンのようなものだったのだろう。それがいつしかいい薫りを楽しむためのものに変化していったのである。

六、「かうばし」（かんばし・かぐはし）

「栴檀《せんだん》は二葉より芳し」ということわざがある。この「かんばし」は「かうばし」が撥音便化したものである。漢字では「香ばし」「芳ばし」「馥ばし」の字を当てている。さらにその出発点は「かぐはし」だとされている。たとえば『万葉集』に、

・ほととぎす来鳴く五月に咲きにほふ花橘のかぐはしき　（四一六九番）
・梅の花香をかぐはしみ遠けども心もしのに君をしぞ思ふ　（四五〇〇番）

など、芳香のある橘と梅の花が「かぐはし」で形容されていた。
　ところが神楽歌に、

　榊葉の香をかぐはしみとめ来れば八十氏人ぞまどゐせりける　（『拾遺集』五七七番）

とあって、「榊」も「かぐはし」とされている。しかしながら「榊」（真榊）にはほとんど薫りがない。そのためこの「榊」は「梻《しきみ》」（樒）のことかとされている。いずれにしても上代の「かぐはし」の用例はすべて植物の薫りであって、加工された「薫物」の例はなかった。

　平安時代になると「かぐはし」が減少し、代わってそれがウ音便化した「かうばし」が浮上する中で、「薫物」の用例がたくさん出てくる。もちろん「かぐはし」にしても『うつほ物語』

国譲中巻に、

蓬莱の山の下の亀の腹には、香ぐはしき裛衣《えひ》を入れたり。（156頁）

などとある。この「裛衣」は「裛衣香《えひこう》」（原料は梅檀か）という「香」である（「衣被香」とも書く）。それと並行して蔵開下巻には俊陰の娘のことが、

北の方、御かたち、様体、照り輝きて見ゆ。香の香ばしきことはさらにもいはず、（592頁）

と評価されている。同様に『大和物語』九一段に、

色などもいときよらなる扇の、香などもいとかうばしうておこせたり。（314頁）

とあるのをはじめとして、『枕草子』二七段「心ときめきするもの」にも、

よき薫物たきて、一人臥したる。〈中略〉香ばしうしみたる衣など着たる。（69頁）

と「かうばし」の例が見られる。

その他、『高光集』には、

忠清の衛門守御せちに奉り給ふに、薫物かうばしく合はすとて空薫物の料少しと多武峰に乞ひ給ふに、橘のなりたる枝に実を取りうてていれて奉るとて、

末の世になりもてゆけば橘の昔の香には似るべくもあらず（三九番）

とあって、「薫物」の評価として「かうばし」が定着していることが察せられる。

『源氏物語』など、「かうばし」の用例がなんと二十六例も用いられている。しかも、

・昔の薫衣香《くのえかう》のいとかうばしき一壺具してたまふ。（蓬生巻341頁）

・名香のいとかうばしく匂ひて、樒《しきみ》のいとはなやかに薫れるけはひも、（総角巻236頁）

などと香の「かうばし」さについても述べられている。蓬生巻の例は『無名草子』にも、

不断香の煙、けぶたきまえ燻り満ちて、名香の香などかうばし。（176頁）

と引用されていた。

また衣装に焚き染められた香について、

・表着《うはぎ》には黒貂《ふるき》の皮衣《かはぎぬ》、いときよらにかうばしきを着たまへり。（末摘花巻156頁）

・いと若ううつくしげなる女の、白き綾の衣一襲、紅の袴ぞ着たる、香はいみじうかうばしくて、あてなるけはひ限りなし。（手習巻286頁）

などの例もある（和紙の用例もある）。

中でも登場人物に付与された薫りとして、薫の「かうばし」さは、

香のかうばしさぞ、この世の匂ひならず、あやしきまで、うちふるまひたまへるあたり、遠く隔たるほどの追風も、まことに百歩の外も薫りぬべき心地しける。（匂宮巻27頁）

とあって、人工的に調合した「香」ではなく、生まれながらに自らの体臭（人香）が芳香を放っている。そういった薫の芳香に対抗心を燃やす匂宮にしても、

・袿《うちき》姿なる男の、いとかうばしくて添ひ臥したまへるを、（東屋巻63頁）
・夜深き露にしめりたる御香のかうばしさなど、たとへむ方なし。（浮舟巻192頁）

と、「かうばし」で形容されている。続編は〈嗅覚の物語〉ともいえそうだ。

光源氏にしても、闇に紛れて空蟬の寝所に忍び込むが、

かかるけはひのいとかうばしくうち匂ふに、（空蟬巻124頁）

と、その「かうばし」い薫りで空蟬に気づかれ、逃げられてしまった。息子の夕霧にしても、落葉宮への懸想を見咎めた律師は、

いとかうばしき香の満ちて頭痛きまでありつれば、げにさなりけりと思ひあはせはべりぬる。常にいとかうばしうものしたまふ君なり。（夕霧巻417頁）

と語っている。ただし夕霧についてはほとんど薫りに言及されていなかったので、ここには律師の思い込みや誇張も含まれているようだ。「頭痛きまで」というのは滑稽でさえある。こうしてみると光源氏の一族（男性）には、特徴的に「かうばし」が付与されているといえそうだ。

もちろん「かうばし」は「薫物」だけに用いられるわけではないが、『源氏物語』では「かうばしき香」「香のかうばしき」に用例が集中しており、〈「薫物」の美意識〉として特化されているといえる。[1]「かうばし」も薫物用語といってよさそうだ。

【注】

（1）吉海「「かうばし」考」『「垣間見」る源氏物語』（笠間書院）平成20年7月（本書所収）、松井健児氏「よい匂いのする情景―『源氏物語』の花の庭・樹木の香り―」文学5―5・平成16年9月参照。

七、「薫衣香《くのえかう》」（衣香）

「薫衣香」はその漢字から類推されるように、衣装に香を焚き染めることであり、その香そのもののことを意味する。「くぬえかう」あるいは「くのえかう」「くんえかう」というが、略して「いかう」とも称する。用例は一例しか見当たらないが、鈴虫巻に、

名香には唐の百歩の衣香を焚きたまへり。（373頁）

と「百歩の衣香」と出ている。これは「百歩香」は「薫衣香」の一種ということであろう。『日本国語大辞典第二版』には、

甲香、丁子香、沈香、麝香、白檀、その他をまぜて作った練香。

とその材料が記してあった。

「薫衣香」の用例を調べてみると、『うつほ物語』に三例、『源氏物語』に四例、『栄花物語』に一例と少ない。初出は『うつほ物語』吹上上巻で、種松の引き出物の中に、

沈の檜破子一掛、合はせ薫物、沈を、同じやうに沈の男に引かせ、丁子の薫衣香、麝香な

どを、破子の籠ごとには入れ、薬、香などを飯などのさまにて入れて、沈の男に担はせたり。（413頁）

と趣向を凝らした作り物として出ている。

次に蔵開中巻には、

今日の移しは、麝香、薫物、薫衣香、ものごとにし変へたり。（474頁）

とあって、仲忠は種類の異なる香を衣一枚ずつ別々に焚き染めている。「移し」とは「移しの香」のことで、「移り香」のようなものである。

国譲中巻の例は、藤壺腹の第三皇子の産養の品として、

右大将、大いなる海形をして、蓬萊の山の下の亀の腹には、香ぐはしき裛衣を入れたり。山には、黒方、侍従、薫衣香、合はせ薫き物どもを土にて、小鳥、玉の枝並みたちたり。（156頁）

と豪華な洲浜が作られている。「裛衣」は「薫衣香」の別称ともされているが、材料（成分）が異なっているようなので、ここでは別物としておきたい。

『源氏物語』蓬生巻では末摘花が去っていく侍従に形見として、自身の長い髪で作った鬘にそえて、

昔の薫衣香のいとかうばしき一壺具してたまふ。（341頁）

と薫衣香の壺を与えている。絵合巻では朱雀院が前斎宮に贈ったものの中に、

香壺の箱ども世の常ならず、くさぐさの御薫物ども薫衣香またなきさまに、百歩の外を多く過ぎ匂ふまで、心ことにととのへさせたまへり。（369頁）

とある。梅枝巻には、

冬の御方にも、時々によれる匂ひの定まれるに、消たれんもあいなしと思して、薫衣香の方のすぐれたるは、前の朱雀院のをうつさせたまひて、公忠朝臣の、ことに選び仕うまつれりし百歩の方など思ひえて、世に似ずなまめかしさをとり集めたる、心おきてすぐれたりと、いづれも無徳ならず定めたまふを、（409頁）

と明石の君が調合した「薫衣香」が出ている。

こうして見てみると、「薫衣香」は他の薫物と区別されていることがわかる。逆に「百歩香」とはしばしば重なって描かれている。

『栄花物語』はつはな巻では頼通と隆姫の婚儀の記事の中に、

今の世に見え聞ゆる香にはあらで、げにこれをや古の薫衣香などいひて、世にめでたきものに言ひけんは、この薫にやとまで、押しかへしめづらしう思さる。（436頁）

と「古の薫衣香」が出ている。これは蓬生巻で末摘花が与えた「昔の薫衣香」と同じであろうか。

八、「黒方」――平中と本院侍従の話――

平中こと平　定文《たいらのさだふみ》は、在原業平に並ぶ好き者で、『平中物語』という歌物語の主人公としてよく知られている。業平との違いは、和歌の数が少ないこと、そして好色な失敗譚が多いことだろうか。ただしここに紹介する『今昔物語集』巻三十第一は、『平中物語』にはない話なので、後人が増補したものだと思われる。

平中は本院大臣（藤原時平）の邸に仕えていた侍従(1)という若くて聡明な女房に懸想した。しかし侍従はなかなか平中に靡《なび》かない。恋文を出しても返事もくれない。せめて手紙を「見た」とだけでも返事してほしいと懇願したところ、侍従から「見た」とだけある返事が届けられた。しかもそれは自筆ではなく、平中の手紙にあった「見つ」を切り取って張り付けたものだった。

ある大雨の暗い夜、こんな日に訪ねていけば心を動かされるに違いないと思ってやってきたところ、仕事が済むまでしばらく待ってとのこと。喜んで待っていると、中から戸の掛け金がはずされた。中に入ると寝床が敷いてあって、女性が横になっている。喜んで近づいたところ、女性は障子の掛け金を掛け忘れたので掛けてくるといって出ていった。すぐ戻るだろうと思って待っていたが、女は戻ってこない。妙だと思って障子のところへ行ってみると、障子は向こう側から掛け金が掛けられていた。平中は侍従に騙《だま》されたのだ。

さすがの平中も侍従への懸想をあきらめ、むしろ侍従のことを嫌いになるためにはどうすればいいかを考えた。そこで奇妙なことを思いついた。たとえどんな美女でも、排泄物を見れば恋も冷めるに違いない。これはスカトロジーと称されている。早速、お丸の世話をする女童から箱を奪い取り、中をのぞいてみたところ、なんともいい薫りがするではないか。

恐々《おづおづ》筥《はこ》の蓋を開《あけ》たれば丁子の香極《いみじ》く早う聞《かが》え、（巻三十第一 424頁）

なんとそれは丁子で作った小水に似せた液体であった。さらに中には親指ほどの大きさのものが三つ入っていた。変だと思ったので、

香の艶《えもいは》ず馥《かうば》しければ、木の端の有るを取て中を突差して、鼻に宛て聞げば艶ず馥しき黒方の香にて有り。（巻三十第一 424頁）

と木の枝に刺して匂いを嗅いでみると、「黒方」の薫りがする。そこで液体を舐《な》めてみたところ、それは「丁子」の煮汁だった。枝に刺したものは「香」に山芋と甘葛《あまづら》をまぜてこしらえた「練香」だった。すべては侍従が平中の行動を見通して前もって用意しておいたのだ。まさかこんなところに「黒方」が使われるなんて、思いもよらなかった。

この一件によって、平中は侍従を思いきるどころか、ますます恋焦がれてしまった。そのため平中は病の床につき、悩み続けた挙句に亡くなってしまう。増補された説話とはいえ見事なできである。なおこの話は、芥川龍之介も見過ごさず、『好色』という短編に仕立てている。

芥川だけではない、谷崎潤一郎も『少将滋幹の母』のみならず、『乱菊物語』・『墨塗平中』にもこの平中説話を取り入れている。それほどインパクトのある話だった。

〔注〕

（1）あるいは「侍従」という女房名から「薫物」が連想されているのかもしれない。

〔追記〕

歴史上の本院侍従は歌人として知られており、藤原兼通とのやりとりを記した『本院侍従集』という歌集を残している。ただし平中の本院侍従とは時代がずれており、別人とされている。

九、「このついで」

『堤中納言物語』中の短編『このついで』は、土中に「練香」を埋める例として提示したことがある。それだけではもったいないので、ここであらためて検討しておきたい。

まず『このついで』の冒頭部分をあげておこう。

春のものとて、ながめさせたまふ昼つかた、台盤所なる人々、「宰相中将こそ、参りたまふなれ。例の御にほひ、いとしるく」など言ふほどに、つい居たまひて、「昨夜より、殿に候ひしほどに、やがて御使になむ。「東の対の紅梅の下に、埋ませたまひし薫物、今日のつれづれにこころみさせたまへ」とてなむ」とて、えならぬ枝に、白銀の壺二つ付けたまへり。

中納言の君の、御帳のうちに参らせたまひて、御火取あまたして、若き人々やがてここ
ろみさせたまひて、少しさしのぞかせたまひて、御帳のそばの御座にかたはら臥せさせた
まへり。　（397頁）

宰相中将が父の邸から紅梅の下に埋めていた「薫物」を掘り起こして持参し、それを妹の中宮に差し入れ、徒然を慰めるために「薫物」を焚いて試みてもらう。ここに登場する宰相中将は、「例の御にほひ、いとしるく」とあることから、常日頃衣装に「薫物」を焚き染めていることがわかる（薫的主人公）。そこから類推すると、「薫物」にも詳しいのであろう。

今日は父のいいつけで、埋めていた「薫物」を掘り出し、白金の壺二つに入れ、紅梅の枝につけて持参している。「こころみさせたまへ」とは、「薫物」を焚いて薫りを嗅ぎ比べるということである。早速たくさんの火取りが用意され、香が焚かれているので、中宮の部屋はいい薫りに包まれていることだろう。

それがきっかけとなり、宰相中将は「薫物」を焚くための「火取り」からの連想で、しんみりとした体験談を語りはじめる（巡物語）。それはかわいらしい子供まで儲けた愛人の話であった。男が子供を連れて帰ろうとすると、女は、

こだにかくあくがれ出でば薫物のひとりやいとど思ひこがれむ　（399頁）

と詠じ、それを聞いた男は帰らずにそのまま女のところに泊まったという話（歌徳説話）である。この歌には「こ」に「子」と「籠」が掛かり、「ひとり」に「火取り」と「独り」が掛かり、「思ひ」に「火」が掛かり、「こがれ」に香の「焦がれる」と「思いこがれる」が掛かっており、掛詞オンパレードの歌であった。もちろんそれは同時に「薫物」の縁語としても機能している。

ここでは女の前に「火取り」が置かれていることから、この歌が詠まれたことになっている。「火取り」から見事に話が展開しているわけである。しかしながらこの後に語られる二話には「火取り」も「薫物」も一切登場していない。もし「薫物」の連想で全話が貫かれていれば、もっと貴重な「薫物」の資料になったことであろう。

十、「衣の匂ひ」

衣服に焚き染めるための香を「薫衣香《くのえかう》」と称しているが、肝心の用例はさほど多くはない。調べてみたところ、

『うつほ物語』　吹上上巻　丁子の薫衣香、麝香などを、（413頁）
　　　　　　　　蔵開中巻　麝香、薫物、薫衣香、（474頁）
　　　　　　　　国譲中巻　山には、黒方、侍従、薫衣香、合はせ薫き物ども（156頁）

『源氏物語』　蓬生巻　昔の薫衣香のいとかうばしき、（341頁）
　　　　　　　絵合巻　くさぐさの御薫物ども薫衣香またなきさまに、（369頁）
　　　　　　　梅枝巻　薫衣香の方のすぐれたる、（409頁）
『栄花物語』　はつはな巻　古の薫衣香などいひて、（436頁）

の七例しか見つからなかった。

一たび衣服に「薫物」が焚き染められると、今度はその衣服に接触した別の衣服に匂いが移ることになる。これが「移り香」である。ただし薫の場合は、単なる衣服の「薫物」だけでなく、自らの身体から発する芳香も加味されるので、一般例にするのはためらわれる。

その薫が脱いだ狩衣をもらった宇治八宮の宿直人《とのゐびと》がそれを着用すると、

かの脱ぎ棄ての艶にいみじき狩の御衣ども、えならぬ白き綾の御衣のなよなよといひ知らず匂へるをうつし着て、身を、はた、えかへぬものなれば、似つかはしからぬ袖の香を人ごとに咎《とが》められ、（152頁）

と、不似合な匂いがかえって滑稽なものになっている。ここに「うつし着て」とあるが、これは非常に珍しい複合動詞のようである。(1) たとえ目上の者から褒美として衣服をもらっても、それをそのまま着用することはなかったのだろう。

それはさておき、「衣の匂ひ」という用例も多少は拾える。『源氏物語』須磨巻には、源氏が

脱ぎ置いた衣装から紫の上は、

脱ぎ捨てたまへる御衣の匂ひなどにつけても、（190頁）

と源氏の残り香を知覚している。明石巻でも、形見に贈られた源氏の衣装について明石の君は、

えならぬ御衣に匂ひの移りたるを、いかが人の心にもしめざらむ。（269頁）

と源氏の匂いを嗅ぎ取っている。「えならぬ御衣」は、香を焚き染めるのにふさわしいもののようで、いくつか用例が拾える。

源氏の衣装が匂うことは、すでに夕顔巻において、

おし拭ひたまへる袖の匂ひも、いとところせきまで薫り満ちたるに、（139頁）

と記されていた。また女三の宮のところから帰る際にも、

なごりまでとまれる御匂ひ、（若菜上巻69頁）

とあって、源氏の衣服からの匂いは繰り返し語られている。

『狭衣物語』では狭衣が帳台に忍び込むと、女二の宮の姿はそこになく、残された衣服から、

御衾《おんふすま》押しやられ、残りたる御衣の匂ひばかりは変はらで、（巻二236頁）

と、女二の宮の残り香が匂っていた。飛鳥井の女君は、狭衣の乳母子道成が所持していた扇の匂いを嗅ぎ、

移り香のなつかしさは、ただ袖うちかはしたまひたりし匂ひに変らず、（140頁）

と、狭衣と共寝した時の匂いと同じであることを嗅ぎ取っていた。
『栄花物語』はつはな巻には、東宮（三条帝）が妍子のところに渡るに際して、
　はかなう奉りたる御衣の匂ひ、薫なども宣耀殿よりめでたうしたてて奉らせたまひけり。（446頁）
と宣耀殿が用意した衣装を着ていた。またおむがく巻では、後宴の引き出物として、
　奉りたる御衣どもみな取り出でさせたまひつつ、疎くおはするにも睦まじきにも、みな奉らせたまふ。色、匂、香なべてのにあらず。（294頁）
と、「薫物」を染みこませた衣装が大盤振る舞いされている。
その他『今昔物語集』巻二十四第三十一では、藤原伊衡《これひら》が伊勢御息所を訪ねており、
　居たりつる茵《しとね》に移り香媚《こび》なば、取去《の》け疎《う》し。（326頁）
と敷いていた茵に伊衡の「移り香」が染みており、片づけるのに忍びないとある。
ところで衣服に残る匂いは、その人の匂いと受け取っていいのだろうか、それとも現実的にはその人が焚き染めた「薫物」の匂いとすべきであろうか。もちろん各自特有の「練香」を調合しているのであれば、それを二つに分ける必要はあるまい。

〔注〕
（1）匂宮は薫の芳香に対抗して、「わざとよろづのすぐれたるうつしをしめたまひ」（匂宮巻27頁）

と調合に励んでいる。ここにある「うつし」を薫の芳香を移し取ると解釈すれば、匂宮は薫の薫りを再現できることになる。果たして二人の薫りは同じなのか、それとも明らかに相違するものなのだろうか。

なお「うつし」については、『うつほ物語』蔵開上巻の、

御帳の帷子、壁代などは、よき移しどもに入れ染めたれば、そのおとどのあたりは、よそにてもいと香ばし。（349頁）

や、蔵開中巻の、

今日の移しは、麝香、薫物、薫衣香、ものごとにし変へたり。（474頁）

があり、『狭衣物語』にも、

しきみの香の香、華やかなるに、さまざまの移しの香どもも、もてはやされて、あはれになつかしきにも、（巻四222頁）

とあるのが参考になる。「うつし」は「移しの香」のことで、「薫物」の香を衣装などに移すことによって「移り香」となる。

十一、「麝香《じゃこう》」

「薫物」の中には、香木とは異質なものが含まれている。それが「麝香《じゃこう》」であり「甲香《こうこう》」(1)である。「甲香」は「貝香」ともいうように、アカニシという貝の蓋《ふた》を粉末にしたものである。

「麝香」は発情期のオスの麝香鹿の香嚢に溜まる分泌物を乾燥させたものである。西洋でもムスクと称して薬用・香料あるいは惚《ほ》れ薬として古くから用いられている。

日本でも「練香」の材料の一つとして珍重されてきた。その用例は『うつほ物語』に十一例、『落窪物語』に一例、『更級日記』に一例、『とはずがたり』に二例、『今昔物語集』に二例、『梁塵秘抄』に一例認められる。この中では『うつほ物語』の用例数が他を圧倒している（ただし蔵開中巻の「麝香煎」は除外）。逆に『源氏物語』にはまったく用いられていない。

『うつほ物語』を見ると、まず嵯峨の院巻には、仲頼の紹介で、

異人のめでたき装束し、沈、麝香に染めて、しつらひめでたくてあるをば、（357頁）

と、女性の立派な衣装と、それに沈や「麝香」を焚き染めているとある。次に吹上上巻には、種松の豪勢な贈物として、

合はせ薫物、沈を、同じやうに沈の男に引かせ、丁子の薫衣香、麝香などを、破子の籠ごとには入れ、薬、香などを飯などのさまにて入れて、沈の男に担はせたり。（413頁）

などと記されている。また菊の宴巻では大后の御賀に準備された調度の中に、

設けられたる物、御厨子六具、沈、麝香、白檀、蘇枋。香の唐櫃など、覆ひ、織物、錦、御箱、薫物、薬、硯の具、（44頁）

と「麝香」も添えられていた。内侍のかみ巻では尚侍への贈物として、

いろいろの香は色を尽くして、麝香、沈、丁子、麝香も沈も唐人の度ごとに選り置かせたまへる、（275頁）

と香が列記されている。蔵開上巻には、犬宮の産養の祝いとして、

女御、麝香ども多くくじり集めさせたまひて、裛衣、丁子、鉄臼に入れて搗かせたまふ。（349頁）

と豪勢な香が集められている。同じく蔵開上巻には、女一の宮からの引き出物として、

一つには瑠璃の壺四つに合はせ薫物入れて、今一つには、黄金の壺に薬ども入れて、麝香一つに一つ入る黄金の壺、（391頁）

と記されている。

続く蔵開中巻には、

今日の移しは、麝香、薫物、薫衣香、ものごとにし変へたり。（474頁）

とある。「移し」とは「移しの香」で、焚き染めて「移り香」を衣服に移すための香であろう。国譲中巻にはあて宮の産養の祝いとしての洲浜の鶴について触れられており、

それには、麝香、よろづのありがたき薬、一腹づつ入れたり。（156頁）

と豪華に作られている。同じくあて宮の産養の祝いとして贈られた洲浜が、

白き鶴はと見たまへば、麝香の臍半らほどばかり入れたり。取う出でて香を試みたまへば、

いとなつかしう香ばしきものの、例に似ず。（160頁）

と、「麝香」の香を「なつかしう香ばし」としている。

以上のように、『うつほ物語』の「麝香」は、高価な贈答品として登場しており、そのため類型的な描写になっている。

これに対して『落窪物語』は特殊であり、糞まみれになって通ってきた道頼について、

御志を思さむ人は、麝香の香にも嗅ぎなしたてまつりたまひてむ。（63頁）

と比喩的に用いられている。『更級日記』の例も特殊で、

「中堂より麝香賜はりぬ。とくかしこへつげよ」（340頁）

という夢を見ている。

以上、「麝香」は舶来の高価な品なので、贈答品として描かれることが多かった。ただし『うつほ物語』以外の用例が少ないことには留意しておきたい。

〔注〕

（1）「甲香」に関しては、『本草和名』に「和名あきのふた」とあり、また『徒然草』に「へなだり」という別称が記されている。ただし平安朝文学には用例が認められないようなので、これ以上の考察はできない。

十二、「梅檀《せんだん》は二葉より芳し」

「梅檀は二葉より芳し」という諺は知っているであろう。「梅檀」は発芽の頃から香気を放つように、大成する人は幼少の時からすぐれているというたとえである。この諺について、国語の問題としてよく出されるのは、「より」という助詞の用法である。

さてこの「より」は一体どういう意味だろうか。大きくは二つに分けられる。まずは比較で、「梅檀」と「二葉」を比較して、「梅檀」の方が「二葉」よりも芳しいということになる。英語の「than」である。もう一つは英語の「from」に相当するもので、「梅檀」は発芽したての「二葉」の頃から芳しいという意味になる。

もちろん後者、つまり「from」の方が正解である。間違える人はいないかと思う。これで終わればコラムの題材になりそうもない。しかしこの諺にはもっとゆゆしい問題が潜んでいる。その前に、この諺の出典というか初出が何かご存じだろうか。たとえば『撰集抄』（一二五〇年頃成立）という説話集の巻九第九実房御事に、

梅檀は二葉よりにほひ（薫し）、梅花はつぼめるに香あり　（岩波文庫300頁）

とある。漢詩のような対句表現になっている。ここでは梅も蕾の頃からいい薫りがするとされている。

これより少し前の『平家物語』巻一「殿下乗合」で、若い資盛（重盛の次男）が摂政基房と行き会った際、馬から下りなかった。無礼だというので馬から引きずりおろされたことを祖父の清盛に泣きついたところ、清盛は怒って基房一行に狼藉を働いた。

それを知った小松殿（重盛）が、

凡そは資盛奇怪なり。梅檀は二葉よりかうばしとこそ見えたれ。既に十二三にならんずる者が、今は礼儀を存知してこそふるまふべきに、か様に尾籠を現じて入道の悪名をたつ。不孝のいたり、汝独りにあり。（66頁）

と資盛を叱咤しているところに「梅檀は二葉よりかうばし」が引用されている。ただしこれは、資盛が梅檀ではないというたとえとして用いられている。

次に『太平記』巻十六「楠正成が首故郷へ送らるる事」には、

母、涙を押へ、正行に申しけるは、「梅檀は二葉より百囲に馥《かんばし》し」といへり。汝幼くとも正成の子ならば、これ程の理に迷ふべきか。小心にもよくよく事のさまを思ふべし。（329頁）

と母が子の正行を諭している中に引用されている。また謡曲『蟬丸』にも、姉の逆髪と弟の蟬丸が巡り合ったところに、

それ梅檀は二葉より香ばしといへり。ましてや一樹の宿りとして、風橘の香を尋《と》めて、花

の連なる枝とかや。（101頁）

と謡われている。

ということで、諺の初出は『平家物語』になりそうだ。まだこれで終わりではない。一番大事な問題が残っている。それは何かというと、これまでに何人もの植物学者が、「梅檀」の「二葉」は匂わないと発言していることである。私も「梅檀」の葉を嗅いでみたが、まったくいい薫りはしなかった。匂わないのに諺が定着しているのだから、誤解の連鎖を止めるすべもない。

どうしてそんなことになったのかというと、一つには「梅檀」そのものに問題があった。たとえば『日本国語大辞典第二版』には「植物「びゃくだん（白檀）」の異名」とあって、「梅檀」は「白檀」のこととされている。「白檀」は香の原料の一つなので、薫りがあって当然である。しかしこの説明は誤りを含んでいるようで、「梅檀」と「白檀」は別物とすべきである。加えて、たとえ「白檀」であっても、その「二葉」に薫りはないとのことである。困ってしまった。

そもそも香の原料は日本には自生していない。すべて温暖なインド・東南アジアから輸入していた。それだけ貴重なものだったのである。それは「白檀」だけでなく「梅檀」も同様である。「梅檀」にしても、インドの「梅檀」（白檀）と日本に植わっている「梅檀」では種類が違っている。

日本の「梅檀」は、古くは「楝あふち」のことだとされている。「あふち」なら『万葉集』で山上憶良が、

妹が見しあふちの花は散りぬべし我が泣く涙いまだ干なくに　（七九八番）

と詠じている。他に三首詠まれているが、薫りについては触れられていない。また『枕草子』三五段「木の花は」にも、

木のさまにくげなれど、楝の花、いとをかし。かれがれにさまことに咲きて、かならず五月五日にあふもをかし。　（87頁）

とあって、五月に咲く花とされている。ここでも薫りについては言及されていない。いかがだろうか、インドの「梅檀」と日本の「梅檀」が違っていること（同名異物）、おわかりいただけただろうか。それが根底にあるからこそ、インドの「梅檀」を想定してはじめて「梅檀は二葉より芳し」が成り立つわけである。決して身近な日本の「梅檀」と混同してはいけない。それでも二葉が匂わないことの説明はつきそうもない。

十三、「空薫物《そらだきもの》」

『徒然草』四四段に「空薫物」のことが出ていたが、これは『うつほ物語』国譲中巻に、

例の空薫物などして参りたまふ。　（184頁）

とあるのが初出とされている（上代に用例は認められない）。その意味を『日本国語大辞典第二版』で調べてみると、

来客のときなどに、どこからともなく匂ってくるようにたく香。

と解説してある。ここは忠こそを招いた仲忠が、「空薫物」をして接待しているところである。『枕草子』四三段「にげなきもの」にも、「空薫物にしみたる几帳」（101頁）と出ている。常日頃「香」を焚いていると、近くの調度品にも「香」の薫りが染みつくのである。

『源氏物語』若紫巻にも、

そらだきもの心にくくかをり出で、名香の香など匂ひ満ちたるに、（211頁）

とあった。また蛍巻にも同様に、

いといたう心して、そらだきもの心にくきほどに匂はして、（198頁）

と、源氏が玉鬘の部屋の「空薫物」を演出している。注目したいのは、蛍巻にも若紫巻同様、「心にくき」とあることだ。『枕草子』一九〇段「心にくきもの」にも、「薫物の香、いと心にくし」（332頁）とあるように、「心にくし」は、「空薫物」「薫物」とも深くかかわる薫物用語ということになる。ただしどんな薫りなのかは述べられていない。

「空薫物」の例は『栄花物語』にも認められる。かがやく藤壺巻では一条天皇が彰子のいる藤壺へいらっしゃったところ、

この御方の匂ひは、ただ今あるそら薫物ならねば、もしは何くれの香の香にこそあんなれ、なんともかかえず、何ともなくしみ薫らせ、渡らせたまひての御移り香は他御方々に似ず思されけり。（305頁）

と「空薫物」が匂っており、その薫りが帝の衣装に「移り香」として染みているとある。わざわざ「薫衣香」を使わなくても、「空薫物」でも十分衣装に「香」を焚き染めることができたようだ（やや過剰か）。

「心にく」い「空薫物」の例は『今昔物語集』巻二十第十にも、

虚薫にや有らむ、糸馥く匂はせたり。田舎などにも此く有るを心悪《こころにく》く思ひて、吉く臨《のぞ》けば、年二十余許の女、頭つき姿細やかにて、額つき吉《よ》く、有様此は弊《つたな》しと見ゆる所無し、微妙《めでた》くて臥してあり。（57頁）

と出ている。ただしここでは「虚薫」（空薫）だけで「空薫物」の意味になっている。それと同話が『宇治拾遺物語』巻九―一に、

空薫物するやらんと、香ばしき香しけり。いよいよ心にくく覚えてよく覗きて見れば、年廿七八ばかりなる女一人ありけり。（272頁）

と見えている。また『今昔物語集』巻二十四第三十一では、伊衡《これひら》が伊勢御息所を訪ねると、

内より空薫物の香、氷《ひ》ややかに馥《かうば》しく、ほのぼの匂ひいづ。（324頁）

と、「空薫物」の香が漂っていた。

一方、『源氏物語』花宴巻には、

　　そらだきものいとけぶたうくゆりて、衣の音などいとはなやかにふるまひなして、心にくく奥まりたるけはひは立ちおくれ、（365頁）

とあって、過剰にくゆらせている右大臣家の「空薫物」は、かえって無風流に思われている。そのため「心にくく」ないと否定されている。「心にくい」かどうかが規準のようである。それは女三の宮も同様で、出家した女三の宮の持仏開眼供養の折、

　　火取りどももあまたして、けぶたきまであふぎ散らせば、（梅枝巻375頁）

とやはり過剰に焚かれている。それについて光源氏は、

　　空に焚くは、いづくの煙ぞと思ひわかれぬこそよけれ、富士の峰よりもけにくゆり満ち出でたるは、本意なきわざなり。（375頁）

と批判している（過ぎたるは猶及ばざるが如し）。「空薫物」は財力にあかせて大量に焚けばいいというものではなく、「心にく」くなければならないのだ。ここに出ている「くゆる」も、「薫物」に縁のある言葉である。『栄花物語』歌合巻では、藤原頼通が彰子（女院）一行を接待しているが、

　　殿、内より御火取持ちておはしまして、空薫物せさせたまひて、添ひおはします。

にしても、露骨すぎてやはり「心にく」い「空薫物」とはいえそうもない。

それとは対照的に『弁内侍日記』には、

八月一日、中宮の御方より参りたりし御薫物、世の常ならず匂ひうつくしう侍りしかば、

弁内侍、

今日はまたそらだきものの名をかへて頼めば深き匂ひとぞなる（240頁）

とあり、「空だきもの」（あてにならないもの）と「頼め」（あてになるもの）が対として用いられている。「匂ひうつくし」とあるが、「練香」はお世辞にも美しいものではないので、これは嗅覚的な美と見ておきたい。

以上のように、平安文学における「空薫物」は、単に経済力の豊かさを見せつけるだけではなく、焚く側の教養や高尚さが問われる「心にく」いものだった。まさにみやびの世界を具現する小道具といえる。必然的にそれを嗅ぐ側の能力も試されることになる。

十四、「大斎院選子」

大斎院とは村上天皇の皇女選子のことである。十一歳で賀茂の斎院に卜定されて以来、五十七年間も斎院として奉仕している。普通は天皇の御代が代わる際に交替するが、選子は円融・

花山・一条・三条・後一条と五代にわたって斎院を続けている。そのため特に「大斎院」と称されている。

任期が長期にわたったことで、選子の斎院サロンは洗練され、後宮サロンを凌ぐほどの社交の場となっている。その選子からの要請で、中宮彰子が紫式部に新作の物語を執筆するように命じ、そこで書かれたのが『源氏物語』だという起筆神話も有名である。

しかしながらさしもの選子サロンも、晩年になると訪ねる人とていなくなり、徐々に寂れ果てていったようだ。どこまで本当かはわからないものの、『今昔物語集』巻十九第十七には、たまたま雲林院の不断の念仏を聴聞した若公達が斎院を訪れたことが描かれている。

斎院の東の戸が開いていたので中に入ってみると、前栽は雑草が伸び放題だった。人の気配もしないが、折しも月の光に照らし出され、虫の声々や遣水の流れる音が聞こえてくる。視覚・聴覚に続いて、

> 船岳下《おろし》の風氷《ひや》やかに吹きたれば、御前の御簾の少し打ち動に付て、薫《たきもの》の香艶《えもいは》ず馥《かうばし》く氷やかに匂ひ出たるを聞《か》ぐに、御隔子《かうし》は下されたらむに、此《か》く薫の花やかに聞《かが》ゆれば、何なるにか有らむと思て見遣ば、風に吹かれて、御几帳の裾少し見ゆ。早う御隔子も下されで有ける也けり。（511頁）

とあり、風が吹いて御簾が揺れると、香ばしい「薫物」（嗅覚）の薫りが漂ってきた。

この時間だと、御格子はすでに下ろされているはずだが、よく見ると中の几帳が見えたので、格子は下ろされていないことがわかった。折から月をご覧になるために下ろさないでいたのかもしれない。だからこそ室内の「薫物」が外まで薫り出ていたのである。

この場面は『無名草子』の中にも取られており、そこには、

船岡の颪、風冷ややかに吹きわたりけるに、御前の簾少しはたらきて、薫物の香、いとかうばしく匂ひ出でてありけるだに、今まで御格子も参らで月など御覧じけるにやと、あさましくめでたくおぼえけるに、奥深く、箏の琴を平調に調べられたる声、ほのかに聞こえたりける、（283頁）

と記されている（『古本説話集』にもあり）。奥から箏の琴の音も聞こえており、選子内親王は細々とながらも昔のままの雅な生活を続けていたことが察せられる。せっかくの機会なので、一同は女房を呼び出して来訪した旨を告げさせる。その本文をあげると、

寝殿の丑寅の角の戸の間は、人参て女房に会ふ所也。住吉の姫君の物語り書たる障紙立られたる所也。（『今昔物語集』巻十九第十七512頁）

と、『住吉物語』の屛風が引用されている。これに関連して『異本能宣集』三二八番の詞書に「すみよしのものがたり、ゑにかきたるを」とあるし、『大斎院前御集』二三八番の詞書にも「住吉の御絵うせたりときさて」と出ている。一説には『住吉物語』は、大斎院サロンで書か

れたという説もある。

若公達が女房に挨拶すると、内から箏の琴・琵琶などが出され、そこで合奏をして昔のような賑わいが再現されている。話の主体は音楽（聴覚）になっているが、その導入部に「薫物」（嗅覚）が用いられていた。風流な生活の必需品として、「薫物」も看過できないようである。ただしこれはあくまでも『今昔物語集』の説話である。

十五、「焚き染める」

香炉に伏籠をかぶせ、その上に衣服を掛けて香を焚き染め、それを身に付けることが「移り香」である（いわゆる染色とは別）。そこで「焚き染め」という語の使用例を調べてみると、『源氏物語』にはそれなりに用いられていた。というより、薫物の用例の多い『うつほ物語』や『枕草子』には衣服に焚き染める用例がほとんどないことがわかった。これも『源氏物語』独自の用法といえそうである。

まず朝顔巻に、

なつかしきほどに馴れたる御衣どもを、いよいよたきしめたまひて、心ことに化粧じ暮らしたまへれば、(479頁)

とある。これは源氏が朝顔の姫君を訪問する際の心用意とされている（薫物と「なつかしし」の関係も重要)。もちろんこの場合は、恋愛が絡んでいる。

源氏が臣籍降嫁してきた女三の宮に通うところにも、

御衣どもなど、いよいよたきしめさせたまふものから、(63頁)

とあって、必ずしも積極的ではないものの、相手へのエチケットとして香を焚き染めて通っている。

夕霧にしても女二の宮(落葉の宮)のもとに通う際、

なよびたる御衣ども脱いたまうて、心ことなるをとり重ねてたきしめたまひ、(夕霧巻475頁)

とわざわざ衣服を取り替え、香を焚き染めて出かけている。香を焚き染めることが女性のもとへ通う男性の基本だったのであろう。その例となりそうなのが、

げにいとかうばしき香の満ちて頭痛きまでありつれば、げにさなりけりと思ひあはせはべりぬる。常にいとかうばしうものしたまふ君なり。(417頁)

である。香を焚き染めた夕霧を、律師は「かうばしうものしたまふ君」と形容している。ここには誤解もあるが、少なくとも夕霧が香を焚き染めて通っていたことはわかる。

匂宮にしても夕霧六の君との結婚の折、

心げさうして、えならずたきしめたまへる御けはひ、(宿木巻405頁)

と精一杯身づくろいしている。その匂宮が中の君のところへ行くと、

　かの人の御移り香のいと深くしみたまへるが、世の常の香《かう》の香《か》に入れたきしめたるにも似ずしるき匂ひなるを、（434頁）

と、中の君から薫特有の「移り香」が漂ってきた。衣服の「移り香」は、接触することで他の衣服に感染するものである。そこで匂宮は、中の君は自分の留守中に薫に抱かれたのだと憶測する。「移り香」は、男女の恋愛のみならず、男女の逢瀬（浮気）の証拠にもなったのだ。

かつて「かりそめに添ひ臥し」（総角巻236頁）た宇治の大君の衣装にも、

　ところせき御移り香の紛るべくもあらずくゆりかをる心地すれば、（241頁）

と薫の「移り香」が染みていたので、中の君は姉が薫と同衾したと推察している。「移り香」というのは男性との共寝を暗示するものだったのだ。

一方、玉鬘のところに通う鬚黒の衣服に香を焚き染めるのは北の方の仕事だった。

　御火取召して、いよいよたきしめさせたてまつりたまふ。（真木柱巻364頁）

夫が若い妻を娶《めと》って、そこへ通う支度までさせられるのだから、内心は平静ではいられまい。ここで精神に異常をきたした北の方は、

　にはかに起きあがりて、大きなる籠の下なりつる火取をとり寄せて、殿の背後《うしろ》に寄りて、さと沃《い》かけたまふほど、（365頁）

と火の付いた香炉の灰を鬚黒に頭からかけてしまう。焼け焦げ、灰まみれになった鬚黒は、とうとうその日は玉鬘のところへ通えなくなってしまう。香を焚き染めるというプラスの行為が、一転してマイナスになっているわけだが、こういった滑稽な香の使い方は他に例のない斬新なものであった。

もちろん恋愛ばかりではない。近江の君の場合は、弘徽殿女御のもとに出仕するための所作として、

いとあまえたる薫物の香を、かへすがへすたきしめゐたまへり。（常夏巻251頁）

とある。ここで注意すべきは「いとあまえたる」である。現代の読者にとって、甘い薫物はプラスに評価できそうに思えるかもしれないが、平安貴族における「練香」の価値基準として、蜜の量が多いものはかえって下品とされていた。それを知っていれば、近江の君の香は、必ずしも褒められているわけではないことが読み取れるはずである。

また若菜下巻の女楽に召された夕霧は、緊張しながらも、

香にしみたる御衣ども、袖いたくたきしめて、ひきつくろひて参りたまふ。（188頁）

と心用意して参加している。大事な会合にも香を焚き染めた衣装が必需品のようである。『枕草子』二一五段「よくたきしめたる薫物の」には、衣服に香を焚き染めた後の薫物について記されている。

よくたきしめたる薫物の、昨日、一昨日、今日などは忘れたるに、引きあけたるに、煙の残りたるは、ただ今の香よりもめでたし。（351頁）

衣服に香を焚き染めることはよく知られているが、衣服に香が染みついた後の残香性に目を向け、「めでたし」とするところに『枕草子』の斬新さがある。

そもそも「焚く」は「焼く」に比べて「火」というか「炎」が少ないので、室内でも使用することができた。それもあって恋歌への使用が多かったのだろう。同じく「くゆる」も、火が出ないでくすぶることである。その分、「煙」（水蒸気）を伴うわけだが、それも含めて「薫物」に縁のある表現といえる。本来「染む」は色に染まることだが、「薫物」と一緒に使われることで、薫りが衣装や紙に深く染みこむ意味でも多用されている。

十六、「薫物《たきもの》合せ」

「香」には「六種香」「空薫物」「薫衣香《くのえかう》」「組香」「源氏香」など、いくつかの薫物用語がある。その中で、ここでは総体的な「薫物合せ」について考えてみたい。

まず「薫物合せ」を『日本国語大辞典第二版』で調べてみると、

各人が秘密に調合した練香を持ち寄ってたき、判者が優劣を判定する平安時代の宮廷遊戯。香合。

と出ていた。最初は遊びとしての「玩香」だったのだろう。それが醍醐天皇の頃から、宮中で物合せの一種として行われるようになったというわけである。

辞書の説明は間違っていないのだが、代表的な『源氏物語』梅枝巻の「薫物合せ」は少々違っている。というのも、光源氏主催の「薫物合せ」は宮廷遊戯ではなく、あくまで個人的なものだからである。光源氏は明石姫君の裳着と東宮入内に合わせて、優雅な「薫物合せ」を企画した。そこで朝顔斎院・紫の上・花散里・明石の君に秘蔵の「香」を配り、それぞれ二種類の「練香」の提出を求めている。「持ち寄って」とあるが、実際には光源氏に依頼されて調合して送っており、「薫物合せ」の場に女性たちが集っているわけではない。

ここでは四人の女性に加え、光源氏も自身で調合したものを出している。その上で弟の蛍兵部卿宮を判者として、それぞれの薫物を評価させている。しかしながら左右に分かれているわけではないし、蛍兵部卿宮にしてもきちんと優劣をつけておらず、光源氏から「心ぎたなき判者なめり」(410頁)と批判されている。どうやらこの「薫物合せ」は、「歌合」の流れとは違っているようである。それでも蛍兵部卿宮は、「黒方」は朝顔斎院が調合したもの、「侍従」は光源氏の調合したもの、「梅花」(春)は紫の上のもの、「荷葉」(夏)は花散里のもの、そして明石の君は「百歩香」(薫衣香)をよしとしている。それはそれで一つの見識であろう。

また『紫式部日記』寛弘五年(一〇〇八年)八月二十六日条に、

御薫物あはせはてて、人々にもくばらせたまふ。まろがしゐたる人々、あまたつどひゐたり。（128頁）

とあって、それを受けて九月九日条に、

御火取りに、ひと日のたきものとうでて、こころみさせたまふ。（129頁）

と出ている。こちらは一見、宮廷遊戯のように見えるが、この「薫物あはせ」は動詞で、大勢の女房たちが「合せ薫物」（練香）を共同で作ったことを意味している。「こころみさせ」というのは、香のでき具合を確かめるために焚いているのである。ここでも遊戯としての「香合せ」は開催されていない。なお『栄花物語』はつはな巻にもこの時のことが、

このごろ薫物合せさせたまへる、人々にくばらせたまふ。御前にて御火取りども取り出でて、さまざまのを試みさせたまふ。（400頁）

と記されている。

ついでながら梅枝巻には、「練香」の歴史にかかわる重要な記述がある。まず光源氏は「承和の御いましめの二つの方」（404頁）といっているが、これは仁明天皇によって「黒方」と「侍従」の調合法は男子に伝授してはならないという戒めがあったことである。次に紫の上は「八条の式部卿の御方を伝へ」（同頁）とあって、本康親王（仁明天皇第五皇子）の調合法を伝授されていたことになっている。さらに明石の君については、

薫衣香の方のすぐれたるは、前の朱雀院のをうつさせたまひて、公忠朝臣の、ことに選び仕うまつれりし百歩の方、（409頁）

とあって、宇多院（前の朱雀院）・源公忠（合せ薫物の名手）という実名まであがっている。公忠は母の内侍（滋野直子）が本康親王から「香」の秘伝を継承していたようなので、その母から伝授されたのであろう。それを受けてか『河海抄』の梅枝巻には、公忠のことを「高名薫物合好手也」としている。ただしこれらを歴史資料で確認することはできそうもない。あくまで『源氏物語』にそう書かれているというだけのことなので、これをそのまま信じるのは危険であろう。(1)

ここで調合された「練香」は、明石姫君が入内の際に持参するためのもの（嫁入り道具）だった。後宮の生活にはこれくらいの上質の「香」が必要だったのだろうか。という以上に、物語は実名（歴史性）をあげること、あるいは蛍兵部卿宮に評価してもらうことで、源氏の所有する「練香」が聖代から継承されたものであることを主張しているように読める。これは源氏の文化的戦略（政治の道具）でもあり、これによって明石姫君による後宮掌握を暗示しているのではないだろうか。こうしてみると紫式部は、「香」についての見識もかなりあったようだ。ただし女房レベルで、高価な香を自在に扱うことなどできるはずはあるまい。

なお足利義政の時代（文明十年）に書かれた邦高親王（後崇光院の孫）の『五月雨日記』の中

に、「六種薫物合」の記録が見られる。これは主催者が親王ということで、かろうじて平安朝的なものが継承されているようである。ただし提出された「香」の銘は、

左　夏衣　夏衣春におくれて咲く花の香をだににほへ同じかたみに（藤原家隆）

右　松風　住吉の里のあたりに梅咲けば松風かをる春の曙（慈円）

と、新古今時代の歌を出典として名付けられている点、やはり平安時代そのままではなかった。というより、平安時代の「薫物」の実態は謎に満ちている。

〔注〕

（1）薫物秘伝（血脈）の流れとしては、仁明天皇→本康親王→滋野直子→公忠の他に、本康親王→藤原保忠→頼忠→公任や、藤原冬嗣→仲平→実頼→頼忠→公任という血脈も想定されている。薫物相伝においては藤原公任がキーパーソンになりそうである。

十七、「薫物と季節」

「薫物」は四季によって使い分けられているとされている。しかしながら『源氏物語』の「香」を考えていて一番すっきりしないのは、四季それぞれの「香」の使い分けが、人物固有の「香」にも及んでいるかどうかという点である。いわゆる六種香の説明を見ると、

春　梅花　梅の花の香り　　夏　荷葉　蓮の花の香り

秋　菊花　菊の花の香り　　冬　落葉　紅葉の散る香り

となっており、見事に四季に分類されている。ただし「菊花」や「落葉」の用例は探しても見当たらない。本当に使われていたのかどうかは不明なのである。

残りの二つについては無季（季節を問わない）とする説と、

侍従　秋　哀れを感じる香り　　黒方　冬　懐かしい香り

とする説があるが、短い説明から具体的な季節感は伝わってこない。そもそも「紅葉の散る香り」はそんなにいい匂いなのであろうか。しかもこれによれば秋・冬は二種類あって、春・夏は一種類というのではバランスが悪いのではないだろうか。

それはそれとして、これを基本にして各自が独自の「香」を調合したとすると、それは年中変わらないもの（一種類）なのだろうか。それとも四季（少なくとも夏冬二回）それぞれに独自の「香」を配合して二種類以上使い分けているのだろうか。その点が今も理解できないで悩んでいる。たとえば「梅花」を調べると、梅枝巻の「薫物合せ」で紫の上の配合した「梅花」が評価されているが、「梅花」の用例はこれ以外にはないので、普段の生活の中で紫の上がどの「香」を焚いていたのかはわからないのだ。

春に「梅花香」焚くのはともかく、残りの夏秋冬はどうだったのだろうか。一体何を焚いていたのだろうか。また夏の町に住む花散里が調合した「荷葉」は、鈴虫巻でも夏に焚かれているので、季節にマッチしていることがわかる。もちろんそれは人物固有のものではなく、公的な儀式において焚かれたものだった。では花散里は、夏以外の「香」はどうしていたのだろうか。これも一切わからないのである。

「菊花」「落葉」に至っては、『源氏物語』にも登場していない。(1) 秋という季節は描かれているのに、季節の「香」として機能させられていないのである。それに代わって「侍従」や「黒方」が用いられている。「黒方」は賢木巻で確かに冬に用いられていた。「侍従」はやや特殊で、初音巻では正月を迎えた六条院の冬の町で、明石の君が「侍従」を焚いている。そのまま見ると季節外れになるが、この場合はかつて明石巻において明石の君が岡辺の家で八月に使っていた「香」だったとも読める。光源氏にその頃のことを嗅覚によって想起させる小道具の一つとして、あえて（意図的に）焚かれたものと考えたい。そうなると、必ずしも季節に束縛されるものではないことになる。

参考のため、『天徳内裏歌合』を例にすると、左方は赤色で「黒方」を焚き、右方は青色で「侍従」を焚いている。歌合では対立する「香」としての役割を担わされていることがわかる。ただしこの歌合は三月三十日に開催されているので、「黒方・侍従」ではともに季節が合わないことになる。

こうしてみると、公私にかかわらず、季節との密接なかかわりはきちんと考慮されていないことがわかる。だからこそ「侍従」や「黒方」は、季節を超えて無季とされているのではないだろうか。薫の強烈な体臭など、季節によって匂いが変化するとは書かれていないので、季節の使い分けという点は再考の余地がありそうだ（幻想かもしれない）。

結局、光源氏や薫が季節ごとに独自の「香」を使い分けているのかどうか、資料不足でよくわからないというか、詳しく描かれていないというしかない。『うつほ物語』では「黒方」がほとんどだったし、逆に『枕草子』など「香」の名前すら記されていない。清少納言の嗅覚能力は案外低かったのだろうか。というより香の名前はほとんど古い文献に見当たらないのである。

ついでながら『古今集』には、

五月待つ花橘の香をかげば昔の人の袖の香ぞする（一三九番）

という有名な歌が出ている。この歌の「袖の香」を根拠として花橘の薫物の存在が想定されているようであるが、どうも自然の植物はあっても、人口の薫物に花橘の香はなさそうである。そうなると植物の花橘を用いた匂い袋などを考えた方がわかりやすいかもしれない。いずれにしてもこの歌の解釈には今も疑問が残る。

こうしてみると、六種香を季節にあてはめたのは、後世の人々のさかしらなのではないかという疑念が生じてくる。もっと遡って『源氏物語』の梅枝巻の例は、むしろ一般的ではない特殊なものと読むべきではないのだろうか。それを『薫集類抄《くんじゅうるいしょう》』などが一般化・普遍化したことで、後世の人々は騙されている恐れがある。後世の読者は『源氏物語』の仕掛けに幻惑されたか、あるいは『薫集類抄』が『源氏物語』をうまく利用したようである。

〔注〕

（1）『薫集類抄』には「亭子院前栽合」に左方「菊花」右方「落葉」が用いられたとあるが、肝心の歌合の記録は見当たらないので、これを資料とするのはためらわれる。むしろ記述そのものを疑ってみるべきであろう。

十八、「薫物の和歌」

平安時代には「薫物」が生活に密着していた。そのため生活を詠んだ和歌にも「薫物」のことが自ずから入りこんでいる。そこで和歌の中の「薫物」について少しばかり調べてみた。

まず『貫之集』に、

　同じ少将、ものへ行く人に火打ちの具してこれに薫物をくはえてやるに読める

をりをりに打ちてたく火の煙あらば心ざす香を忍べとぞ思ふ　（七三八番）

とあった。これは下向する人への餞別であろう。同様の例は『後撰集』にも、

　信濃へまかりける人に、たき物つかはすとて　するが

信濃なる浅間の山も燃ゆなれば富士の煙のかひやなからん　（一三〇八番）

とある。薫物は餞別に用いられていたことがわかる。

次に高光の歌に、

比叡の山に住み侍ける頃、人の薫物《たきもの》を乞ひて侍りければ、侍りけるままに少しを梅の花のわづかに散り残りて侍る枝に付けて遣《つか》はしける　如覚法師

春過ぎて散りはてにける梅の花ただ香ばかりぞ枝に残れる　（『拾遺集』一〇六三番）

とあり、薫物を求められると梅花香を贈っている。それだけではなく『高光集』には、

忠清の衛門守御せちに奉り給ふに、薫物かうばしく合はすとて空薫物の料少しと多武峰に乞ひ給ふに、橘のなりたる枝に実を取りいでていれて奉るとて、

末の世になりもてゆけば橘の昔の香には似るべくもあらず　（三九番）

かへし　衛門守

香をとめてこひしもしるく橘のもとの匂ひは変わらざりけり　（四〇番）

ともある。高光は「練香」の名手として名のあがっている人物である。ここでも「空薫物」の料として「薫物」を求められている（「かうばし」もある）。「橘」に付けられているので、これは「橘花香」であろう（珍しい）。

試みに『古今六帖』を調べてみたところ、「ひとり」題で四首が掲載されていた。

・薫物のかばかり思ふこのころのひとりはいかで君にしらせん　（三三六三番）
・薫物の残した煙ふすぶとも我ひとりをばしなすまじやは　（三三六四番）
・このしたにひとりやわびし薫物のそれも思ひにたへてとかきく　（三三六五番）
・我がためはねぶたきものをひとりしもおきあかさじと思ほゆるかな　（三三六六番）

この四首の「火取」にはすべて「独り」が掛けられている。これが「薫物」の常套だったようで、『元良親王集』にも、

女、宮ゐじて寄せ奉り給はざりけるころ　四宮
身をつみて思ひ知りにき薫物のひとりねいかにわびしかるらん　（一四六番）
御返し
心から今はひとりぞ炭窯のくゆる煙を消つ人ぞなき　（一四七番）

とあって、同じような技法を用いている。和歌における「ひとり」は薫物とのかかわりが深い語といえる。

「移り香」というのは、男女の接触（共寝）をイメージさせるものであることから、やはり恋歌に用例が認められる。前に『古今集』の紀友則「蟬の羽の」歌と『源氏物語』の「移り香」の用例を紹介したが、それ以外にもいくつかの例があげられる。

まず『後拾遺集』の兼澄は、

わぎもこが袖ふりかけし移り香のけさは身に染む物をこそ思へ　（六二一番）

と詠んでいる。ここでは珍しく女性の「移り香」が詠じられている。その他、『兼輔集』には、

忍びたる人の移り香の人のとがむばかりしければ、その女に、

梅の花立ち寄るばかりありしより人のとがむる香にぞ染みぬる　（八番）

とあって、これも女の「移り香」のようである。

『後拾遺集』には清原元輔の歌として、

移り香の薄くなりゆく薫物のくゆる思ひに消えぬべきかな　（七五六番）

が出ている。『赤染衛門集』にも、息子大江挙周《たかちか》の代作として、

通ふ女のもとに薫き物乞ひたる、おこすとて「くゆる煙」などやうに言ひてある返ししてと言ひしに、

薫物のくゆるばかりのことやなぞけぶりにあかぬ心なりけり　（五九二番）

と詠んだことが出ている。ここでも元輔歌同様、「くゆる」が縁語であると同時に掛詞としても機能している。「薫物」が歌に詠まれるのは、やはり言語遊戯として活用しやすいからであろう。

『公任集』にも薫物を詠んだ、

残りなくなりぞしにける薫物の我ひとりにしまかせてしなん　（四六四番）

が見られる。これも掛詞「ひとり」が用いられている。また藤原良経の『秋篠月清集』には、

絶えず焚く香の煙やつもるらん雲の林に風かをるなり　（一八九番）

と「香の煙」が詠まれている。こういった場合の「煙」は、物を燃やして出る煙ではなく、水蒸気に近いものであろう。

十九、「なつかし」

「なつかし」と嗅覚との関連について、一般の古語辞典では言及されていない。しかしながら「香」と「なつかし」は、思った以上に密接に結びついている。たとえば『万葉集』の、

霞立つ長き春日をかざせれどいやなつかしき梅の花かも　（一四二八番）

や『古今集』所収の、

春雨に匂へる色も飽かなくに香さへなつかし山吹の花　（一二二番）

歌があげられるし、他にも勅撰集の中に、

五月雨の空なつかしく匂ふかな花橘に風や吹くらむ　（『後拾遺集』二一四番）

吹きくれば香をなつかしみ梅の花散らさぬほどの春風もがな　（『詞花集』九番）

女郎花なびくを見れば秋風の吹きくるするゑもなつかしきかな　（『千載集』二五二番）

など、少ないながらも嗅覚にかかわる「なつかし」が詠じられている。ただし「女郎花」は決

していい薫りではない。

『源氏物語』花散里巻にも、

橘の香をなつかしみほととぎす花散る里をたづねてぞとふ　（156頁）

とあるが、これらはすべて植物の花（梅・橘）を詠じた歌であった。

もちろん「なつかし」は、人工的な薫物とも深く結びついている。梅枝巻の「薫物合せ」では、源氏が調合した「侍従」について蛍兵部卿宮は、

侍従は、大臣の御は、すぐれてなまめかしうなつかしき香なりと定めたまふ。　（梅枝巻409頁）

と判定している。また花散里の調合した「荷葉」についても、

さま変り、しめやかなる香して、あはれになつかし。　（同頁）

と評価している。

嗅覚の「なつかし」であるから、必然的に「かうばし」という言葉ともしばしば共起している。古い例としては『うつほ物語』に、

麝香の臍《へそ》半らほどばかり入れたり。取う出て香を試みたまへば、いとなつかしく香ばしきものの、例に似ず。　（国譲中巻160頁）

とあって、洲浜の鶴の強烈な麝香の匂いを「なつかしく香ばしき」と表現している。「なつか

し」と「かうばし」の重なりは『源氏物語』にも、

・いとかうばしくてらうたげにうちなくもなつかしく思ひよそへらるるぞ、すきずきしや。（若菜下巻142頁）

・御髪をかきやるに、さとうち匂ひたる、ただありしながらの匂ひになつかしうかうばしき（総角巻329頁）

も、

などの例があげられる。前の例は女三の宮の飼っていた唐猫のことで、この場合の「かうばし」は猫の匂いではなく、女三の宮の「移り香」が毛に付着していると読みたい。後の例は、亡くなった大君の髪から匂ってきた生前と変わらぬ大君の薫りであった。下って『宇治拾遺物語』巻六―九にも、

帝近く召して御覧ずるに、けはひ、姿、みめ有様、香ばしく懐かしき事限なし。（221頁）

とある。「なつかし」は、「かうばし」とも関連のある嗅覚用語だったのだ。

そうなると女三の宮の猫のように、「移り香」と「なつかし」のかかわりも認められる。『源氏物語』には夕顔巻の扇について、

もて馴らしたる移り香いとしみ深うなつかしくて、（夕顔巻113頁）

とあった。夕顔物語を引用している『狭衣物語』の飛鳥井の女君にも、

ただ一夜持たせたまへりしなりけり。移り香のなつかしさは、ただ袖うちかはしたまひた

りし匂ひに変らず、（巻一140頁）

という例がある。これは道成に連れ出された飛鳥井の女君が、狭衣の扇に残る「移り香」を嗅いでいるところである。またそれ以外にも、

薄鈍なる御扇のあるを、せちにおよびて取らせたまへれば、懐しき移り香ばかり昔に変らぬ心地するに、（巻四224頁）

という例もある。これは女二の宮の「移り香」の付いた扇を狭衣が手にしている場面であり、三例とも扇の「移り香」だった。

同じく後期物語の『夜の寝覚』にも、

我が身にしめたる母君のうつり香、紛るべうもあらず、さとにほひたる、なつかしさまさりて、（巻四324頁）

と見えている。これはややこしいことに、まさこ君に付着していた母（寝覚の上）の「移り香」である。さらに『浜松中納言物語』にも、

琴ひき寄せたれば、つねに弾きならし給ひける人の、移り香なつかしうしみて、調べられたりけるを、（巻三284頁）

と出ている。中納言が吉野の姫君の琴を引き寄せた際、姫君の「移り香」が琴に染みて薫っていたという例である。

以上のように「なつかし」は、「かうばし」や「移り香」と合わせて親しみの感情を表していた。嗅覚的な「なつかし」は、『源氏物語』によって方法化・深化された美的な薫物用語といってよさそうである。(1)

〔注〕

（1）吉海「「なつかし」と結びつく香り」『『源氏物語』「後朝の別れ」を読む』（笠間書院）平成28年12月参照（本書所収）。

二〇、「匂ひ」

「薫り」を考える上で、「香り」との使い分けがどうなっているのか気になるところであるが、それ以上に「匂ひ」との違いに触れざるをえない。

「匂ひ」と「薫り」については、たまたま『源氏物語』続編の主人公が薫と匂宮の二人であることにかかわっている。従来、薫は嗅覚美のみであるが、匂宮は視覚美と嗅覚美の両方を備えていると考えられていた。しかしそれでは匂宮の方が上位ということになる。確かに血筋からいうと、薫は柏木と女三の宮の密通によって誕生した子なので、光源氏の血を引いていない。だから劣るというのも一理あるが、新たな主人公としては薫を下に見るのはどうだろうか。

もう一つ、この考え方を支えているのは、「薫」と「匂ひ」の辞書的意味であろう。試みに

三省堂の『全訳読解古語辞典第五版』を見ると、「薫り」については、

①よいにおい　②ほのぼのと発せられるよい雰囲気。

とあった。さらに「薫る」の「関連語」として、

「かをる」は、もと、立ちこめる、という意であった。それが、よいにおいが立つ意となり、さらに、雰囲気、見た目の美しさを表すようになった。それに対し「にほふ」は、もと、美しい色彩のことで、見た目の美しさが中心の語であったが、よい香りがする、の意味ともなった。

と二つの違いに言及している。次に「匂ひ」を見ると、

①色の映えのある美しさ。色つやのある美しさ。②（容貌などの）つややかな美しさ。はなやかな魅力。③香り。香気。④栄華。威光。⑤（「うすやう」とも）染め色、または襲の色目で、濃い色からしだいに薄くぼかしていくこと。⑥（俳諧用語）蕉風の俳諧で、前句からただよってくる余韻や余情。

と詳しく書かれていた。また「読解のために」では「「にほふ」と「かをる」の違いは？」という見出しで、

視覚的な美を表す語に、光線の輝きをいう「照る」があるが、「にほふ」と重ねて使用することもできた。また、嗅覚的な美では、「薫る」がある。『源氏物語』宇治十帖では、

「にほふ」と「かをる」が、それぞれ「匂宮」と「薫大将」という人物名になっている。薫は自然の体臭による芳香であり、匂宮は人工の極致を尽くして香をたきしめた人工的な芳香である。

と詳しく説明されている。

これによれば、「薫り」は最初から嗅覚美であるが、「匂ひ」は視覚美から嗅覚美に変遷したように読める。三省堂の辞書にはもう一つ「チャートにほふ」が付いており、「くれなゐにほふ桃の花（＝紅に美しく映えている桃の花）」〈万葉・一九・四一三九〉という歌を覚え「にほふ」が□一②「美しく照り輝く」という視覚に関する語であることを確認する。次第に④「よい香りが漂う」という嗅覚的表現にも用いられるようになった。『源氏物語』では、四割近くが嗅覚的表現である。

と記されている。

ここで疑問に思うのは、桃の花には「薫り」があることである。梅もそうだが、視覚美だけでなく嗅覚も含まれていると解することはできないのだろうか。伊勢大輔の「いにしへの奈良の都の」歌にしても、梅ほどではないにしても山桜などにはほんのりとした薫りがある。

また『源氏物語』では、四割近くが嗅覚的表現である」とあるのは、六割は嗅覚以外だとすると、同時に視覚美と嗅覚美を合わせ持っていることになりそうだ。もしそうなら、どちらかの意味のみならず、両方の意味を合せ持つということもありうるのではないだろうか。

二一、「練香《ねりこう》」を土中に埋める

「練香」は、熟成発酵させるために、一定期間土中に埋められたとされている。その例として、『堤中納言物語』中の「このついで」にある、

東の対の紅梅の下に埋ませたまひし薫物、　（397頁）

がしばしば引用されている。確かにこれを見ると、「練香」を紅梅の根元に埋めていたことが読み取れる。それもあって『紫式部日記』寛弘五年（一〇〇八年）九月九日条にある、

御火取りに、ひと日のたきものとうでて、こころみさせたまふ。　（129頁）

にしても、「とうでて」（取り出して）については「このついで」同様に埋めたものを掘り出すと解釈されている。これは去る八月二十六日に、女房たちが共同で作った「練香」を土中に埋めて寝かし、この九月九日に取り出したと解釈されているからであろう（十日以上埋めていた計算になる）。しかし「埋める」も「掘る」もないのに、そう解釈するのは短絡ではないだろうか。

『源氏物語』梅枝巻にも同様の資料が存する。源氏は、

かのわが御二種のは、今ぞ取う出させたまふ。右近の陣の御溝水《かはみづ》のほとりになずらへて、

西の渡殿の下より出づる、汀《みぎは》近う埋《うづ》ませたまへるを、惟光の宰相の子の兵衛尉掘りてまゐれり。（408頁）

と、「練香」を西の渡殿の下の遣水の辺に埋めておいたものを、惟光の子の兵衛尉に掘らせたとある。ここには「埋ませ」も「掘り」も用いられている。

「右近の陣の御溝水のほとりになずらへ」というのは、宮中の右近の陣近くの遣水の辺に埋めるという公的かつ正式な旧例にならってのことである。その旧例というのは、『河海抄』によると、

承和御時右近陣の御溝の辺の地にうづまる。後代相伝して其所をたがへず云々。

とあって、仁明天皇の時代に行われたものが慣例化していったことになっている。[1] 梅枝巻には「承和の御いましめ」ともあるので、「練香」に関しては仁明朝が一つのポイントになっていることが察せられる（ただし確証はない）。

「練香」を土中に埋めることについては、『薫集類抄』でも「百歩香」について、

盛瓶中経三七日取焼。百歩外聞香。

とあって、二十一日間埋めると百歩を越えて薫るとある。これが本当なら、埋められたという記述がもっとたくさんあってもいいのではないだろうか。同様のことは『原中最秘抄』絵合巻にも、

しらちの盃を蓋覆にして三七日水辺の土中にほり埋て後とり出し可焼之。

と出ている。やはりここも三七日（二十一日間）になっている。

「百歩香」以外の「黒方」や「侍従」についても『薫集類抄』には、

黒方侍従春秋五日夏三日冬七日埋之梅樹下。

と書かれている（埋める期間が短い）。また「菊花」については、

水辺菊下埋之経二七日許（入瓷瓶堅封口）取出。

云々とある。ここでは二七日（十四日）であるが、「薫物」の種類や季節によって、埋める日数に違いがあったことがわかる。

ただし右近の陣の遣水の辺や、紅梅の根元に埋めることの効果は疑問で、それによってどれほど「練香」が醸成されるのか、科学的な根拠は示されていない。むしろ室町時代以降、悪しき風習として廃止されているようである。というより「練香」そのものが衰退してしまった。

〔注〕

（1）薫物に関しては、仁明朝を起点として語られることが多い。御香所預という役職も仁明朝に設立されたことになっている。なお「練香」という言葉は平安時代には見当たらない。

二二、「梅花」(植物)

「花橘」に次いで、花の「香」が多く歌われているのが「梅」である。「橘」が常世の国からもたらされたのに対し、「梅」は中国から将来されたものだった(外来植物)。そのため古い時代の歌には見られず、すべて『万葉集』第三期(奈良時代初期)以降にしか出てこない。それにもかかわらず、「橘」の倍近い一一九首も詠まれているのだから、いかに和歌の題材として「梅」が幅広く取り上げられているか(流行したか)がわかる。

その用法も多義的であった。まず、

春さればまづ咲く宿の梅の花ひとり見つつや春日くらさむ (八一八番)

のように、春の訪れを開花によって真っ先に告げることがあげられる。そのため雪が「梅」の枝に積もると、それを花が咲いたと詠じている(見立て)。その延長線上に、

我が園に梅の花散るひさかたの天より雪の流れ来るかも (八二二番)

と、雪が「梅」(白梅)の落花にも見立てられている。これは当時の「梅」が白梅だったからこそ可能だった。

また鶯との組み合わせも、

・梅の花散らまく惜しみ我が園の竹の林にうぐひす鳴くも (八二四番)

・梅の花散り紛ひたる岡辺にはうぐひす鳴くも春かたまけて（八三六番）
・うぐひすの音聞くなへに梅の花我家の園に咲きて散る見ゆ（八四一番）
などとたくさん詠まれている（梅に鶯）。これが『古今集』になるとさらに進化し、
・春たてば花とや見らむ白雪のかかれる枝に鶯ぞ鳴く（六番）
・折りつれば袖こそ匂へ梅の花ありとやここに鶯の鳴く（三二番）
のように、鶯と組み合わせられることが一般化している。
また「梅」の花の馥郁《ふくいく》とした薫りもすでに『万葉集』で、
・梅の花香をかぐはしみ遠けれど心もしのに君をしぞ思ふ（四五〇〇番）
・あをによし奈良の都は咲く花の薫《にほ》ふがごとく今盛りなり（三二八番）
と歌われているが、それはこの二首くらいであり、他には認められない。『万葉集』において「梅」の「香」は、まだ美的に評価されていなかったようである（まだ「練香」が流布していなかった）。それが『古今集』になると用例が急増し、
・梅の花立ち寄るばかりありしより人のとがむる香にぞしみぬる（三五番）
・月夜にはそれとも見えず梅の花香を尋ねてぞ知るべかりける（四〇番）
・春の夜の闇はあやなし梅の花色こそ見えね香やは隠るる（四一番）
・人はいさ心も知らずふるさとは花ぞ昔の香に匂ひける（四二番）

など、「梅」の嗅覚美が確立していることがわかる。視覚の通用しない闇夜に嗅覚を際立たせているのは、漢詩の「闇香」を踏まえているとされている。さらに嗅覚が強調され、

・色よりも香こそあはれと思ほゆれ誰が袖触れし宿の梅ぞも（三三番）

・梅が香を袖に移してとどめてば春は過ぐとも形見ならまし（四六番）

など、袖に移った「香」（移り香）は平安時代独自の感覚表現となって表出されている。『後拾遺集』になると、

我が宿の垣根の梅の移り香に独り寝もせぬ心地こそすれ（五五番）

とあり、恋人の「移り香」と錯覚させるものとしての「梅」の香が詠まれている。それが『新古今集』において、

・梅の花匂ひを移す袖の上に軒漏る月の影ぞあらそふ（四四番）

・梅の花誰が袖ふれし匂ひぞと春や昔の月に問はばや（四六番）

などと本歌取りされることで、新たに夜の月との取り合わせまで生み出している。もちろんその背景には『伊勢物語』四段の、

月やあらぬ春や昔の春ならぬ我が身ひとつはもとの身にして

も踏まえられている。というのも、四段では嗅覚表現こそ見られないが、「梅」の花盛りが物語の背景になっているからである。これによって「闇の梅」から「月夜の梅」に推移（絵画化）

していることがわかる。

こういったことが、「匂ふ」の意味を視覚から嗅覚へ変容させているのかもしれない。なお平安朝において、『万葉集』の「香をかぐはしみ」表現は使われなくなるが、代わりに『詞花集』には「香をなつかしみ」が、

吹きくれば香をなつかしみ梅の花散らさぬほどの春風もがな　（九番）

と歌われている。この「香をなつかしみ」表現は、どうやら『源氏物語』が考案した造語のようである。(1)

ところで「紅梅」は『万葉集』には見られず、遅れて平安時代に渡来したもので、『続日本後紀』承和十五年（八四八年）正月条に、「殿前紅梅」とあるのが初出である。舶来のものということで、仁明天皇が真っ先に宮中に植えさせた。勅撰集にはじめて「紅梅」が登場するのは『後撰集』で、一七番の詞書に「前栽に紅梅を植えて」、四四番に「紅梅の花を見て」などと出ており、その頃から「色」と「香」を有する「紅梅」が愛でられていたことがわかる。ただし歌語として定着しているわけではなかった。というより「紅梅」（漢語的）は歌語とはなっていない。

〔注〕

（1）吉海直人・岸ひとみ「「香をなつかしみ」考―『源氏物語』の造語として―」解釈65―3、4・

平成31年4月（本書所収）。

二三、「梅花香」

『万葉集』に「薫物」の歌は見当たらなかった。という以上に、『古事記』・『日本書紀』を含めた上代の文献に、具体的な「薫物」の記事は皆無に近い。それだけでなく、「かをり」という言葉もほとんど使われていない。(1) 薫りは平安時代以降のもののようである。

「薫る」植物として、「橘と梅」が有名だが、その他に「菊・あやめ・桜・山吹・藤・藤袴」などもあげられる。(2) その中でも植物の「梅」の薫りは多くの歌に詠まれていた。それに対して人工的な「梅花香」（練香）についての歌は、『古今集』になっても見かけない。それは「梅花香」だけでなく、他の薫物も同様なので、『古今集』の時代にはまだ「練香」がさほど一般化していなかったのだろう。

そんな中、かろうじて藤原高光の歌に、以下のようなものがあった。

比叡の山に住み侍ける頃、人の薫物《たきもの》を乞ひて侍りければ、侍りけるままに少しを梅の花のわづかに散り残りて侍る枝に付けて遣《つか》はしける　如覚法師

春過ぎて散りはてにける《り》梅の花ただ香ばかりぞ枝に残れる　（『拾遺集』一〇六三番）

作者の「如覚」は高光の法名である。出家した高光が比叡（横川）で仏道修行しているとこ

ろに、「薫物」を分けてほしいという連絡があった。そこで高光は手元にあった「梅花香」を、散り際の梅の枝に添えて送ったというのだ。歌の意味は、

春が過ぎて梅の花も残らず散ってしまったが、ただ香だけがわずかに枝に残っていることです。

というものである。「香ばかり」には「かばかり」（ほんのわずか）が掛けられている。これによって裏の意味に、お求めの薫物として「梅花香」を少しだけお贈りします、が込められているわけである。これは「梅花香」を美的に歌ったというより、「梅花香」に添えられた挨拶《あいさつ》の歌だった。

高光にはもう一首「薫物」の歌がある。それは、

忠清の衛門守御せちに奉り給ふに、薫物かうばしく合はすとて空薫物の料少しと多武峰に乞ひ給ふに、橘のなりたる枝に実を取りいでていれて奉るとて、

末の世になりもてゆけば橘の昔の香には似るべくもあらず　（『高光集』三九番）

かへし　　衛門守

香をとめてこひしもしるく橘のもとの匂ひは変わらざりけり　（四〇番）

である。忠清は源忠清であろう。ここで忠清は高光に「空薫物」の料を求めている。前は「梅花香」だったが、ここは「橘のなりたる枝」を用いているので、「橘花香」であろう。

高光の父は九条右大臣藤原師輔で、母は醍醐天皇皇女雅子内親王という高貴な生まれだった。才知があり、官位の昇進もスムーズで、将来を嘱望《しょくぼう》されていた。ところが高光は二十歳頃、父師輔の死を契機として、妻子を捨てて突然出家してしまった。その経緯は『栄花物語』月の宴巻に詳しく述べられている。

また高光は、「三十六歌仙」の一人に選ばれているほどの歌の名手でもあった。出家した高光に「薫物」を所望しているのだから、高光は「練香」の調合にも長けていたのであろう。出家しても、あるいは出家したからこそ、「香」は生活に欠かせないものだったのかもしれない。出「練香」を考える上で、この高光の歌は看過できそうもない。というより、「練香」に関する資料があまりにも少なすぎるといった方がいいのかもしれない。『薫集類抄』だけではどうにもならないのである。

もう一つわからないのは、「練香」に用いられる梅は白梅か紅梅かということである。もともと梅はバラ科なので香りがあるのかもしれないが、梅の種類によっても違いがあるはずである。「薫物」に最適な梅がどちらなのか、それもはっきりしていない。

〔注〕

（1）例外的に『万葉集』に一例あるが、「塩気のみかをれる国に」（一六二番）とあって、決していい薫りではない。また「香」にしても松茸の香（二二三三番）・橘の香（三九一六番）・梅の香（四五〇〇番）のわずか三首しか詠まれていない。「梅」の歌はたくさんあるのに、万葉の時代には嗅覚には関心が低かったようである。

（2）新古今時代になると、「月光・風・枕・夢・雨」なども比喩的に「薫る」対象とされている。

二四、「花橘」

『日本書紀』垂仁天皇九十年二月条には、勅命によって田道間守《たじまもり》が常世の国から「時じくの香の木の実」を持ち帰ったことが記されている。これが常緑の橘の実の初出であった(1)。ということは橘は外来種ということになりそうだ。また『日本書紀』応神天皇「髪長媛」には、「我が行く道の香ぐはし花橘」（479頁）と「香ぐはし」い花として「花橘」が記されている。

その後、天平八年（七三六年）に葛城王（橘諸兄）が橘姓を賜っており、その宴席で聖武天皇は、

橘は実さへ花さへその葉さへ枝に霜置けどいや常葉の木　（『万葉集』一〇〇九番）

と橘の祝儀性を讃える歌を詠じている。これは常緑の橘によって橘氏の繁栄を予祝しているのであろう。

橘のもう一つの用途は、もちろん食用（フルーツ）である。これも『続日本紀』天平八年（七三六年）十一月十一日条に、「橘は果子の長上にして人の好むところなり」（国史大系141頁）

と記されている。この「果子」は果物のことである。ただし食用の橘は、別に中国から輸入された外来種といわれている。日本にあったとされる野生種は酸味が強いので、食用には向かなかったからである。

梅と同様に外来種ということで宮廷で評価されたこともあって、橘は『万葉集』に六十九首（六十六首とも）も詠まれている。さらに面白いことに、その内の二十六首は大伴家持の詠であり、家持の橘嗜好としても特筆される。その中でも四一一一番長歌は、前述の「田道間守」が常世から「時じくの香菓《かぐのこのみ》」を持ち帰ったことが歌われている。橘が国中に生い茂り、「春されば」以下四季折々の様子、即ち春は若葉、夏は花と香、秋は黄金の実、冬は常緑の葉を上げ、橘の魅力が余すところなく詠じられている。そして最後に、「この橘を時じくの香菓と名付けらしも」と結んでいる。その反歌として詠まれた歌が、

橘は花にも実にも見つれどもいや時じくになほし見がほし　（四一一二番）

であった。

この伝統は平安朝の『枕草子』三五段「木の花は」にも、

四月のつごもり、五月のついたちのころほひ、橘の葉の濃く青きに、花のいと白う咲きたるが、雨うち降りたるつとめてなどは、世になう心あるさまにをかし。花の中より黄金の玉かと見えて、いみじうあざやかに見えたるなど、朝露に濡れたるあさぼらけの桜におと

らず、郭公のよすがとさへ思へばにや、なほさらに言ふべうもあらず。（87頁）

と継承されている。なお五月に橘の実はならない（花が咲く）ので、これは昨年から残っている実なのだろうか。むしろ橘詠の主流は、初夏に咲く白い花と薫りであり、橘を詠んだ六十九首中六十二首が花を詠じた歌であった。その特徴は平安朝に至ってさらに極端になっており、「花橘の香」以外の実や葉が詠まれることはほとんどなくなっている。

また初夏の風物ということで、「ほととぎす」との取り合わせも『万葉集』以来の伝統であった。それはともに常世に縁のあるものだったからであろう。そしてここでも家持は、

橘の匂へる香かもほととぎす鳴く夜の雨に移ろひぬらむ　（三九一六番）

をはじめとして、「ほととぎす」詠一五六首（一五三首とも）中六十三首も一人で詠んでいる。初夏の季節感として、「五月・橘・ほととぎす」の組み合わせが定着していたことがわかる。

その中でもっとも有名なのが、『伊勢物語』六〇段にも利用されている『古今集』読み人知らず歌、

さつき待つ花橘の香をかげば昔の人の袖の香ぞする　（一三九番）

である（橘の実は物語にしか登場していない）。これは単に季節感を詠じているだけではなく、過去（昔）の追憶・回想を想起する回路として機能しており、非常に特殊な嗅覚機能の歌といえる。あるいは「昔の人」というのは単なる過去の人なのではなく、すでに亡くなっている人

（冥界の人）のことかもしれない。

ではこの「さつき待つ」歌において、香を嗅ぐ人と昔の人の関係はどうなっているのであろうか。かつての恋人であろうか。仮にそうだとして、どちらが男性でどちらが女性であろうか。それはさておき、この歌は以降本歌として踏まえられることが非常に多かった。すでに『後撰集』に、

夏の夜に恋しき人の香をとめば花橘ぞしるべなりける　（一八八番）

と「さつき待つ」歌を反映した歌が詠まれている。それが『新古今集』に至ると、

・誰かまた花橘に思ひ出でむ我も昔の人となりなば　（二三八番）
・かへりこぬ昔をいまと思ひねの夢の枕ににほふたちばな　（二四〇番）
・橘の匂ふあたりのうたた寝は夢も昔の袖の香ぞする　（二四五番）
・今年より花咲きそむる橘のいかで昔の香ににほふらむ　（二四六番）

など、より多くの本歌取り歌が詠まれており、この歌の影響力の強さが察せられる。

なお「袖の香」に関しては、従来人工的な薫物の「香」と解釈されることが多かったが、どうも「練香」などに橘の「香」は見当たらない。当時匂袋のようなものがあったのだろうか。あるいは虚構を想定すべきかもしれない。残念なことに、今ある資料からでは何も確認できない。

〔注〕

（1）　吉海「橘」『歌ことば歌枕大辞典』（角川書店）平成11年5月参照。残念なことに「追風」「香《かう》」「かうばし」「くゆる」「薫物」などは立項されていない。

二五、「人香《ひとか》」

『源氏物語』には「人香」という言葉が三例認められる。それは、

①かの薄衣は小袿のいとなつかしき人香に染めるを、身近く馴らして見ゐたまへり。（空蟬巻130頁）

②和琴を引き寄せたまへれば、律に調べられて、いとよく弾きならしたる、人香にしみてなつかしうおぼゆ。（横笛巻353頁）

③小袿重なりたる細長の人香なつかしう染みたるを、（竹河巻73頁）

の三例である。

①は空蟬に逃げられてしまった源氏が、脱ぎ捨てられていた衣装を、空蟬の形代として持ち帰った時のものである。この小袿には空蟬の「移り香」と「体臭」（汗）が染みているので、ある意味空蟬の分身とも読める。これについて小嶋菜温子氏は、

中味が空洞の「薄衣」への恋着。「身近く馴らして」と擬人化された薄物の衣裳に、あや

しげな身体感覚がにじむ。実体から疎外された、源氏の倒錯的なエロスが立ちのぼってくる瞬間だ。ここに宇治の物語のフェティシズムの先蹤をみることもできよう。身体性を捨象し、それゆえにこそ官能的で優美な関係が浮き彫りにされる。空蟬と源氏の物語における、最も印象的なプロットではないだろうか。

（『源氏物語の性と生誕』立教大学出版会・平成16年3月・151頁）

と非常に示唆に富んだ分析をしておられる。

②の主語は夕霧である。新編全集の頭注二〇には、「夕霧はその移り香の主を、落葉の宮と推測する」（353頁）とある。これはもともと柏木の形見の和琴に付着していた「移り香」なので、本来の持ち主である柏木の「人香」と考えることもできなくはない。ただしその場合は、密閉などして保管されていないと、時間の経過によって薫りが抜けてしまう恐れがある。これを積極的に落葉の宮の「人香」ととれば、三例すべてが男女間の用例となる。

③の例は玉鬘から薫にかずけられた衣装であるが、頭注二二では「姫君のものか」とある。玉鬘自身の衣装とも考えられなくはないが、玉鬘の「人香」ではふさわしくあるまい。そこで娘の姫君が浮上するわけである。仮にこの衣装が姫君自身のものであれば、それを受け取ったら娘との結婚を承諾することになりかねない。だからこそ薫は受け取りを拒否しているのではないだろうか。

ところでこの「人香」は珍しい言葉であり、『源氏物語』以外の作品には見当たらない。漢文にもこの意味での用例は見当たらないようである。となると「人香」は『源氏物語』の造語ということになりそうだ。ただし「人の香」なら『古今集』に、

宿近く梅の花うゑじあぢきなく待つ人の香にあやまたれけり　（三四番）

と詠まれている。有名な、

五月待つ花橘の香をかげば昔の人の袖の香ぞする　（一三九番）

にしても、「人の香」のバリエーションと見ることができそうだ。

その他、『夜の寝覚』にも「ただある人の香」（137頁）とあった。仮に「人香」と書かれていても、それを「人の香」と読むことはできそうだ。その「人の香」にしても用例はこれ以外に見当たらなかったので、珍しい言葉であることに変わりはなさそうだ。もっとも「人香」の三例はすべて「なつかし」と結びついているのに対して、「人の香」は「なつかし」とは結びついていないので、やはり同一視すべきではあるまい。

それより「人香」に加えられそうなものが『源氏物語』にもう一例だけある。それは源氏の詠んだ、

④空蟬の身をかへてける木のもとになほ人がらのなつかしきかな　（空蟬巻129頁）

という歌である。注目したいのは、この和歌が「空蟬」という巻名の由来となっている重要な

歌だということである。従来、「人柄」には蟬の「殻」が掛けられているとされている。しかしそれだけでは不十分ではないだろうか。

というのも、「人香」の用例にはすべて「なつかし」が用いられていたからである。ここも「なつかし」と結びついているので、「人がら」に「人香」が掛けられていると見てよさそうである。そうなると三重の掛詞になるが、それは技巧として容認されよう。

これについては『源氏物語の鑑賞と基礎知識⑰空蟬』（至文堂・平成13年6月）の鑑賞欄で、

また、「人香」も「人がら」に隠されているかもしれない。源氏にとっていずれも、「なつかしきかな」であり、小袿を手にして人香を懐かしみ、空蟬を思うのである。（49頁）

と述べられていた。「隠されているかもしれない」と消極的ではあるが、掛詞として読めることを示唆していることを評価したい。源氏にとって大切なのは、それが脱ぎ捨てられた空蟬の衣装であるというだけでなく、その衣装に空蟬の「人香」が染みていることであった。そうであれば、曖昧な「人柄」以上にストレートな「人香」の方が意味は重いのではないだろうか。

なおこの小袿は、空蟬の伊予下向に際して源氏から空蟬に返却されている。それについて林田孝和氏は、

光源氏が小袿を返してきた行為は、彼女の魂の返戻であり、それを、空蟬は光源氏の離別のたしかな意思表示と解したからこそ、あえて伊予への下向もできたのであろう。

（『林田孝和著作集第三巻』武蔵野書院・令和3年5月・217頁）

と民俗学的に述べておられるが、この小袿には源氏の移り香が染みついているのではないだろうか。それを手にすることによって、今度は空蝉が源氏を想起することになると読みたい（移り香の交換）。それを狙って源氏は返したと思うからである。

以上のように、『源氏物語』では、用例の少ない「人香」を積極的に用いていることになりそうだ。ただしその意図が読み取りにくかったのか、以降の物語にはまったく引用されていない。

二六、「火取り」と「かがふ」

『堤中納言物語』中の「このついで」には、宰相中将の話の中に、

　こだにかくあくがれ出でば薫物のひとりやいとど思ひこがれむ（399頁）

という歌が引用されている。この歌には掛詞や「薫物」に関連した縁語が複数用いられている。「こ」には「子」と「火取り」の「籠」が、そして「ひとり」には「独り」と「火取り」が掛けられている。さらに「火取り」・「思ひ」・「こ（焦）がれ」は、すべて「薫物」の縁語である。

ここにある「籠」については、『蜻蛉日記』の長歌に「思ひし出では薫物のこのめばかりは」（119頁）とあって、これも「こ」に「籠」と「此の」が掛けられている。『源氏物語』若紫巻の

「伏籠」を含めて、「籠」は「薫物」に縁のある言葉（小道具）であった。

次に「火取り」の用例を調べてみると、『大和物語』一例、『うつほ物語』五例、『枕草子』二例、『源氏物語』六例、『紫式部日記』二例、『夜の寝覚』一例、『栄花物語』三例、『堤中納言物語』三例、『讃岐典侍日記』二例などとなっていた。

もちろん和歌にも詠まれており、『源氏物語』真木柱巻では鬚黒の召人である木工の君が、

独りゐてこがるる胸の苦しきに思ひあまれる炎とぞ見し（368頁）

という歌を詠じている。この「独り」にも「火取り」が掛けられているし、「こがるる」「思ひ」「炎」が「火取り」の縁語になっている。「火取り」（香炉）は「薫物」に付き物であり、また掛詞になるということで、散文以上に歌語としても多用されていた。

『大和物語』一三五段でも三条右大臣の娘が、

たき物のくゆる心はありしかどひとりはたえて寝られざりけり（353頁）

という歌を詠んでいる。「くゆる」「火取り」は薫物の縁語であり、また「火取り」は「独り」の掛詞になることで、非恋の歌として詠まれることが多い。もちろん『うつほ物語』国譲中巻のように、

御火取召して、山の土所々試みさせたまへば、さらに類なき香す。（160頁）

と、散文的な用いられ方もしている。『夜の寝覚』には、

　火取りの火起こして、袖に引き入れて、（69頁）

とある。ここでは「伏籠」を使わず直接衣装に「火取り」を入れて薫りを染みこませている。

もう一つ、「薫物」に縁のある言葉として「かがゆ」「かがふ」あるいは「かかへる」という珍しい言葉がある。たとえば『枕草子』五七段には、

　薫物の香いみじうかかへたるこそ、いとをかしけれ。（113頁）

とあり、また二一四段には、放置されていた菖蒲について、

　引き折りあけたるに、そのをりの香の残りてかかへたる、いみじうをかし。（214頁）

と述べている。この「かかへたる」については新編全集の頭注一一に、

「かかふ」は香が匂う意。一説、『枕草子』の例はすべて連用形で「かかへ」と表記されているが、下二段動詞「香がえ」（「嗅ぎ」に「ゆ」が添った形）の仮名遣いの誤りとする。

と文法的な問題が存することが説明されている。なるほど『枕草子』四二段には、

　汗の香すこしかかへたる綿衣の薄きを、（100頁）

とあり、また二〇八段には、

　さきにともしたる松の煙の香の、車のうちにかかへたるもをかし。（347頁）

とあって、四例とも「かかへたる」であった。

それに対して『蜻蛉日記』[1]には、

あやめの香、はやうかがえて、いとをかし。（344頁）

とあるし、『今昔物語集』には、

・火取りに空炊薫するにや、馥く聞《かが》ゆ。（巻十七第三十三 373頁）

・薫《たきもの》の香艶《えもいは》ず馥《かうばし》く氷やかに匂ひ出たるを聞《か》ぐに、御隔子《かうし》は下されたらむに、此《か》く薫の匂の花やかに聞《かが》ゆれば、（巻十九第十七 511頁）

・恐々《おづおづ》筥の蓋を開たれば丁子の香極《いみじ》く早う聞《かが》え、（巻三十第一 424頁）

と、「かがゆ」か用いられている。これは「聞」を「かぐ」あるいは「かがゆ」と訓読しているものである。おそらくは「香」あるいは「嗅ぐ」から派生したものと考えてよさそうだ。後世の香道で「香を聞く」といっているのも、ここから派生したのではないだろうか。

〔注〕

（1）ただし『蜻蛉日記』に古写本はなくかなり校定されているので、もともと「かがえ」とあったかどうかはわからない。

二七、「火桶《ひをけ》」

前に「薫物」関連用語を検討したが、その際に漏れていたものがあったので、ここであらためて検討しておきたい。それは「火桶」である。語感やサイズからすると、「薫物」とは無関

係のように思える。たとえば『枕草子』初段に、

昼になりて、ぬるくゆるびもていけば、火桶の火も、白き灰がちになりてわろし。（26頁）

とあったことが想起される。これは間違いなく火鉢（冬の暖房器具）のことであるから、およそ「薫物」とは無縁であろう。

ところが「薫物」の道具としても、わずかながら登場していることがわかった。早い話が明石巻で明石の君が「侍従」を焚いた際も、

わざとめきよしある火桶に、侍従をくゆらかして物ごとにしめたるに、（149頁）

と、「火取り」ならぬ「火桶」を用いていた。

参考までに『日本国語大辞典第二版』で「火桶」を調べてみると、

木製の丸火鉢。表面を木地のまま、あるいは漆を塗り、蒔絵などを施し、内に金属のおとしを納め、中に灰をいれ、炭火を用いて保温の具とする。

とあって、ここでは暖房器具としての機能しか説明されていない。これでは「薫物」とのかかわりを想像することなどできそうもない。これも常識の落とし穴といえそうだ。

実際に「薫物」に用いられていたことは、すでに『うつほ物語』に用例が認められる。蔵開中巻では、仲忠の妻女一の宮の洗髪に際して、

宮の御前には、御火桶据ゑて、火起こして、薫物どもくべて薫り匂はし、御髪あぶり、拭い、集まりて仕うまつる。（485頁）

と女房たちが奉仕している。ここでは「薫物」を焚くだけでなく、濡れた髪の毛を乾かすことも同時に行われている。特にこの場合、「伏籠」はかぶせていない。ここは髪を乾かす方が主体で、その火を利用して「薫物」を焚き、髪の毛に香の薫りを移しているのであるから、一石二鳥であった。

ここで「伏籠」は用いられていないので、衣服の乾燥・暖房の例ではなさそうだが、洗髪した髪の毛を乾かすために用いられていたということは、辞書の説明にはなかった。いずれにしても香は、「火取り」のみならず「火桶」でも焚かれていることが明らかになった。

なお「火桶」に近いものとして、「炭櫃《すびつ》」があげられる。今のところ「炭櫃」と「薫物」のかかわりは認められないものの、衣服を暖める例が『うつほ物語』楼の上下巻に、

御前の長炭櫃の火、多く起こさせたまひて、御衣架に懸けたる袿ども、五つ引き重ねて、「これは汚れず」とて着せたまへれば、（533頁）

と出ている。これは女一の宮から締め出された仲忠が、涼のところへ行った際、暖めてあった女房の衣装に着替えさせられているところである。これを見ると、「伏籠」ではなく、「炭櫃」で暖めていることがわかる。ここで「薫物」が焚かれていれば、「炭櫃」も「薫物」関連具に

なるところである。

二八、「藤袴」（植物）

秋の七草の一つに数えられている「藤袴」には、全体に芳香が含まれているとされている。そのため蘭の一種とされ（本来はキク科）、「蘭草」「香草」とも称されている。『万葉集』の「藤袴」に香りは歌われていないものの、元号「令和」のもとになった「梅花の宴」の序文に、

梅は鏡前の紛を披き、蘭は珮後の香を薫らす。（40頁）

とあり、「梅」との対で「蘭」が出ている。[1]この「蘭」について新編全集の頭注九では、「蘭」はよい香りのする草を広くいう。」とあって、ここではよい香りのする草の総称としている。

一方、『日本国語大辞典第二版』の語誌では、

(1)「蘭」は香草の総称であったが、中古以降はもっぱらフジバカマのこととされ、歌語として用いられた。「源氏―藤袴」でも、地の文では「蘭」といっていても和歌中では「ふぢばかま」である。

と説明されており、平安時代になると「蘭」と「藤袴」は同じ植物の異名とされている。

また薫りについては『古今集』秋上の、

何人か来てぬぎかけし藤袴来る秋ごとに野辺をにほはす（二三九番敏行）

を例にあげて、

(2)香り高さと、袴に懸けてその香りの高い袴の主をゆかしく思うこころを詠んだ例や、「ほころぶ」「ぬぎかく」などの縁語として、また、秋の野の景物とともに詠まれる例が多い。

と記されている。『古今集』には他にも「藤袴」の香りを詠んだ歌が、

・やどりせし人の形見か藤袴わすられがたき香ににほひつつ　（二四〇番貫之）

・主知らぬ香こそにほへれ秋の野に誰がぬぎかけし藤袴ぞも　（二四一番素性）

と並んでいる。この中では素性の歌がもっとも有名である。この歌を本歌取りした歌が『新古今集』に、

ふぢばかま主はたれともしら露のこぼれてにほふ野べの秋風　（三三九番）

とあげられている。もともと「藤袴」は人が身に付ける「袴」を名に有しているので、さらにその袴に焚き染められた香の「移り香」として機能させられているのである。言語遊戯に適したものとして詠まれているわけで、必ずしも薫物において「藤袴」が尊重されていたわけではなさそうだ。

もちろん植物としての「藤袴」の薫りは、『大和物語』一五三段「藤袴」にも、

ならの帝、位におはしましける時、嵯峨の帝は坊におはしまして、よみたてまつりたまうける。

みな人のその香にめづるふぢばかま君のみためと手折りたる今日

帝、御返し

折る人の心にかよふふぢばかまむべ色ごとににほひたりけり　（387頁）

という東宮（嵯峨天皇）と平城天皇の贈答歌が掲載されている。

また『源氏物語』では、薫の芳香が「藤袴」と比較されており、

この君のはいふよしもなき匂ひを加へ、御前の花の木も、はかなく袖かけたまふ梅の香は、春雨の雫にも濡れ、身にしむる人多く、秋の野に主なき藤袴も、もとの薫りは隠れて、なつかしき追風ことにをりなしがらなむまさりける。　（匂宮巻27頁）

とあって、「梅」も「藤袴」ももとの薫りを隠してしまうほどの強烈な薫の芳香であると誇張されている。この「主なき藤袴」は、『古今集』の「主知らぬ」を引いたものである。もっともこの薫の薫りにしても、人工的な「練香」とは別物と考えたい。

なお最近の解説の中に、藤袴はたいして匂わないとするものもある。確かに品種改良されたサワフジバカマはほとんど匂わないようだが、原種には匂いがあったようである。このことは藤袴だけでなく梅・橘・菊などにもあてはまりそうだ。

〔注〕

（1）吉海「新元号「令和」出典考―「梅花の宴」の二重構造―」同志社女子大学日本語日本文学

33・令和3年6月。

二九、「藤原公任」

藤原公任の家集『公任集』には、「薫物」を所望される歌が何首か見られる。公任は平安中期の一流の文化人であるから、当然「薫物」にも通じていたのであろう。それは公任の家系にもかかわることで、祖父の実頼・父の頼忠から薫物の相伝を受けたのみならず、頼忠の養父保忠からの相伝も受けたとされている。ただしこれは『薫集類抄』の説なので、事実かどうかは疑わしい。

その他、『原中最秘抄』絵合巻の「百歩香」には、「四条大納言公任卿秘香也」ともある。文化人たる公任に「薫物」の秘伝が集中しているのも、それにふさわしい人物という評価がなされているからであろう。

もちろん『公任集』に「薫物」をめぐる贈答があることも、公任の「薫物」相伝を補強しているのかもしれない。そこで公任の「薫物」関係歌を調べてみた。まず二五二番を見ると、

　　父おとどうせたまふてのころ、たきもの人のこひたる、つかはすとて、
　花だにも散りたる宿のかきねには春のなごりもすくなかりけり

とある。「父おとど」は頼忠のことである。頼忠が亡くなった頃にある人が「薫物」を求める

というのは、父の死と「薫物」に何か因果関係があるようにも読める。そこから頼忠が「薫物」の名手だったと類推されるのかもしれない。

いずれにしても公任は、そのある人に「薫物」を贈っている。ここは「薫物」とあるだけで、具体的にどんなものだったのかは記されていない。かろうじて季節が晩春だとわかるだけである。ただし頼忠が亡くなったのは永祚元年（九八九年）六月二十六日なので、季節がずれている。

次に三四七番は、

内蔵頭《くらのかみ》、たきものこひしを、梅に付けてつかはしたまふとて、

降る雪にまがふばかりぞ梅の花折れば匂ひもとまらざりけり

返し

なつかしき袂にかかる梅が香を風に知られぬことをこそ思へ　（三四八番）

である。ここでは内蔵頭から「薫物」を所望されている。ここでは梅の花に付けて贈っているので「梅花香」と見てよさそうである。

続いて四一八番も贈答になっている。

おはしなれてのころ、たき物を聞こえたまひたりければ、

いにしへは契りし宿の女郎花香をむつましみしりもこそすれ

小君ときこゆる、返し
女郎花おなじ野辺にはおふれども契りしねにはあらずとか聞く　（四一九番）
ここは女郎花が読まれているので季節は秋になるが、「薫物」の種類は記されていない。それにしても公任は「薫物」を乞われることが多いようである。
四六四番は宮中における「薫物合せ」となっている。
たき物合せて、上に置きいでたまひにければ、すこしとどめたまふとて、女御の御、残りなくなりぞしにけるたき物の我ひとりにしまかせてしかば
とありければ、
くゆるべき人にかはりて夜もすがらこのわたりこそしたこがれつつ　（四六五番）
女御というのは頼忠の四女諟子《しし》のことである（公任の姉妹）。ここにある「薫物合せ」は、「薫物」の優劣を競う遊びとされているようだが、そうではなく公任が主体となって宮中で秘伝の「練香」を作ったと見たい。

三〇、「伏籠」

『源氏物語』若紫巻の垣間見場面、高校の古文の教科書では「北山の春」として頻出しているところに、「伏籠」が登場している。有名なので本文を諳んじている人も多いと思われるが、

例の紫の上が祖母尼君に泣きながら訴えるところである。

雀の子を犬君が逃がしつる。伏籠の中に籠めたりつるものを。（206頁）

この「伏籠」については、古文の教科書に挿絵入りで紹介してあるので、かえって何も疑問を持たずに通り過ぎているのではないだろうか。ところがその挿絵は長年の間、竹製の「伏籠」になっている。これは新編全集の頭注一四でも、

香炉や火鉢の上にかぶせ、衣を掛けて香をたきしめたり暖めたりする竹の籠。それを鳥籠に代用した。（206頁）

と「竹の籠」とあるので、古文では常識なのであろう。

それに対して、かつて貴族の使用する「伏籠」は金属製だと教わったことがある。それ以来ずっと心に引っかかってきた。もし「伏籠」にも身分差というか品の上下があるとすれば、当然ここは金属製の「伏籠」のはずである。その上で、経済的不如意を強調したいのであれば、竹製の「伏籠」ということに意味があることになる。古文の教科書や新編全集の頭注は、そこまで考えた上でのコメントなのであろうか。

ところが迂闊にも、それ以上深めることなく今日まで放置してしまった。その時にせめて用例を調べていれば、もっと早く「伏籠」の問題点に気づいていたのにと悔やまれてならない。もうおわかりかと思うが、「伏籠」は文学作品にほとんど使われていない珍しい言葉だったの

である。『源氏物語』にしても、若紫巻以外の巻に用例は認められない。(1)という以上に、『源氏物語』以前の用例は見つかっていないし、『源氏物語』以降の用例も、『狭衣物語』の二例と『大鏡』の一例、『弁内侍日記』の二例、『宇治拾遺物語』の一例くらいしか見当たらない。

ここであらためて頭注の説明に耳を傾けると、「伏籠」には二つの用法があったことになる。一つは香炉にかぶせて、その上に衣服を掛け、衣服に香を焚き染めることである。もう一つは火鉢にかぶせて、衣服を暖めたり乾かしたりするものということになる。その説明は『日本国語大辞典第二版』でも同じようなものであった。

伏せておいてその上に衣服をかける籠。中に香炉を置いて香を衣服に移したり、火鉢などを入れて服を乾かしたり暖めたりするのに用いる。竹または金属でできている。

ここにはかろうじて「竹または金属」と金属製の存在に触れている。ただしどの用例が竹なのか金属なのかには言及されていない。香を焚き染める例としては『藤原定家全歌集』に、

うち匂ふ伏籠の下のうづみ火に春の心やまづかよふらん　（二九八九番）

とあるのが参考になる。

また(2)として、「伏せて中に鶏を入れておく籠」ともあった。これは江戸時代の浄瑠璃「新版歌祭文」の例があげられているので、かなり後世の用法ということになる。ただし『弁内侍日記』に、

初雪・なかあか・小黒などいふ御鳥ども、かねてより伏籠につきて、（203頁）

とあるので、これが「伏籠」で鶏を飼う初出例ではないだろうか。しかも鶏を飼う「伏籠」であるから、サイズも大きいに違いないので、これこそ竹製の「伏籠」ということになる。遡って若紫巻にしても、香を焚き染める道具ではなく、雀の子を養う鳥籠代わりに用いられていたので、竹製が想定されているのかもしれない。

前に戻って衣服を乾かしたり暖めたりする用例は、辞書には掲載されていない。衣服を暖める例を探してみたところ、『大鏡』兼通伝の朝光の話に、

大将歩きて帰りたまふ折は、冬は火おほらかに埋みて、薫物大きにつくりて、伏籠うち置きて、褻《け》に着たまふ御衣をば、暖かにてぞ着せたてまつりたまふ。（216頁）

と「伏籠」が用いられていた。ここに「暖かに」とあるので、衣服を暖めていることがわかる。そうでなければ、単に衣服に香を焚き染めている例にされるところである。もしそうなら、香を焚き染める例の中に、衣服を暖める例が紛れ込んでいる可能性もある。

衣服を乾かす例としては、時代は下るが『沙石集』巻第八ノ一「眠り正信房の事」に、

ある時、御湯の汗に濡れたる御小袖を、伏籠に打ち掛けて、例の物忽《ぶっさう》は、濡れたる方を上にして、盛りなる火にあぶりて、眠り居たる程に、「疾く参らせよ」と、仰せの有りけるに、驚きて見れば、白き小袖に、伏籠の形つきて、香色に焦がれてけり。（398頁）

と出ているので、これが濡れた衣服を乾かす例になりそうだ。この場合、居眠りして小袖を焦がしているが、「伏籠の形」がついたというのは、竹製では「伏籠」そのものが焼けてしまうであろうから、これこそ金属製の「伏籠」の例になりそうだ。

〔注〕
（1）吉海「紫式部と源氏文化―若紫巻の「雀」を読む―」『〈紫式部〉と王朝文藝の表現史』（森話社）平成24年2月。そもそも「伏籠」は籠を伏せたものであるから、伏せなければただの籠である。ということは、籠の例の中に「伏籠」が紛れ込んでいる可能性もある。

三一、「名香《みやうがう》」

「名香」には二つの読みが辞書に出ている。一般的なのは「みやうがう」であり、「仏に奉る香、仏前に焚く香」としている。もう一つは「めいかう」で、「世に名高い香、非常によい匂いをたてる香」とある。『日本国語大辞典第二版』では、「銘香」に同じともある。その例として『栄花物語』玉のうてな巻が掲載されているが、よく見ると、阿弥陀堂での法要の記事であり、

おのおの仏の御前に一鉢奉らせたまへり。さまざまの名香を奉らせたまへれば、いみじう香ばし。（303頁）

とあるので、これも仏前に焚く香でよさそうである。そのため新編全集では「みやうがう」と読ませている。

もちろん仏に奉る香と非常によい匂いをたてる香は、二つの意味を兼ね備えていても齟齬しないはずである。たとえば『源氏物語』若紫巻の例など、

そらだきもの心にくくかをり出で、名香の香など匂ひ満ちたるに、君の追風いとことなれば、内の人々も心づかひすべかめり。（211頁）

とあって、仏前を感じさせないようないい薫りが漂っているとある。

また鈴虫巻の女三の宮の持仏開眼供養を見ると、

名香には唐の百歩の衣香を焚きたまへり。（373頁）

とあって、「百歩の衣香」を「名香」として用いているように読める。ただし、

荷葉の方を合はせたる名香、蜜をかくしほほろげて焚き匂はしたる、ひとつかをりに匂ひあひていとなつかし。（374頁）

ともあって、「荷葉」の法で調合した「名香」と「衣香」が混ざり合って一つに薫っているとあるので、「名香」と「百歩の衣香」は別々に焚かれていることになる。

そのことは『浜松中納言物語』巻三の尼君のところでも、

吹き通ふ御簾のうち、何となく薫り出て、仏の御前の名香のにほひもひとつへに合ひて、さ

すがにあてはかなる内のけしきも、（215頁）

と「名香」と別の香が「ひとへに合」っているとされている。

どうやら「銘香」の意味の「めいかう」は、もっと時代が下ってからの用法のようである。

ということで、ここでは「みゃうがう」として扱うことにする。まず「名香」の初出は、『日本霊異記』「三宝を信敬しまつりて現報を得し縁」第五にある、

其の雲の道よりして往くに芳《かぐは》しきこと名香を雑《まじ》ふるが如し。（72頁）

のようである（新編全集は「みゃうきゃう」と読んでいる）。これは僧都に任命された屋栖古の連の公が往生した際、死体から「馚馥《かをり》」つまりいい匂いがしてきたというのである。ただしこれは実際に香を焚いているわけではない（比喩表現）。

これに似た話が『宇治拾遺物語』巻十五—九「仁戒上人往生の事」にも、

暁はまた、郡司夫婦とく起きて、食物種々に営むに、上人の臥し給へる方香ばしき事限りなし。匂ひ、一家に充ち満てり。これは名香などたき給ふなめりと思ふ。（479頁）

とあって、実はすでに亡くなっていたのであるが、それを、

暁香ばしかりつるは、極楽の迎へなりけり。（同頁）

と思い合わせている。これによれば「香ばし」い匂いは極楽からの迎えの仏から漂っていたことになる。そのことは藤壺が出家した賢木巻に、

風はげしう吹きふぶきて、御簾の内の匂ひ、いともの深き黒方にしみて、名香の煙もほのかなり。大将の御匂ひさへ薫りあひ、めでたく、極楽思ひやらるる夜のさまなり。（132頁）

とあって、「極楽思ひやらるる」とあることからもわかる。しかも頭注一二には、『往生要集』に「如意の妙香・塗香・抹香、無量の香、芬馥として遍く世界に満つ」。極楽世界は薫香に満ちていると想像された。

とあるのも参考になる（「名香」は「妙香」とも称されている）。

一般的な用法は『うつほ物語』楼の上下巻にある、

仏の御日、尚侍、御堂に詣でたまひて念誦したまふ。御前にて、年老いたる人、名香取り散らかしてつき居たり。（520頁）

があげられる。

ここで用例を調べてみると、『日本霊異記』一例、『うつほ物語』一例、『源氏物語』六例、『浜松中納言物語』一例、『狭衣物語』一例、『栄花物語』一例となっており、たいして多くないことがわかった。いずれにしても「名香」あるいは「薫物」は、仏事から切り離されたものではなさそうである。

付、「薫物用語用例一覧」

最後に「薫物」関係の用語をあげ、その使用例を一覧表にあげてみる。これを見れば、各作品における特徴は一目瞭然であろう。「移り香」や「追風」は『源氏物語』以前に用例はある。ただし「追風」が薫物の用法に変化したのは『源氏物語』からである。

なお「練香」については文学作品に用例が見当たらず、『日本国語大辞典第二版』では漱石の『虞美人草』の例があげられている。また「薫香」であれば、『古今集』真名序や、道長の『御堂関白記』寛仁元年（一〇一七年）十一月十九日条、同じく翌二年十一月十九日条に見えているものの、やはり文学作品に用例は見当たらなかった。かろうじて『古本説話集』に一例認められる程度である。

用例の分布を見ると、「黒方」や「薫物」・「麝香」の用例は圧倒的に『うつほ物語』に多いことが一目で読み取れる。それに対して『源氏物語』では、「移り香」や「追風」・「香」の用例が多いことがわかる。また全般にわたって広く用例が存しており、「薫物」の資料として活用されるのももっともであった。「伏籠」など『源氏物語』が初出であり、他に『大鏡』『狭衣物語』にしか用例がない珍しい語であった。逆に「麝香」は『源氏物語』に見当たらなかった。

	万葉集	うつほ	大和	落窪	蜻蛉	枕草子	源氏	紫日記	大鏡	栄花	狭衣	浜松	寝覚	更級	堤	徒然草
移り香							15			1	6	3	1			
追風							12		1		1					1
香	2	18		2	3	2	14		2	8	3	1	1	1		
薫る	1	1			1	1	19	1	1	7	7	9	6	1		1
黒方		14					3	1		1						
空薫物		1				1	3		1	4		1				1
薫物		12	1	1	1	4	8	4		12	2	2	7		2	1
火取		6	1			1	6	2		4			1		3	
伏籠							1		1		2					
麝香		11		1										1		
薫衣香		3		1			4			1						

薫物に関連するものを、吉村研一氏『源氏物語』を演出する言葉』（勉誠出版・平成30年2月）の「初出語一覧」で調べてみたところ、

うち薫る（総角巻）・うち匂ふ（空蝉巻・竹河巻・総角巻）・かをり出づ（若紫巻）・かをり来（東屋巻）・薫り満つ（夕顔巻・蛍巻・橋姫巻）・くゆらかす（初音巻）・「くゆりかかる」（帚木巻）・くゆり満ち出づ（鈴虫巻）・たきしめゐる（常夏巻）・匂はし添ふ（宿木巻）・匂ひおはす（総角巻）・匂ひ満つ（帚木巻・若紫巻）・にほひわたる（御法巻）

などが初出語としてあげられていた。

薫物関係文献目録

・桑田忠親氏「源氏物語と薫物合」國學院雑誌61―8、9・昭和35年9月
・藤田加代氏『「にほふ」と「かをる」―源氏物語における人物造型の手法とその表現―』（風間書房）昭和55年11月
・菊地俊雄氏「「匂」と「薫」―その象徴的名称―」駒沢大学大学院国文学会論叢9・昭和56年2月
・昆布操子氏「上代・中古文学における〝香り〟の系譜―その呪性―」大谷女子大国文13・昭和58年2月
・宮川葉子氏「源氏物語「梅枝巻」の薫物について」青山語文13・昭和58年3月
・浜千代清氏「薫物から香道へ」香料160・昭和63年12月
・尾崎左永子氏『源氏の薫り』（朝日選書）平成4年5月（求龍堂初版）
・河添房江氏「梅枝巻の光源氏」『源氏物語の喩と王権』（有精堂）平成4年11月
・吉田隆治氏「紫式部と薫物―八月二十六日の段をめぐって―」九州大谷研究紀要19・平成4年12月

・伊井春樹氏「鷹司殿倫子百和香歌合について」中古文学51・平成5年5月
・藤原勝巳氏「薫の系譜」岡大国文論稿22・平成6年3月
・三好章子氏「宇治十帖の〈香り〉—闇の中の〈香り〉—」玉藻30・平成6年6月
・吉田隆治氏「紫式部に到る「香り」の系譜（一）—万葉集から拾遺和歌集を辿って—」九州大谷研究紀要21・平成6年12月
・吉田隆治氏「紫式部に到る「香り」の系譜（二）—万葉集から拾遺和歌集を辿って—」九州大谷国文24・平成7年7月
・吉田隆治氏「紫式部に到る「香り」の系譜（三）—万葉集から拾遺和歌集を辿って—」九州大谷研究紀要22・平成7年10月
・三田村雅子氏「方法としての〈香〉—移り香の宇治十帖へ—」『源氏物語感覚の論理』（有精堂）平成8年3月
・吉田隆治氏「平安のかをりうた」九州大谷研究紀要23・平成9年3月
・吉田隆治氏「袖のかをり—『源氏物語』の引歌に見られる移り香—」九州大谷研究紀要25・平成11年3月
・藤河家利昭氏「梅枝の巻の薫物合わせと仁明帝」広島女学院大学大学院言語文化論叢2・平成11年3月

・堀口悟氏「薫りの文脈─『狭衣物語』を中心とする試論─」日本文学論叢24・平成11年3月
・田中圭子氏「『源氏物語』の薫衣香─別れの香りとしての再考─」広島女学院大学大学院言語文化論叢4・平成13年3月
・吉海直人「『源氏物語』の「移り香」─夕顔巻を起点にして─」同志社女子大学大学院文学研究科紀要1・平成13年3月
・森野正弘氏「源氏物語の薫物合せにおける季節と時間」山口国文26・平成15年3月
・松井健児氏「よい匂いのする情景─『源氏物語』の花の庭・樹木の香り─」文学5─5・平成16年9月
・畠山瑞樹氏「『源氏物語』の移り香─その表現機能について─」弘前大学国語国文学26・平成17年3月
・片岡智子氏「歌ことば「藤袴」の香りと色の系譜─平安初期から『古今和歌集』へ─」ノートルダム清心女子大学紀要29─1・平成17年3月
・三田村雅子氏・河添房江氏編『薫りの源氏物語』(翰林書房)平成20年4月
・藤原克巳氏「匂い」『源氏物語　におう、よそおう、いのる』(ウェッジ)平成20年5月
・勝亦志織氏『源氏物語』「梅枝」巻の文化戦略」日本文学57─6・平成20年6月
・吉海直人「「かうばし」考」『「垣間見」る源氏物語　紫式部の手法を解析する』(笠間書院)平

成20年7月

・林田孝和氏「源氏物語の香り」國學院雑誌109―10・平成20年10月

・吉海直人「「追風」考―『源氏物語』の特殊表現―」國學院雑誌109―10・平成20年10月

・西原志保氏『『源氏物語』薫の芳香』名古屋大学国語国文学101・平成20年11月

・吉海直人「嗅覚の『源氏物語』―感染する薫の香り―」日本文学風土学会紀事33・平成21年3月

・吉海直人「すりかわる『源氏物語』―擬装の恋物語―」解釈55―9、10・平成21年10月

・岩城順子氏「源氏の薫物の変化」愛媛国文研究60・平成22年12月

・島村良江氏「万葉の〈香り〉―比喩的意味での「かぐはし」を中心に―」昭和女子大学大学院日本文学紀要23・平成24年3月

・田中圭子氏「平安中期の歌人と薫物―源公忠と藤原公任を中心に―」広島女学院大学大学院言語文化論叢15・平成24年3月

・吉海直人「嗅覚の「なつかし」―『源氏物語』空蟬の例を起点として―」日本文学論究71・平成24年3月

・樋口百合子氏『いにしへの香り―古典にみる「にほひ」の世界―』(淡交社)平成24年5月

・田中圭子氏『薫集類抄の研究　附・薫物資料集成』(三弥井書店)平成24年12月

・尾崎左永子氏『平安時代の薫香―香りの文化の源流を王朝に求めて―』（フレグランスジャーナル社）平成25年11月
・齋藤匡郎氏『源氏物語』「梅枝巻」勝敗がつかなかった薫物合せについて」日本文学会誌27・平成27年3月
・柳誉香氏「文学にみる平安時代の香り」文学研究26・平成27年3月
・田邊留美子氏「「花たちばなの香り」考」学習院大学国語国文学会誌58・平成27年3月
・丹野美紀氏「『源氏物語』「宇治十帖」論―「香」から見る人物造型―」日本文学ノート51・平成28年7月
・吉海直人「「なつかし」と結びつく香り」「男性から女性への「移り香」」「漂う香り「追風」」『源氏物語』「後朝の別れ」を読む―音と香りにみちびかれて―』（笠間書院）平成28年12月
・武居辰幸氏「香りの表象―『源氏物語』梅枝巻における源氏と蛍宮のやりとりをめぐって―」青山語文47・平成29年3月
・田中圭子氏「薫物文化の実相に照らした『源氏物語』の薫物の特徴―古典籍の触読における参考として―(1)「えひの香」及び「えひの香の香」について」古写本『源氏物語』触読研究ジャーナル2・平成29年3月
・田邊留美子氏「『源氏物語』の薫物に関する考察―『薫集類抄』から―」日本文学66―9・平

成29年9月
・吉海直人・岸ひとみ「「香をなつかしみ」考—『源氏物語』の造語として—」解釈65—3、4・平成31年4月
・矢野環氏「薫物から見る『源氏物語』—『うつほ』と『栄花』の間—」人文研ブックレット69・令和2年11月
・吉海直人「『源氏物語』の薫り—平安時代の「練香」の基礎知識—」同志社女子大学大学院文学研究科紀要22・令和4年3月
・矢野環氏「九条家薫物書について—松寿文庫『薫物相伝次第』とその周辺—」文化情報学17・令和4年3月
・吉海直人「『源氏物語』の薫り（2）—平安時代の「練香」の基礎知識（続）—」同志社女子大学大学院文学研究科紀要23・令和5年3月

初出一覧

総論　『源氏物語』の薫り―平安時代の「練香」の基礎知識―」
同志社女子大学大学院文学研究科紀要22・令和4年3月から一部抜粋

第一章　『源氏物語』の「移り香」―夕顔巻を起点にして―」
同志社女子大学大学院文学研究科紀要1・平成13年3月

第二章　「「追風」考―『源氏物語』の特殊表現―」
國學院雑誌109―10・平成20年10月

第三章　「嗅覚の『源氏物語』―感染する薫の香り―」
日本文学風土学会紀事33・平成21年3月

第四章　「すりかわる『源氏物語』―擬装の恋物語―」
解釈55―9、10・平成21年10月

第五章　「「かうばし」考」『「垣間見」る源氏物語　紫式部の手法を解析する』
（笠間書院）平成20年7月

第六章　『源氏物語』以外の「かうばし」
書き下ろし

第七章　「嗅覚の「なつかし」―『源氏物語』空蟬の例を起点として―」
日本文学論究71・平成24年3月

第八章　「「香をなつかしみ」考―『源氏物語』の造語として―」
解釈65―3、4・平成31年4月　岸ひとみと共著
第九章　若紫巻の「伏籠」　書き下ろし
第十章　「心にく」い薫り　書き下ろし
第十一章　「くゆる」薫り　書き下ろし
第十二章　「百歩香」　書き下ろし
第十三章　「香染」と「丁子染」　書き下ろし
第十四章　平安時代以降の「薫物」　書き下ろし
第十五章　『源氏物語』の薫り―平安時代の「練香」の基礎知識―」同志社女子大学大学院文学研究科紀要22・令和4年3月、『源氏物語』の薫り（2）―平安時代の「練香」の基礎知識（続）―」同志社女子大学大学院文学研究科紀要23・令和5年3月を五十音順に再編集・増補し三十一項目にまとめた。

あとがき

かつて「垣間見」に焦点をあて、『「垣間見」る源氏物語』（笠間書院）をまとめたことがある。もう十五年も前のことだが、その折、「垣間見」には視覚だけでなく聴覚・嗅覚も機能していることに気が付いた。「垣間見」と「立ち聞き」は別個のものではなく、同時に行うことができるということである。考えてみれば当然であろう。

それが契機となって、次に聴覚に焦点をあてた『『源氏物語』「後朝の別れ」を読む』（笠間書院）をまとめた。これは視覚が使えない闇の中で、聴覚がどのように機能しているかを論じたものである。そこで今度は聴覚だけでなく、嗅覚の重要性に気づかされた。とはいえ、その際は付け足し程度にしか言及できなかったので、もし次にまとめるとしたら、是非嗅覚に焦点をあてた「嗅覚で読む『源氏物語』」にしたいと思った。

ただし嗅覚は、視覚や聴覚とは比較にならないほどややこしいものである。というのも、匂いにはいい匂い（薫り）がある一方、悪臭もあるからである。また自然の薫りもあれば、人工的な薫りもある。料理の匂いだけでも、数えきれないくらいの種類がある。「かうばし（香ばしい）」にしても、現在は食べ物の焼けるいい匂いに限定されているが、平安時代の「かうばし」は、薫の体臭のように、焼けることが条件とはなっていないし、食べ物の例も見当たらない。ほとんど薫物の薫りに特化されているので、食欲をそそられることはない（性欲とは無縁ではなさそうだ）。

ところで古語の一般常識として、平安時代の「匂い」といえば、むしろ視覚美が優先されてきたのではないだろうか。しかし薫物の「匂い」も案外重要である。しかしながら私は、薫物に関してはまったくの素人だし、決して人より鼻が利くわけでもないので、嗅覚から論じることにはためらいや不安・弱気があった。

最近になってようやく開き直り、必ずしも実際の嗅覚能力が必須ではなく、物語の中の薫りをいかに読み取るかが重要であると思うようになった。たとえ薫物の専門家でなくても、嗅覚の文学的研究は可能ではないのか、むしろ嗅覚（薫物）を通して、いかに『源氏物語』を深く論じることができるかが大事なのだ、と自分を納得させた。

要するに本書は、あくまで嗅覚に焦点をあてた研究であって、薫物の専門書ではないことをお断りしておきたい。だから材料の分析や香の焚き方についてはほとんど言及していない（言及できない）。むしろ薫物の専門家とは異なる視点から物語に切り込んだところが、本書の特徴であり、見どころといえる。

これで視覚・聴覚・嗅覚という三つの感覚から『源氏物語』を論じるという試み（三部作）

は、曲がりなりにも達成できた。これで五感ならぬ三感から立体的に物語を論じたことになる。こんな冗談みたいな観点からの研究は、おそらくはじめてのことであろう。ということで、それなりの成果はあげられたと密かに自負している。

長い間、私は地味な研究を積み重ねて来たつもりなので、最後の大冒険くらいは大目に見ていただきたい。というより、『源氏物語』の研究に王道などはなく、いかに従来とは違った発想・観点から切り込むことができるかが大事なのではないだろうか。

なお私事で恐縮だが、今年満七十歳の誕生日を迎えた。それは来年の三月で大学を定年退職するということでもある。ありがたいことに、若い研究仲間たちが、私のために記念論文集を企画してくれた。それに合わせて、私自身も記念の研究書を出そうと思い、本書をまとめてみた次第である。論文集も本書も、ともに新典社に快く出版を引き受けていただいた。出版社あっての研究者、出版あっての業績なので、研究者としては本当にありがたいことである。心から感謝とお礼を申し上げたい。

さてこれが私にとって最後の研究書になるのか、それとも次の研究書が刊行できるのか。それは私にもわからない。

令和五年七月六日　今出川の研究室にて

吉海直人

吉海　直人（よしかい　なおと）

昭和28年７月、長崎県長崎市生まれ。

國學院大學文学部、同大学院博士課程後期修了。

博士（文学）。

国文学研究資料館文献資料部助手を経て、現在、同志社女子大学表象文化学部日本語日本文学科特任教授。

『源氏物語』関係の著書に『源氏物語の乳母学　乳母のいる風景を読む』（世界思想社）平20、『「垣間見」る源氏物語　紫式部の手法を解析する』（笠間書院）平20、『『源氏物語』「後朝の別れ」を読む―音と香りにみちびかれて―』（笠間書院）平28、『『源氏物語』の特殊表現』（新典社選書）平29、『源氏物語入門〈桐壺巻〉を読む』（角川ソフィア文庫）令３、『源氏物語桐壺巻論』（武蔵野書院）令３、『『源氏物語』の時間表現』（新典社）令４などがある。


『源氏物語《げんじものがたり》』の薫《かお》りを読《よ》む　　新典社選書 118

2023 年 9 月 15 日　初刷発行

著　者　吉 海　直 人
発行者　岡 元　学 実

発行所　株式会社　新 典 社

〒111-0041　東京都台東区元浅草2-10-11　吉延ビル4F
ＴＥＬ　03-5246-4244　ＦＡＸ　03-5246-4245
振　替　00170-0-26932
検印省略・不許複製
印刷所 惠友印刷㈱　製本所 牧製本印刷㈱

ISBN 978-4-7879-6868-5 C1395
https://shintensha.co.jp/　E-Mail:info@shintensha.co.jp

新典社選書

B6判・並製本・カバー装　　＊10％税込総額表示

㉘	新版 宮崎駿の地平　―ナウシカからもののけ姫へ―	野村幸一郎	一六五〇円
㊽	宮崎駿が描いた少女たち	野村幸一郎	一八七〇円
㊾	向田邦子文学論	向田邦子研究会	三八五〇円
㊿	歌舞伎を知れば日本がわかる	田口章子	一七六〇円
91	明治、このフシギな時代　3	矢内賢二	一五四〇円
92	ゆく河の水に流れて　―人と水が織りなす物語―	山岡敬和	二三一〇円
93	『源氏物語』忘れ得ぬ初恋と懸隔の恋　―朝顔の姫君と夕顔の女君―	小澤洋子	一八七〇円
94	文体再見	半沢幹一	二二〇〇円
95	続・能のうた　―能楽師が読み解く遊楽の物語―	鈴木啓吾	二九七〇円
96	入門　平安文学の読み方	保科　恵	一六五〇円
97	百人一首を読み直す2　―言語遊戯に注目して―	吉海直人	二九一五円
98	戦場を発見した作家たち　―石川達三から林芙美子へ―	蒲　豊彦	二五八五円
99	『建礼門院右京大夫集』の発信と影響	日記文学会 中世分科会	二五三〇円
100	鳳朗と一茶、その時代　―近世後期俳諧と地域文化―	金田房子 玉城　司	三〇八〇円
101	賀茂保憲女　紫式部の先達	天野紀代子	一二一〇円
102	「宇治」豊饒の文学風土　―成立と展開に迫る決定七稿―	日本文学 風土学会	一八四八円
103	とびらをあける中国文学　―日本文化の展望台―	高芝・遠藤・山崎 田中・馬場	二五三〇円
104	後水尾院時代の和歌	高梨素子	二〇九〇円
105	鎌倉武士の和歌　―雅のシルエットと鮮烈な魂―	菊池威雄	二四二〇円
106	古典文学をどう読むのか　―シェイクスピアと源氏物語と―	廣田　收 勝山貴之	二〇九〇円
107	東京裁判の思想課題　―アジアへのまなざし―	野村幸一郎	二二〇〇円
108	日本の恋歌とクリスマス　―短歌とJ-pop―	中村佳文	一八七〇円
109	なぜ神楽は応仁の乱を乗り越えられたのか	中本真人	一四八五円
110	女性死刑囚の物語　―明治の毒婦小説と高橋お伝―	板垣俊一	一九八〇円
111	古典の本文はなぜ揺らぎうるのか	武井和人	一九八〇円
112	『源氏物語』の時間表現	吉海直人	三三〇〇円
113	五〇人の作家たち　日本文学って、おもしろい！	岡山典弘	一九八〇円
114	アニメと日本文化	田口章子	二〇九〇円
115	円環の文学　―古典×三島由紀夫を「読む」―	伊藤禎子	三七四〇円
116	明治・大正の文学教育者　―黒澤明らが学んだ国語教師たち―	齋藤祐一	二九七〇円
117	ナルシシズムの力　―村上春樹からまどマギまで―	田中雅史	二三一〇円
118	『源氏物語』の薫りを読む	吉海直人	三三〇〇円